낯선 24시간

낯선 24시간

김태선 소설집

bookin

작가의 말

지난 오월에 아버지가 돌아가셨다. 연로하셨기에 자연스러운 일로 여겨질 줄 알았다. 하지만 빈자리가 컸다. 나는 다른 세계에 대해 골똘히 생각했다. 길을 걸으며 내 곁을 스치는 바람결에라도 다른 곳의 소식, 아버지의 안부를 듣고 싶었다.

1925년생 아버지가 2017년까지 살면서 변화된 시대에 적응하고 대처해왔던 일들을 이제야 하나씩 생각해보았다. 한 인간으로서의 아버지에 대한 이해나 추측으로 뭉클해지곤 했다.

거대한 산처럼 아버지의 사랑이 병풍처럼 둘러쳐진 세계, 자연스러워서 쉽게 눈에 보이지 않았고 깨닫지 못하던 세계였다. 그로 인해 나는 근거 없이 오래도록 긍정적이고 당당했다. 그런 점이 소설을 쓰는 데 도움이 되었을까. 겁 없이 다가설 수 있었다. 좌절할 때마다 다음을 생각하는 게 쉬웠는지도 모른다. 한편으로는 그런 단순함으로 인해 더 나아가지 못하던 부분이 있었을 것이다. 그래서 앞으로의 내 소설은 조금 더 깊어지고 단단해질 것 같다. 나를 지지해주던 아버지의 마음이 이 세계에서는 사라져버렸기 때문이다.

수록 작품 중 「올리바, 올리브」의 명진은 어린 시절 아버지의 죽음 이후, 두 여자의 친절과 큰아버지의 기준 사이에서 혼란과 슬픔을 느끼는 이야기다. 「터치」는 친구의 죽음이라는 자기장 안에 오랫동안 갇혀 지낸 여자의 이야기이다. 그 소설을 쓸 당시 뒤돌아보지 않고 앞으로만 나가려고 애쓰던 수영 선수에 대해 이야기하고 싶었다. 「낯선 24시간」에서는 어머니의 장례식을 치른 이후 아내가 집을 나가자 현실이 흔들리는 남자의 이야기이다.

소설에서든 현실에서든 누구도 죽음에서 비켜선 사람은 없다. 알면서도 죽음보다는 사는 일에 몰두하고, 삶을 설계한다. 사는 게 쉽다는 사람도 없다. 소설보다 실제의 삶은 더 극적이고 예측할 수 없는 일들이 벌어지기도 한다. 그래서 이야기 속의 인물이 되어 현실을 가늠하는 일이 가능한지도 모르겠다. 답을 찾는 심정으로 소설을 읽는가 하면, 잠시 고달픈 현실을 잊기 위해 소설을 읽기도 한다. 나는 그렇게 문학 작품을 만났고, 어느 시기부터 글을 쓰기 시작했다.

나는 감사한다. 멋모르고 소설을 쓰기 시작해서 소설집을 낼 수 있게 된 것에 대해, 지금까지 나의 글을 신뢰해준 남편과 언제나 나의 기쁨인 준기·주연이, 내 소설을 지속적으로 읽어 준 동생 미순에게.

나는 기대해본다. 더 나은 소설을 쓰기 위해 작품 안에서 정직하게 고민하고 좌절하고 일어서기를 반복하는 일을 계속할 수 있는 작가가 되기를.

2017년 가을에

김태선

차 례

랩타임

랩 타 임

서킷은 한산했다. 차창을 열자 아침 공기가 얼굴을 스친다. 영상 14도, 좋은 온도다. 수온과 싸우지 않아도 된다. 패독에 대기 중인 자동차들이 눈에 들어온다. 메인 콘트롤타워에서 표를 끊고 시계를 보니 주행을 준비할 수 있는 약간의 여유가 있다.

운전석 버킷시트에 앉아 4점식 벨트의 버클을 채운다. 양쪽 어깨에서 내려온 벨트의 끈을 잡아당기자 엉덩이와 척추가 시트에 딱 달라붙는다. 시트가 나를 뒤에서 끌어안는 기분이 드는 순간 맥박이 빨라진다. 벨트가 맞물리는 소리는 의식을 전환시키는 신호탄과도 같다. '딸깍' 소리와 동시에 낙하산을 메고 산과 하늘을 배경으로 떨어져 내리는 기분이 된다. 자동 반사처럼 되풀이 되는 영상이다. 시동을 걸자 카랑카랑한 엔진과 중저음 머플러 소리가 혈관을 타고 돌기 시작한다. 약간의 흥분, 팽팽한 긴장감이 차 안을 채운다.

이제 30분 동안 350마력 트윈터보와 한몸이 될 것이다. 초록 깃발이 올라간다. 일렬로 대기 중이던 경주용 차들이 요란한 머플러음을 내며 세상의 공기를 한꺼번에 깨트릴 듯 달려 나간다. 귀를 찢는 듯한 소리는, 나를 괴롭히고 억압하고 짓누르고 구태의연하게 만들고 의심하며 조롱하던 모든 것들을 날려버린다. 끝까지 가보는 것, 망설이지 않는 것, 유유히 내려오던 낙하산은 독수리의 날개를 얻고 날개 뒤의 배경은 사라진다.

귀가 아프다. 커다란 주삿바늘이 귀를 통해 뇌를 찌르는 것 같다. 깊은 물속에서 시작된 소용돌이가 나를 빨아들이는 것처럼 몸에서 힘이 빠져나갔다. 눈꺼풀이 무겁다.

'여기가 어디지?'

시간이 얼마나 흘렀는지 날카로운 통증은 슬며시 사라졌다. 눈을 떠보니 차창 밖으로 검푸른 하늘이 보인다. 글러브를 벗고 내 손등과 손바닥을 들여다본다. 천천히 벨트를 풀고 헬멧을 벗어 옆 좌석에 놓고 비좁은 공간에서 몸을 약간 구부려 다리를 만져본다. 차문은 순순히 열린다. 차에서 내리는 순간 생소한 공기가 콧속으로 들어온다. 인기척이 없다. 간격을 두고 서 있는 가로등만 희미한 여명 속에서 빛난다. 낯선 장소다.

차를 살펴보니 뒤 휀더가 움푹 들어가 있다. 엔진 쪽이 아니라 다행이다. 이 차를 탐탁지 않아 하던 아내가 보면 뭐라 할까. 손목시계를 보니 오전 10시 10분 12초에 멈추어 있다. 어둑한 하늘과 새벽 공기는 멈춘 시각에 걸맞지 않았다. 머릿속이 웅웅거리며 무거웠지만 생각을 해야만 했다. 휴일이었고, 나는 오전 10시에 출발대기선에 있었다. 출발 신호를 알리는 초록 깃발이 올라갈 때 액셀러레이터를 힘껏 밟았다. 서킷에서 사고가 났다면 몇 분 안에 처리한다. 그렇다면 이곳은 어디란 말인가.

가로등 불빛을 따라 주위를 살피며 천천히 걸었다. 직선 코스가 활주로처럼 펼쳐져 있다. 서킷은 분명한데 내가 있던 용인은 아니다. 밤새 운전한 기억도 없다. 차 안에서 무슨 일이 일어난 걸까? 확장된 코스는 내가 경험한 서킷이 아니다. 입 안이 바싹 말랐다. 잔디밭에 주저앉아 한동안 꼼짝 않고 있었다.

아침 해가 뜨면서 하늘이 점점 밝아지자 주변이 확대되어 눈에 들어왔다. 이백 미터 전방에 작은 건물이 햇빛을 반사했다. '저곳이 메인 콘트롤타워일 거야.' 잔디에서 일어나 건물 쪽으로 걸어가려는데 누군가 나에게 다가온다. 걸을 때마다 스커트 자락이 팔랑거린다.

"아직 이른 시간이에요."

십대로 보이는 여자아이가 미소를 지으며 거리낌 없이 말했다. 막 떠오른 붉은 햇살이 소녀의 이마에 붉은 빛을 비춘다. 반듯한 이마다. 누구냐고 물었다.

"이소예요." 그녀는 나를 가볍게 훑어보더니 "아저씬 영화 세트장에서 튀어나온 것 같군요"라고 말했다. 그리고 몸을 약간 틀어서 손가락으로 연둣빛 건물을 가리키며 나에게 따라오라고 했다. 이상하게 들릴 줄은 알지만 이곳이 어딘지 물을 수밖에 없었다.

“스피드웨이요.”

나는 여기가 순식간에 이렇게 변할 수는 없다고 말했다.

“이곳에서 삼 년째 일하고 있는데 그동안 변한 것이라고는 별로 없어요. 아주 따분한 걸요. 건물에 페인트를 다시 칠하거나, 레인을 보수한 것 정도죠. 그리고 전 아이가 아니에요.”

까무잡잡한 얼굴과 개구쟁이 같은 눈웃음 때문에 열다섯 살 소녀를 대하듯 말하고 있었다. 그런 나의 태도가 쑥스러워졌다.

그녀는 앞서서 건물 쪽으로 걸어갔다. 걷는 모습이 빙판 위에서 빙그르르 도는 스케이트 선수의 몸짓처럼 가벼워 보였다. 내가 우물쭈물하는 사이 금세 앞서 갔다. 따라잡기 위해 다급한 목소리로 “저……” 하며 우물거리자, 소녀는 걸음을 멈추고 고개를 돌렸다. 뒤처져 있는 내 얼굴을 바라보며 천천히 말했다.

“전 이·소·예요.”

“음, 이소. 갑자기 모든 것이 달라졌어. 서킷의 형태나 주변 풍경이. 뭐가 뭔지 알 수가 없군.”

갈라져 나오는 내 목소리에 이소는 미소를 띠며 따라오라고 눈짓했다.

건물은 단순했다. 이소가 문 앞으로 다가서자 소리 없이 문이 열렸다. 내부가 한눈에 들어오는 간결한 실내다. 어디에 무엇이 있는지 짐작할 수 없는 공간이다. 이소의 뒤쪽에 있는 대형 스크린에서는 자연 풍광이 계속 펼쳐지고 있고, 피아노의 경쾌한 선율이 흐른다. 이소는 스크린 뒤쪽에서 물과 알약 두 알을 가져다 내게 주었다. 목이 몹시 탔기에 무슨 약인지 물어볼 겨를도 없이 알약을 입 안으로 털어 넣고 물을 들이켰다.

갈증이 가시자, 서킷에 세워둔 차가 생각났다. 나는 분명 오전 10시에 스타트라인을 출발하여, 여덟 번째 랩을 돌고 있었다. 그런데 지금은 새벽을 지나 아침이 되어가고 있다. 만일 지금이 사고가 난 다음날 아침이라면, 20시간 정도가 내 기억에서 사라진 것이다. 스무 시간이나 정신을 잃고 있었던 것일까? 왜 아무 기억이 없을까?

다음 주 일요일 경기에 올 수 있는지 아내에게 물었을 때, "난 당신이 차에 몰두하는 걸 이해할 수 없어. 지나치게 많은 시간과 돈을 차에 쓰고 있어"라며 기다렸다는 듯이 말했다. 괜한 말을 꺼냈다. 새 차를 구입하면서, 아내와 드라이브하는 것을 상상했다. '한적한 국도로 빠져나가 우리가 자주 가던 닭갈비집에 들르면 좋아할까? 아내가 마음에 들어 할 곳을 찾아보는 것도 좋겠군.' 이런 생각이 꼬리를 물다보면 어느새 흐뭇해졌다. 그러나 아내는 차에 냉담했다. 심지어 화가 나면 하이힐로 조수석 쪽 문을 탕탕 때렸다. 어떻게 조수석에서 다리가 그렇게 자유자재로 움직이는지 불가사의했다. 아내가 그럴 때마다 내가 얻어맞는 기분이 되었다. 차를 질투할 수도 있나. 하지만 그런 마음을 표현할 수는 없었다.

아내의 마음을 얻는 것이 생각만큼 간단하지 않았다. 나는 그녀를 따라가기 바빴다. 차로 인해 우리 관계가 나빠질 거라는 생각은 하지 못했다. 어떻게든 즐거운 시간을 보내면 더 좋아질 수도 있을 거라는 막연한 기대도 해보았다. 하지만 아내는 어떤 부분에서 나에 대해 더 잘 아는 것 같았다. 결국 그 누구도 아닌 나를 위해 차를 구입한 것이 요점이라는 데 생각이 미치게 된 것도 아내의 이런 태도 때문이다. 그렇다고 해서 처음부터 레이싱을 할 의도는 없었다. 쿠페를 타면서부터 점점 차에 관심이 깊어지게 되었고, 그럴수록 아내는 차뿐만 아니라 나에게서도 멀어졌다. 게다가 나는 지금 알 수 없는 장소에 와 있다.

시간이 얼마나 흘렀는지 모르겠다. 오늘이 무슨 요일일까? 일요일에 서킷에 왔고 지금은 아침이다. 만일 오늘이 월요일이라면 출근을 서둘러야 한다. 창경궁 도우미들의 교육이 잡혀 있고 전통문화 행사에 참가하는 팀 대표들과 미팅도 있다. 만일 화요일이라면, 상황은 나쁘지 않다. 화요일은 내가 교대로 쉬는 날 중의 하루니까. 집으로 돌아갔을 때 아내는 "당신이 직장인인지, 남편인지, 아니면 카레이서인지 생각 좀 해봐"라고 말할지도 모른다. 이 이상한 혼란이 어서 해결되기를 바랄 뿐이다.

"무슨 생각을 그렇게 하세요. 기분이 훨씬 좋아졌죠?"

이소가 투명한 물컵을 가져가며 물었다. 아내 생각, 출근 생각을 하는 중에 두통과 목마름이 사라졌다는 것을 깨달았다. 몸도 가벼워졌고 정신도 맑아졌다. 사태를 파악하느라 나아진 몸 상태를 미처 자각하지 못했을 뿐, 서킷을 단숨에 질주할 수 있을 것처럼 가뿐

했다. 나를 보고 있는 이소의 얼굴이 환해졌다. 이소에게 고통을 호소한 적이 없었기에 이상하다고 생각하면서도 나는 다시 돌아가는 것에 대해 골몰했다.

이소는 의자를 당겨 내 앞에 앉더니 리모콘을 들어 버튼을 눌렀다. 스크린에서 펼쳐지고 있던 멋진 풍경이 사라지고 미소년 같은 기자가 주유소를 배경으로 말하고 있다. 기자 뒤로 푸른색 간판의 주유소 정경이 보였다. 지나다니는 차들이 예사롭지 않았다.

"세계 최초의 주유소는 1905년 미국 미조리주 세인트루이스시에 세워진 오토모빌 휘발유 주식회사였습니다. 이때의 주유 방법은 휘발유 탱크에 호스를 넣고 입으로 빨아내어 급유하는 원시적인 방법이었습니다. 점점 화석연료를 사용하는 자동차가 줄어 현재는 절반도 되지 않습니다. 머지않아 마지막 주유소가 문을 닫을 것에 대비해 정유회사들은 기존의 주유소를 대폭 줄이고……."

마지막 주유소라는 말에 시간이 왜곡되었을 거라는 생각이 번개처럼 스쳤다. 화석연료라면 휘발유나 경유를 말하는 것일 게다. 그러고 보니 스크린의 영상도 고도로 입체적이다. 화면 속의 주유소에서 물방울처럼 매끈한 자동차가 내 앞으로 곧 튀어나올 것만 같다. 두근거리는 마음을 진정시키며 이소에게 오늘 날짜를 물었다. "아저씨의 시간은 아저씨가 머물던 장소와 함께 있어요." 어렵게 얘기하지 말고 시간을 알려달라고 하자 "이미 알아차리셨을 테지만 이곳은 차원이 다른 곳이에요. 그러니 아저씨가 묻는 시간에 대해 제가 말해준다는 건 어렵기도 하고 별 의미도 없어요"라고 말했다.

어떻게 이런 일이 가능하단 말인가? 분명히 오늘 난 용인에 있었다. 출발선에서 힘껏 액셀러레이터를 밟았다. 뒤 휀더가 움푹 들어갈 만큼의 사고가 있었다. 그리고 나도 모르는 사이 새로운 장소와 시간 속에 와 있다. 아내와 부모님을 생각했다. 친구들과 직장 동료의 얼굴이 머릿속에서 결혼식장의 하객처럼 빠르게 스쳐 지나갔다. 소중한 사람들로부터 떨어져 나와 먼 곳에 내동댕이쳐진 기분이다. 다시는 그들에게 돌아갈 수 없을 것만 같다.

천천히 심호흡을 하며 마음을 가다듬기 위해 집중했다. 정신이 들어 시간을 봤을 때 손목시계는 멈추어 있었다. 시간이 뒤틀린 것일까. 차에 장착된 시계를 확인해보면 상황을 좀 더 분명하게 정리할 수 있을 것이다. 차의 시계가 멈춰 있지만 않았다면.

턱을 만져보니 수염은 자라지 않았다. 배도 고프지 않다. 정신을 잃었던 시간을 분명히 가늠할 수는 없지만 한두 시간 이내 또는 그것보다는 더 잠깐일 것이 분명하다. 서둘러 차가 있는 곳으로 돌아가서 오늘 안으로 돌아갈 방법을 찾는다면 출근에 지장은 없을 것이다. 아내가 걱정할 만큼 오랜 시간이 지나지 않았을지도 모른다. 이런 상황은 계획에 없었다. 이곳에 더 머문다면 예측하지 못한 무엇과 맞닥트릴지 알 수 없다. 나는 의자에서 벌떡 일어났다.

여러 가지로 고마웠고, 어서 가봐야겠다고 했더니 이소가 빙긋 웃는다. 나의 시간을 전부 이소가 갖고 있는 것만 같다. 이소가 재빨리 나를 훑어본다. 그리고 내 시계에 눈길이 멈춘다.

“아저씨, 시계를 잠깐만 주시겠어요?”

이소는 현미경처럼 생긴 기계장치에 시계를 내려놓고는 간단한 조작을 했다. 가느다란 녹색 광선을 몇 번인가 시계에 쏘았다. 짧은 시간에 이루어진 정교한 조작이다.

"다시 올 때 필요할 거예요."

이소가 나를 바라본다. 인형같이 짙은 속눈썹이 깜박인다.

돌려받은 시계를 착용하면서 이소가 왜 친절한지 잠깐 생각했다. 하지만 그런 건 중요한 게 아니다. 나는 다시 돌아오지 않을 것이다. 여기서 빠져나갈 수만 있다면. 나는 서둘러 차가 있는 쪽으로 발길을 돌렸다. 밖으로 나오니 서킷의 전경이 환히 눈에 들어왔다. 밝을 때 보니 처음 보았을 때보다 훨씬 넓었고, 직선 코스 또한 끝이 보이지 않았다.

나는 6번 코너에서 이탈했었다. 욕심이 과했다. 튜닝숍인 챌린저 클럽에 들러 접지력 좋은 브랜드 타이어로 갈아주면 1초는 단축할 자신이 있었다. 비록 아마추어 경기지만 우승을 하면 대개 스폰서가 생긴다. 스폰서에 따라서 출전 차량까지도 지원받을 수 있으니 돈 안 들이고 경기할 수 있고, 아내에게 자랑도 좀 할 수 있을 것이라고 기대해왔다. 관람석에 종종 클럽 주인의 여자 친구 수지가 상기된 얼굴로 서 있는 것을 볼 때면, 나도 그 자리에 아내가 있는 것을 상상했다. 그럴 때면 마음이 포근해졌다. 수지처럼 나를 응원해줄까. 내가 우승을 하면 정말 놀랄 거야.

아내는 스스로 미인이 아니라고 말하지만 난 첫눈에 반했다. 쉽게 말 걸기 어려운 타입임에도 이상하게 끌렸다. 그런 아내가 나에게 친절할 때면 인생은 작고 단순해졌다. 안타까운 것은 내가 감당할 수 없는 상황이 종종 발생할 때였다. 아내는 우리가 했던 말과 상황을 정확히 기억했다. 머리 모양이나 옷처럼 사소한 것뿐 아니라 둘의 관계에서 중요하다고 여겨지는 그런 순간들 말이다. 내가 기억하지 못해 대충 얼버무려도 금세 눈치챘다. 그러면 공기는 걷잡을 수 없는 방향으로 흘러갔다.

아내가 원하는 것은 완벽한, 혹은 사려 깊은 관계다. 나라는 인간이 그에 걸맞기를 바랐다. 내가 차의 작은 부분 하나하나에 민감하게 반응하는 것과 비슷하다. 차를 제때 정비하지 않으면 더 큰 문제가 생기는 것을 경험하면서 아내가 원하는 완벽함의 의미를 나름대로 이해한다고 생각했다. 당연한 것이겠지만 아내의 감성은 '머신'보다 섬세했다. 레이싱을 하며 관계를 이해하는 데 한 발 다가섰다고 생각했지만, 아내는 내가 서킷에 다니는 것을 달가워하지 않았다. 오히려 레이싱이 우리 관계에 걸림돌이 되고 있다. 그리고 지금은 나도 모르는 장소에서 아내에게 가기 위해 조바심을 내고 있다.

차는 벽을 부수고 들어온 것처럼 서킷의 직선구간을 바라보며 외곽 잔디밭 위에 얌전히 정지해 있다. 벽이 처참하게 허물어진 것도 아니고 차가 마구 훼손되어 있지도 않은데 차의 방향은 외벽으로부터 금방 튀어나온 것 같은 모양새다. 차 문을 열고 시트에 몸이 닿자 조금 안심이 되었다. 시동을 켜고 엔진 음을 들으니 출발대기선에 서 있는 기분이다. 헬멧을 쓰고 벨트를 맸다. '딸깍' 하는 소리가 경쾌하다. 그 소리가 몸의 기억을 더욱 분명하게 해주었다.

여덟 번째 랩이었다. 5번 코너를 막 탈출하니 투스카니와 거리는 채 1미터도 되지 않았다. 5번 코너를 지나서 6번 코너에 도달하기 전까지의 코스는 약간의 내리막이라 코너에 도달하기 직전 100킬로 이내로 감속해야만 코너를 매끄럽게 탈출할 수 있다. 투스카니가 먼저 6번 코너의 안쪽을 잽싸게 차지했다. 헤어핀에 도달하기 전 짧은 직선구간에서 녀석을 추월해야 한다. 나는 3단으로 시프트다운 하면서 녀석보다 바깥쪽으로 돌아 추월하려 했지만 평소보다 약 10킬로 정도 오버스피드로 코너에 진입하는 바람에 브레이킹 포인트를 놓쳐버리고 말았다. 타이어가 원심력을 이기지 못하고 '끼이익' 하는 스키드음을 내더니 뒷바퀴가 코너 바깥쪽으로 미끄러지면서 방향을 잃었다. 카운터(카운터스티어가 정확한 용어. 방향 잃은 차의 스티어링휠을 차가 미끄러지는 반대방향으로 돌렸다 놓는 순간적인 기술)를 쳐도 이미 늦었다. 코스를 이탈해서 인코너 쪽 안전지대 잔디밭 위로 올라섰다. 잔디 위에선 브레이크가 듣지 않았다. 감속되지 않은 채로 나는 가드레일을 향해 눈썰매처럼 미끄러졌다. 핸들 조작으로 간신히 오른쪽으로 방향이 바뀌기 시작했다. 태풍이 남해에 상륙하기 직전 일본 쪽으로 방향을 틀듯이. 하지만 태풍의 끝자락만 스쳐도 상황은 심각하다. 운전석 뒤 휀더 부분이 가드레일에 강하게 부딪히는 소리가 먼 곳의 천둥소리처럼 아득히 들렸다. 순간이 터널같이 길다. 터널 끝에는 지구의 끝, 새로운 장소가 버티고 있다. 사방이 깜깜했다. 잔디밭 위를 30미터쯤 미끄러진 후 간신히 멈췄다.

기억은 분명하다. 사고 지점에서 시간이 왜곡되어버린 것이다. 문제는 나의 세계로 어떻게 돌아가야 하는지 모른다는 것이다. 들어온 길을 모르니 나가는 길도 알 수 없다. 이제 잠시 후면 속속 선수들이 올 것이다. 왠지 그들이 오기 전에 서둘러 여기를 떠나야만 할 것 같았다.

이곳에서 나가려면 이소에게서 실마리를 찾을 수밖에 없다. 이소에게 가려니 친구의 친절을 큰소리치며 거절해놓고, 다시 애원하는 꼴이 된 것만 같다. 이소가 나를 잡은 것도 아닌데 마구 뿌리치고 빠져나온 것만 같은 기분이다. 이소는 친절했다. 하지만 불쑥 튀어나온 나의 존재가 이상하지 않았을까? 새벽녘에 엉뚱한 장소에 있는 나에 대해 아무것도 묻지 않았다. 친구처럼 대해주었다. 어떤 질문도 하지 않았다. 이소는 분명히 내 처지를 알고 있을 것이다.

건물 앞으로 다가서자 소리 없이 문이 열렸다. '시계에 새겨넣었던 것이 작동되는 것이겠지. 출입권이라고 했으니까.' 앞으로 들어가자 피아노 선율이 물방울을 튕겨내듯 공기를 진동시키고 있다. 내가 들어가자 이소가 방긋 미소 지었다. 점점 빨라지는 피아노 선율 사이를 지나 나는 이소에게 다가섰다.

이소가 내 표정을 읽었을까?

"무슨 일이에요? 아저씨는 아직 자기를 소개하지도 않았어요."

그랬다. 내가 누구인지 말할 겨를이 없었다. 뒤늦게, 이제야 난

한정민이며 문화재청 소속 공무원으로 창경궁에서 근무하고 있다고 말했다. 이상한 사람처럼 보이겠지만 나도 모르게 이곳에 오게 되었으며, 그건 알 수 없는 사고였다고 해명하듯 말했다.

이소가 천천히 물었다.

"돌아가고 싶으세요? 아저씬 현실에 만족했나요? 창경궁에서 무엇을 생각했죠? 아저씬 이곳을 간절히 원했어요."

"누구나 현재가 완벽하다고 생각하며 살지는 않을 거야. 아마도. 그것이 곧 불행을 의미하는 것도 아닐 테고. 난 서른두 살이야. 음, 그러니까 이제야 조금은 독립적으로 무언가를 계획하면서 살아갈 수 있을 것 같은 기분이 들었지. 서킷을 질주하는 것이 내가 원하던 것이라 하더라도 이 장소에서는 의미가 없어."

이렇게 대답하면서도 "아저씬 이곳을 간절히 원했어요"라는 말이 심장에 쿡 박혔다. 지금까지 그런 말을 했던 사람은 없었다. 시간이 보존되어 있는 창경궁은 내가 선택한 곳이다. 숭문당에서 책을 넘기고, 함인정에서 시를 읊는 정취에 머물던 시간에 몰입하는 것이 현재를 풍부하게 한다고 믿었다. 스스로 선택한 직업이면서도 나의 마음 어느 구석에서는 지지부진한 일상이라고 생각했고 거기에 함몰되고 싶지 않아서 마음을 졸이기도 했다. 정물화 같은 일상과 내가 따라갈 수 없는 곳에 있는 것 같은 아내, 서킷에서 경주하다보면 그 모든 복잡한 감정은 사라졌다.

그래도 나는 돌아가고 싶다. 가족도, 아내도, 집도, 일도, 이곳에는 없다. 그러므로 이곳에는 '나'가 존재하지 않는다. 몸은 있지만 그것만으로 존재를 증명할 수 없다. 내가 없는 장소다. 숨어 있던, 내가 원했던 다른 나가 있을지 모르지만, 그도 지금으로서는 내가 아니다. 여기는 내가 선택한 곳이 아니기 때문이다.

"그래요. 결국 아저씨의 문제죠. 아저씨가 돌아가기 원한다면 그쪽 시간에 맞추어야 해요. 시간과 장소가 어긋나버리면 다시 돌아가기 힘들어져요. 아저씨의 시간으로 이곳에서 두 시간 이상 머물면 안 되거든요. 방법은 아주 간단해요. 아저씨의 차로 돌아가서 차가 놓여 있는 상태에서 그대로 후진하세요. 30미터 뒤쪽에서 출발 신호를 받을 때처럼 가속하세요."

이상했다. 차 뒤는 곧바로 벽이기 때문이다.

"벽은 실제가 아니에요. 걱정하지 말고 무조건 후진을 하세요. 그리고 아저씨의 세계로 돌아가면 이걸 삼키세요. 고통을 덜어줄 거예요."

이소는 알약을 내 손바닥에 올려놓았다.

잔디밭에서 30미터쯤 미끌어지다 "꽝!" 하는 소리와 함께 겨우 멈추었다. 사고 순간으로 돌아왔다는 것을 직감했다. 잠깐 동안 의식의 백지상태를 거쳐, 사고처리반 사람들이 주위에 모여드는 것이 눈에 들어온다. 손목시계의 초침이 움직이기 시작했다. 정신을 가다듬고 차를 천천히 안전지대로 이동시켰다. 내가 경험했던 시공간은 흔적도 없고, 나는 5월 3일 10시 10분으로 돌아왔다. 눈에 익은 풍경을 보자 안심이 되면서 동시에 가슴 한 구석이 송곳으로 찌르는 것처럼 아파왔다.

아내에게는 아무 말도 할 수 없었다. 내 말을 누가 믿어 주겠는가. '내 말을 누가 믿어주겠는가'라는 생각이 들자 갑자기 가출한 소년 같은 기분이 되었다.

혜화역에서 내려 창경궁을 향해 걷는다. 늘 타던 지하철, 늘 걷던 출근길이다. 예전의 나는 어떤 기분으로 이 길을 걸었는지 기억해보았다. 어제가 아득히 멀었다. 오 년 동안 출근했던 익숙한 길에서 나는 마치 흑백영화 속으로 들어온 기분이 되었다. 지하철 정거장에서 햇살이 눈부신 지상으로, 지상에서 지하로 드나드는 사람들 속에 내가 있다. 군중들 사이로 선명히 떠오르는 얼굴, 환한 얼굴이다. 빙판 위에서 핑그르르 원을 그리면서 이소가 나타났다. 군중들은 일시에 무색해졌다. 군중들과 나는 한 무더기로 칠해진 어두운 배경이 되었다.

회색 배경에서 간신히 빠져나와 출근을 한 나는 종일 가슴이 답답했다. 엘리베이터에서 낯선 사람이 내리고 난 후 남겨진 향수 냄새처럼 보이지 않는 세계에서 잘라져 나온 알 수 없는 꼬리 한 자락을 쥐고 있는 기분이 되었다. 익숙한 일상에 의심이 생겼다.

사무실에서 나왔다. 함인정 앞에 이르자 문득 이소가 한 말이 떠오른다. "아저씨가 원했던 두 시간이 있어요." 눈을 들어 현판을 바라본다. '春水滿四澤춘수만사택 봄물이 사방에 가득하다'는 시구다. 좋아하는 구절이다. 사시四時를 노래한 오언고시가 사면의 현판에 새겨 있지만 봄의 구절이 눈에 들어온다. 봄의 풍경과 춘당지에 가득 차 있는 잔잔한 물과 마르지 않고 흐르는 금천의 풍광이 머릿속에서 연속적으로 지나갔다. 봄비가 내려 연녹색 물이 오른 봄 나무와 연둣빛 건물이 한 무리로 엉켰다. 물방울을 튕겨내는 듯한 모차르트의 선율 사이로 이소가 미끄러지듯 걸어와서 환하게 웃는다. '춘수만사택', 이 시구는 미래의 창경궁에서도 볼 수 있을 것이다. 이소가 고개를 들고 이 구절을 본다. 머신을 타고 질주하는 내 모습이 보인다.

꿈은 아닌 거야. 손목을 들어 시계를 본다. 아내가 생일 선물로 사주었다. 아내는 단순한 모양의 가죽끈이 있는 것을 권했지만, 나는 타키미터(베젤에 표시된 숫자, 일반적으로 특정 거리에서 자동차 속도를 표시할 때 사용) 기능이 있는 스포츠 시계를 골랐다.

"경주를 할 때 이 버튼을 누르면 돼. 자동차 경주에서 랩타임을 잴 때 사용할 수 있지."

아내에게 기능을 설명해주었다. 이소는 이 시계에 무엇을 한 것일까? 돌아오기만 하면 될 줄 알았다. 그런데 나는 안절부절못하고 있다. 뫼비우스의 띠 양쪽에 아내와 이소가 있고, 나는 머신을 타고 띠 위를 질주한다. 이런 상상은 나를 고통스럽게 한다. 영화의 장면 속으로 빨려 들어가 길을 잃어버린 내가 관객의 시선에서 벗어난 채 헤매는 기분이다. "아저씨가 원하던 장소예요"라는 말이 귀를 간

지럽힌다.

“여보 저녁 먹자구.” 나는 건성으로 “응, 저녁” 하고 대답했다. “당신 정말 이상해. 무슨 생각을 그렇게 해. 몇 번씩 말해도 못 알아듣네. 걱정 있어요?” 아내가 나의 눈을 들여다보려 하자 나는 식탁의 밥그릇에 시선을 두며 다음 주에 있을 시합 때문에 긴장한 것 같다고 말했다.

이번엔 여러 모로 완벽하게 준비했다. 지난 번에 2위를 하고 곧바로 챌린저클럽으로 갔다. 우승하면 좀 더 여유롭게 즐길 수 있을 것이다. 하지만 막상 우승하고 나면 다음 목표를 설정하고 더욱 질주하게 될 것이다. 왜 진작 프로에 입문하지 않았을까 하며 후회할지도 모른다. 한번 맛본 승리감을 이어가기 위해 지금보다 더 많은 시간을 들일 것이다.

고개를 들어 아내를 보니 쓸쓸해 보인다. 나는 끝내 아내의 기분을 배려하지 못하는 인간일까? 나는 그저 차가 좋고 코너를 느끼는 게 좋다. 측면의 중력감은 고도의 긴장감을 느끼게 한다. 그건 견뎌야 하는 것이지만 막상 속도가 올라가면 새로운 감정으로 채워진다. 차와 내가 하나가 되고 내 팔은 핸들이 된다. 가속할 때의 통쾌한 엔진 소리는 발바닥을 타고 올라와 내 안의 에너지를 뽑아올린다.

침대에서 책이 뚝 떨어진다. 아내는 늘 머리맡에 몇 권의 책을 둔다. 스티븐 호킹의『호두껍질 속의 우주』라는 책을 방바닥에서 집어 들었다. "호두껍질이라는 말은 잘못된 표현이야. 딱딱한 것은 껍데기거든." 아내가 말했었다. 이 책은 몇 달 전부터 침대 이쪽저쪽 자리를 옮겨 다녔다. 무심하게 보아왔는데 문득 호기심이 생겼다. 별들이 그려져 있는 그림을 보다가 깜빡 졸았다. 아내가 커다란 방망이로 호두를 깨고 있다. 벌어진 호두껍데기 속에서 이소가 춤추는 인형이 되어 빙글빙글 돌고 있다. 피아노 소리가 넓게 퍼진다. 〈터키 행진곡〉이다. 이소의 발은 하얀 맨발이다. 작은 발을 딛고 불쑥 튀어나와 내 손바닥 위로 올라올 것만 같아 멈칫 놀라는데, 음악 소리가 멈춘다. 정적 속에서 이소는 은반 위를 지치듯 유유히 돈다. 검고 짙은 나일론 속눈썹과 플라스틱 눈꺼풀이 깜빡인다.

아내는 도서관으로 출근을 했다. 서킷에 다니기 전에는 내가 쉬는 휴일엔 아내의 도서관에 찾아가 함께 점심을 먹고 마당을 걸으며 커피를 마시고 돌아오곤 했다. 서킷에 다닌 이후로 휴일은 체력을 단련하고 레이싱 연습하는 것이 일과가 되었다. 이전 같으면 오늘도 서킷에 갔을 테지만, 선뜻 나서지 못하고 망설이고 있다. 자꾸 이소의 목소리가 귀를 간질인다. "아저씨가 꿈꾸던 차가 있어요. 아저씨가 원하던 장소죠." 아내에게 말하고 싶지만 말할 수 없는 기분, 그리고 내가 원하던 차에 대한 열망 같은 것이 내 양 다리에 추를 매단 것처럼 나를 잡고 늘어졌다.

어차피, 휴일에는 늘 서킷에 갔었다. 시합도 얼마 남지 않았다.

평소대로 하면 된다. 굳이 지금 서킷에 가지 않을 이유는 없다. 이소가 있던 장소나 머신을 떠올리는 것 자체가 어쩌면 몽상일 수도 있다. 내가 그곳에 다녀왔다는 사실을 증명할 무엇도 없다. 누구도 믿어주지 않을 일을 혼자 고민하는 꼴이다.

점심을 먹고 챌린저클럽에 들르기로 했던 일정도 접고 곧장 용인으로 갔다. 막상 시동을 걸고 나니 마음이 급해졌다. 연습을 위해 간다고 내 자신에게 말하면서도 어느새 새로운 장소의 입구에 대해 생각하고 있었다. 어떻게 그곳으로 들어갈 수 있었을까? 6번 코너에서 이탈하는 곳에 문이 있을까? 하지만 거긴 다른 차들도 종종 이탈하곤 했던 곳이다. 조바심이 나기 시작했다. 마치 약속 장소에 늦기라도 한 것처럼. 귓전에서 〈터키행진곡〉의 곡조가 점점 빨라졌고, 내 심장 박동도 빨라졌다.

초록 깃발이 흔들렸고, 액셀러레이터를 밟았다. 6번 코너에 진입할 때 잔뜩 긴장을 하고 지난 번과 같은 속도를 염두에 두고 돌았다. 하지만 아무 일도 일어나지 않았다. 물론 사고도 나지 않았다. 두 번째 랩을 돌면서 다시 6번 코너에서 일부러 회전각을 바꾸어 잔디 위로 올라갔다. 어느 정도 미끄러졌지만 역시 아무 일도 일어나지 않았다. 서둘러 출발대기소로 돌아오는데 차철환 선수가 어리둥절한 표정으로 나를 바라봤다. 씁쓸한 기분으로 관람석으로 올라가 다른 차들이 주행을 마칠 때까지 지켜보다가 집으로 돌아왔다.

실제로 이소의 공간이 존재했었는지 의심스러워졌다. 꿈이 아니었다는 것을 확인해야 할 것 같은 강박감이 생겨났다. 화요일에 서킷을 다녀오기 전까지만 해도 그 정도는 아니었는데, 서킷에서의 시도가 무산되고 나자 다시 가보고 싶은 마음이 더 커졌다. 그럴수록 현실의 감각을 의심하게 되는가 하면, 이소가 있던 장소는 더욱 아득하게 느껴졌다. 점심을 먹고 주차해둔 곳으로 가서 차의 찌그러진 뒤 휀더를 손으로 만져보았다. 당분간은 수리하지 않을 것이다. 시계를 유심히 살펴보았다.

오월의 햇살이 눈부셨다. 창경궁에는 단체로 소풍을 오는 학생들이 늘어났다. 교복을 입은 학생들이 화판을 펼치고 그림을 그렸다. 가족나들이 모습, 아이들, 연인들, 웨딩드레스를 입고 사진촬영을 하는 예비 신혼부부들. 왕궁은 격조 있는 소풍 공간으로 봄의 기지개를 켜고 있다. 카메라를 고정해두고 다정해 보이는 남녀가 사진을 찍기 위해 포즈를 취한다. 여자가 선글라스를 벗어 헤어밴드처럼 머리 위로 올린다.

퇴근할 때 안경점에 들어가 유브이 프로텍트uv protect라는 라벨이 붙은 선글라스를 골랐다. 선글라스를 쓰고 시계를 보자 마치 야광체가 내는 빛처럼 타키미터의 베젤 네 곳에서 녹색점이 빛나고 있다. 형광처리를 한 것 같았다. 세 곳의 점은 각각 10시, 10분, 12초를, 나머지 하나는 시속 110킬로를 의미한다. 6번 코너에서 사고를 냈을 때의 시각과 속도다. 바로 이것이 이소가 말한 출입증일지도 모른다. 다시 한 번 확인하고 선글라스를 제자리에 놓았다. 10시 10분 12초에 시속 110킬로로 6번 코너에 진입할 것. 기술적으로 그리

어려운 일은 아니다.

귀를 관통하는 통증과 두통 증상을 느끼며 정신이 들자 다른 세계로 들어오는데 성공했다는 것을 알았다. 밖은 새벽 어스름에 싸여 있고 가로등만 존재감이 있었다. 벨트를 풀고 문을 열고 나와 차를 한 바퀴 둘러보았다. 이번엔 가드레일을 들이받지 않고 제대로 들어왔다. 시계는 10시 10분 12초에서 정확히 멈추어 있다. 전처럼 이소가 걸어오고 있다. 오랜 친구처럼 정다운 기분이 들었다. 하지만 두통 때문에 자꾸 인상이 찌푸려졌다. 이소를 따라 연듯빛 건물로 가서 알약을 삼켰다.

"다시 올 줄 알았어요. 이곳에 계속 머물 작정이라면 마음껏 속도를 즐길 수 있지만, 다시 돌아갈 생각이라면 시간이 그리 많지는 않아요. 아저씨의 시간으로 이곳에서 두 시간을 보낼 수 있어요."

그건 늘 내가 원했던 시간이다. 말하자면 하루에 두 시간이 더 있다면 나를 위해 많은 것을 할 수 있을 것 같다고 생각했기 때문이다. 이상한 일이다. 두 시간이라니.

차는 굉장했다. 내가 도저히 만져볼 수 없는 수준이다. 일반 차량으로 환산하면 1,500마력이 넘으니 초 슈퍼카인 셈이다.

"보통 사람에게는 이 차를 준다 해도 운전할 수 없어요. 일부 애호가들만 즐기죠. 전자장비 도움으로 운전하는 것이 아니기 때문에 머신의 기본 메커니즘과 인간 감각이 조화를 이루어야만 다룰 수 있어요."

이소가 반짝이는 키를 내 손에 쥐어준다. 출발을 잘할 수 있을지, 긴장과 기대가 교차된다. 양쪽 어깨와 차체가 거의 닿는다. 두 다리도 누에고치 속으로 파고들어가는 기분이다. 겨우 두 다리를 밀어 넣고 클러치, 브레이크, 가속페달 위치를 확인했다. 가속페달을 밟는 순간 '쿠구궁 에에엥' 포뮬러1 특유의 엔진 음이 터져 나온다. 속도를 좀 올려도 페달은 돌덩이처럼 무겁다. 감각이 확장되어 노면의 촉감이 그대로 발바닥에 전달된다. 살짝 건드려도 튕겨나갈 자세가 되어 있는 질주본능으로만 뭉친 존재다. 속도와 나는 일체가 되고 아무것도 존재하지 않는 순간이다.

나는 세상의 비밀을 알게 된 사람처럼 기분이 들떴다. 그리고 그 비밀이 힘겨웠다. 아내뿐만 아니라 누구에게도 말할 수 없는 사실로 인해 외톨이가 된 것 같았다. 남들과 공유할 수 없는 시간과 공간이 나의 세계에서 어떤 의미일까? 그건 그저 꿈일 뿐이다. 그런데 나는 그곳의 두 시간에서 얻는 에너지로 이곳에서 24시간을 지탱하는 사람이 되어가고 있었다. 알 수 없는 장소에 그만 가야 한다는 생각이 들 때마다 눈앞에서 이소가 방긋 웃었다. 나는 새로운 장소에서의 두 시간을 잘 지켰다. 하지만 점점 현실로 돌아오는 것이 힘겹게 느껴졌다. 그건 나에게 새로운 선택을 강요했다. 지난 번에는 겨우 돌아왔고 그러면서 그 세계 속에 갇히는 공포감을 느껴야만 했다. 이소가 나에게 친절을 베푸는 이유도 알 수 없다. 이소는 나에게 원하는 것이 없는 것처럼 보였다. 나는 그런 것들을 차분히 생각해보지 못했다. 그저 두 시간의 완벽한 질주를 위해서 이소의 미소를 의심하지 않으면서 현실의 24시간을 살아냈다. 내 손목에는 그곳에 언제든 갈 수 있는 통행증이 채워져 있다.

"여보, 시계를 왜 그렇게 골똘히 쳐다보고 있는 거야? 당신 안색이 안 좋아. 기분 전환할 겸 이번 주말엔 영화라도 보러갈까?"

주말엔 서킷에 가야 할 것 같다고 말했다.

"당신, 요즘 서킷에 너무 자주 가는 거 알아? 이번 주는 그냥 나랑 지내봐. 어차피 시합도 지나갔잖아. 다음 번에 시합 나가면 그땐 꼭 응원 갈게. 취미로 하는 건데 너무 신경을 쓰면 오히려 스트레스가 되잖아."

팝콘 봉지 속에 들어와 있는 것처럼, 버터 냄새로 가득 채워진 로비에서 두 장의 표를 끊었다. 영화 속에서는 자신의 신체 일부를 도둑맞은 남자가 정체불명의 회사를 상대로 신체 소유권에 대한 권리와 보상을 요구하는 싸움이 계속되고 있었다. 싸움이 계속될수록 이 남자의 신체는 점점 뒤틀리거나 마모되어 갔다. 그러면 회사에서는 그 남자에게 더 정교하고 멋진 인공 신체를 팔았다. 남자의 외모는 점점 완벽해졌고, 완벽한 외모를 만들기 위해서 지불된 채무는 점점 늘어갔다. 남자는 그 돈을 갚기 위해 죽도록 일하면서, 자신의 신체에 대한 소유권을 인정받기 위한 힘겨운 싸움을 계속했다.

영화관을 나와서 아내가 말했다.

"저 남자는 어디서 멈추어야 할까?"

나에게 묻는 것 같다. 당신은 언제쯤 두 시간의 집착에서 벗어 날 거야라고 말이다. 새로운 상소에 대해 말하면 믿어줄까? 현실에서 충족시킬 수 없는 질주본능을 이해해줄까? 이곳에서 채우지 못하고 있는 뭔가를 찾아서 자꾸 그곳으로 가게 된다면 아내는 그만 멈추어야 한다고 말할까? 아마도 그렇게 말하겠지.

"여기, 이곳에서 두 시간을 갖고 싶어."

손에서 땀이 배어나왔다. 다리가 후들거렸다. 아내는 이상하다는 듯이 주변을 둘러보았다. 곧 우리 옆에 있는 아이스크림 가게를 확인하고서 미소를 지었다.

"좀 더 있다가 집에 가자는 거지? 그래도 두 시간은 너무 길어. 아이스크림은 달콤하긴 하지만 금방 먹는걸."

일주일 내내 출근해서 점심을 먹고 나면 춘당지로 향했다. 춘당지의 물을 바라보며 나는 시계를 만지작거렸다. 그때마다 손에 땀이 나 축축해졌다. 바지에 손바닥을 쓱쓱 문지르며 사무실로 돌아오곤 했다. 밤마다 연못의 물을 빼고, 온 연못 바닥을 훑고 있는 꿈에 시달렸다. 번번이 땀에 젖은 상태로 꿈에서 깨어났다. 창경궁의 시간에 안주하던 나는 속도를 혐오한 인간이었는데, 백 분의 일 초에 연연하는 내가 되어 있었다. 책상 서랍에서 시계 상자를 꺼냈다. 얇은 종이를 넉넉히 넣고 그 안에 시계를 가지런히 놓았다. 사람들이 퇴근하고 어둑해질 무렵 사다리를 들고 함인정으로 갔다. '춘수만사택'이 적힌 현판 안쪽으로 시계 상자를 깊숙이 밀어 넣었다.

밤의 경기장

밤의 경기장

야구장에 처음 간 것은 이십 년 전이다. 어떻게 해서 그곳에 가게 되었는지는 기억나지 않는다. 서울 외곽에 위치한 상호신용금고에 근무할 때였다. 직원 중에는 지방에서 온 사람들이 꽤 많았다. 그들은 고향팀의 경기가 있을 때마다 무리지어 응원을 갔다. 주 5일 근무가 시행되기 전이다. 토요일엔 오후 한 시에 금고 셔터가 내려갔고, 세 시 정도면 업무가 마감되었다. 나는 딱히 스포츠에 관심이 없어서 친구를 만나 중국집에 간다거나 TV로 방영되던 주말의 명화를 보며 휴일을 보냈다.

그날은 어쩌다 보니 야구장에 가는 팀과 합류하게 되었다. 공기가 훈훈해지기 시작하는 오월 주말에 관중석은 꽉 차 있었다. 유니폼을 입은 선수들이 조그맣게 내려다보였다. 그들은 공을 치고 달렸다. 관중들은 음료수를 마시거나 치킨을 먹었다. 그때를 떠올리자니 둥둥 울리는 북소리 같은 것이 귓전을 맴도는 기분이 된다.

이후로 상호신용금고는 저축은행으로 명칭이 바뀌었다. 부동산 경기 호황과 PF자금 대출로 저축은행 외형이 커졌고 직원 수도 늘어났다. 그동안 여러 지점에서 근무를 했고, 야구응원팀도 다른 지점으로 뿔뿔이 흩어졌다. 다시 야구장에 갈 일이 생기지 않았다. 그런데 그 야구경기장이 지금은 직장이 됐다.

경기장으로 출근을 한 지 열흘째다. 오프 시즌이라 경기장은 지나치게 평화롭고 고요했다. 시즌이 되면 차량 행렬과 매연과 인파에 시달리겠지만 차라리 그게 나을 것 같았다.

주차 부스에 앉아 하품을 하다가, 무심코 야구장 측면을 바라본다.

과거 야구장의 기억은 희미하다. 지나간 시절이 미화되거나 변형되기에 충분한 시간이 흐른 것이다. 이십 년 전의 야구장은 존재하지 않았거나 상상이 만들어낸 장면, 혹은 누군가에게 들은 듯한 이야기처럼 나와 맞닿아 있지 않은 세계의 한 부분처럼 느껴진다. 주위 사람들의 들썩임, 문득 터져 나오는 탄성, 타자의 방망이에 부딪쳐 날아가던 작은 공이 있던 그런 곳만이 야구장의 모습이 아니라는 것을 깨닫는다. 경기장 외곽의 주차장 부스에 앉아 있다 보면 저절로 그런 마음이 된다.

출근하기로 결정한 것은 지난해 말이었다. 지하철을 타고 시의 경계를 넘어 경기장을 찾아갔다. 지하철 유리창에 비친 내 얼굴이 심하게 일그러져 있었다. 유리의 굴절 때문에 그렇게 보이는 것인지 가늠하며 나란히 서 있는 사람들이 비친 모습을 보았다. 그러는 동안 지하철은 지하를 빠져나와 지상을 달리고 있었다.

이력서를 들고 야구장 지하에 있는 아웃소싱 사무실을 향해 걸어가면서 나는 세상에서 팽개쳐진 기분을 떨치지 못했다. 지하에 있는 사무실은 추웠다. 점퍼를 입은 직원이 서류를 받아놓고 말했다.

'서문에서 근무하던 사람이 갑자기 그만두어서 급히 채용하게 된 거에요. 연휴만 끝나면 출근해야 합니다.'

채용은 간단했고, 곧 새해였다.

출퇴근을 위해 경기장 근처로 이사했다. 환절기에 공기의 감촉과 태양의 각도가 달라지는 것처럼 별 탈 없이 흘러가던 인생의 방향이 틀어진 것이다. 나는 저축은행을 안정된 직장이라고 여겼었다. 그곳에 적응하고 살아남기 위해 애쓰는 동안 업무와 관련 없는 세상일에는 무심해져 있었다.

다니던 저축은행이 파산하지 않았다면 정년을 채웠을 것이다. 나는 파산팀이나 인수팀 어디에도 남지 못했다. 건설사들이 일시적으로 이용하는, 금리가 높은 대출인 PF 상품에 주력한 것이 한때 영업 전략이었으나 건설 경기가 사그라지자 문제가 되었다. 불안을 감지하지 못한 것은 아니다. 하지만 만년 과장이었던 내가 어찌할 수도 없는 일이었다. 적어도 직장에서는 최선을 다했으나 그뿐이었다. 직장이 없어지자 둑이 무너지면서 쏟아져 내리는 물살에 휩쓸리는 듯한 충격을 맛보았다.

이 년여 동안 일자리를 구했다. 기업에서 마흔일곱은 소수의 승진자를 제외하면 적당한 퇴사 시기를 가늠하거나 버티는 나이인 것이다. 비슷한 조건으로 재취업은 불가능했고, 눈높이를 낮춘 타협도 쉽지 않았다. 일자리를 찾는 동안 시간은 절로 흘러 무료한 하루는 길고, 카드 대금 결제일은 빨리 돌아왔다. 퇴직금이 남아 있긴 했으나 불안은 커져갔다.

시간이 흐를수록 통장의 잔고는 줄어들었다. 초조해졌다. 결국 나는 서울의 서쪽에 위치한 항구도시에 있는 경기장까지 오게 되었다. 넓은 주차장 전면에 있는 직육면체의 부스, 지금 내가 일하는 곳이다. 주차장 오른편으로 시내가 인접해 있었다. 정면으로는 멀리 있는 야구장이, 왼편으로는 주차장의 끄트머리에 닿아 있는 무지개 공원 입구가 보였다.

일은 어렵지 않았다. 차가 들어올 때 정액 요금을 받고 나갈 때 차단기를 올려주었다. 가끔 무례한 운전자가 있긴 했으나, 문제가 될 만한 상황은 일어나지 않았다. 그럼에도 나는 긴장을 풀지 못했다. 낯선 도시와 경기장과 주차장의 부스, 어느 것도 쉽게 익숙해지지 않았다.

나와 교대한 오전 근무자가 돈통을 들고 야구장 지하를 향해 걸어가는 모습이 점점 작아질 때쯤, 검은 승용차 한 대가 햇살을 반사하며 입구 쪽으로 들어온다. 선글라스를 쓴 운전자가 미간을 찌푸리고 있다. 나는 운전자의 얼굴을 쳐다보지 않은 채 영수증을 내준다. 손톱이 반짝인다. 서쪽 끝 도시에서 아는 사람을 만날 확률이 얼마일까. 그런 걸 염려하지는 않았지만 순간적으로 감지되는 분위기에 민감해질 때가 있다.

요금을 내고 주차장으로 가는 차의 꽁무니를 눈길로 좇는데 경적

소리가 요란하다. 주차장 출구의 차단기가 제 때 올라가지 않자 운전자는 화를 내며 경적을 울려대는 중이다. CCTV 화면으로 성난 운전자의 몸짓이 보인다. 차단기를 올리자 쏜살같이 빠져나간다.

오전 근무자는 금방 익숙해질 거라고 말했다. 진입하는 차와 나가는 차뿐 아니라 야구장으로 걸어가는 사람들까지 한눈에 들어오게 될 거라고, 밤에 돈통을 들고 야구장의 지하로 걸어가는 일도 아무렇지 않을 거라고 했다. 그녀는 간단한 질문에도 장황하게 이야기를 늘어놓는 것으로 지루함을 달래는 듯했다. 사무실로 인계할 돈통에 손을 올려놓은 채, 이야기를 시작하면 언제 끝날지 예측할 수 없었다. 이야기 중간에 '차 들어오네'라고 말을 한 후 남은 말을 이어서 했다. 그러다 시계를 보고, 바쁘게 퇴근을 했다. 그제야 나는 들어오는 차와 나가는 차에 집중을 할 수 있었다.

저녁 식사 교대를 해준 아르바이트 청년이 돌아가자 어둠이 더 짙어진다. 정면으로 멀리 보이는 야구장은 어둠에 잠겨 있다. 오른쪽으로 펼쳐진 시가지의 불빛 때문인지 마치 검은 산 그림자 같다. 깊은 정적이 감도는 산 그림자를 향해 걸어가는 아르바이트 청년을 스치며 트레이닝복을 입은 남자가 공원 쪽으로 달린다. 가로등 불빛에 하얀 운동화가 반사된다. 새 한 마리가 그의 발 옆으로 날아오른다. 그는 어제도 같은 시간에 지나갔다.

운동을 하는 사람들이 섬섬 줄어들고, 주차장에 남아 있던 차들이 빠져나갈 때쯤 나도 마감을 한다. 십 분 전 열한 시가 되면 영수증 발행기에 찍힌 금액과 돈을 맞추기 시작한다. 고무줄로 돈을 묶으며 마감이랄 것도 없다고 생각한다. 책상 위에 돈다발을 올려놓고 정산을 한 후 모 출납으로 인계하던 저축은행 시절과는 비교할 수도 없다. 어려운 것은 돈을 가져가야 하는 사무실이 꽤 멀리 있다는 점이다.

부스를 두드리는 소리에 서둘러 돈을 돈통에 집어넣는다.

검은 코트를 입고 두툼한 머플러를 턱까지 끌어올린 여자가 부스 밖에 서 있다. 큰 키와 쇼트커트의 머리 모양 때문에 남자처럼 보이기도 했다.

"몇 시까지 근무죠?"

"근무시간은 끝났어요."

CCTV에 표시된 시간은 10시 58분이다. 주차장 한가운데는 이미 텅 비어 있다. 여자의 차는 주차장 가장자리에 남아 있는 몇 대 중 하나일 것이다. 거기까지 걸어가는데 시간이 걸리겠지만, 그 정도는 기다려줘야 한다고 생각하며 나는 차단기 버튼을 누른다.

"지금 나가시면 돼요."

"안 돼요! 지금은 차를 뺄 수가 없어요."

"그럼 내일 가져가세요."

여자는 부스 문을 가로막으며 내 앞에 다가섰다.

"조금만 기다려주세요. 전화하면 견인차가 십 분 내로 올 거예요."

"그건 곤란해요."

"차를 꼭 가져다놔야만 해요."

"이 시간에 정비소로 들어갈 수도 없을 텐데, 내일 가져가세요."

"정비소랑 상관없어요. 사정이 있단 말이에요."

여자는 들은 척도 안 하고 뒤돌아서서 전화기의 버튼을 누른다. 견인차를 기다리다가는 마감이 늦을 것이고 사무실 직원에게 한소리를 들을 것이다. 차단기를 올려놓고 사무실로 가면 곧바로 퇴근할 수 없다. 빨리 다녀온다고 해도 왕복 이삼십 분을 손해본다. 그 사이 버스가 끊길 것이다. 그런 나의 사정을 설명하며 여자에게 양해를 구할 필요는 없다. 그저 상식적으로 처리하고 싶을 뿐이다. 하지만 저렇게 막무가내로 나오는 여자는 어찌할 도리가 없다. 나는 사무실로 조금 늦겠다고 전화를 하려다 그만둔다. 여자는 물러서지 않을 것이고 사무실 직원도 내게 한마디 할 것이다.

여전히 통화를 하고 있는 여자를 뒤로 하고 차단기를 올려놓은 채 나는 야구장 쪽을 향해 걷는다. 무지개 공원 쪽으로 운동을 하는 사람이 지나간다. 여자와 실랑이를 하느라 평소보다 늦었다. 나는 가로등이 있는 도로를 가로질러 지름길로 들어선다. 화단의 잔디 사이를 걷다 키 작은 나무에 발이 엉켜 휘청거리다 가까스로 중심을 잡아 몸을 바로 세운다. 화단에서 내가 나오자 달리던 사람이 급히 나를 피한다. 놀란 얼굴로 나를 돌아보고는 다시 속도를 내서 달린다.

야구장 출입구 앞에 사람들이 삼삼오오 모여 있다. 이기저기 오토바이도 세워져 있다. 걸음을 멈추고 출입구를 본다. 편의점이 있고, 계산대에 서 있는 아르바이트생을 보니 사무실로 들어가는 입구가 분명하다. 걸음을 늦추며 천천히 입구 쪽으로 다가가자 머리를 노랗게 염색한 아이들이 눈에 들어온다. 다른 한 쪽에서는 두건을 쓴 아이가 허리를 굽히고 오토바이를 들여다본다. 나는 폭주족을 떠올린다. 가끔 버스 옆으로 시끄러운 엔진 소리를 내며 지나가는 번쩍이는 오토바이나, 햄버거나 치킨을 배달하는 오토바이를. 신경이 곤두선다. 차라리 거리를 질주하는 폭주족이라면 내 앞을 스쳐가는 동안 놀라긴 하겠지만 다른 염려 같은 건 하지 않았을 것이다. 그들이 한밤중에 모여 있는 것만으로도 나는 압도당한다.

이 시간에 경기장에서 행사가 있을 리는 없다. 그런 건 미리 공지를 한다. 오토바이 트랙 같은 것이 경기장 내에 있다는 얘기를 들어본 적도 없다. 저들은 어디론가 떠나기 위해 모여 있는 것일까? 밤엔 차가 없으니 속도를 내기에 좋을 것이다. 열 명도 넘는 아이들이 떼를 지어 도로를 질주할 것을 생각하니 무서운 생각이 든다.

하지만 오토바이를 탄다고 모두 폭주족은 아니다. 저들이 지금 소란을 피우는 것도 아니다. 험악한 분위기는 더욱 아니다. 몇몇이 모여 이야기를 하는가 하면 한쪽에서는 낄낄대며 담배를 피우고 있다. 야구장 입구로 들어가려면 그들 가운데를 통과해야 하는데 발이 떨어지지 않는다. 나는 마음을 다잡는다. 하지만 어느새 몸을 돌려세워 야구장 외벽을 끼고 다음 입구를 향해 걷고 있다.

그동안 편의점이 있는 입구를 통해서만 사무실로 갔었다. 그 길이 가장 빠르고 쉬운 길이라고 교대자가 알려주었고, 굳이 다른 통로로 다닐 필요도 없었다. 멀어진 편의점 불빛과 가까워진 쇼핑센터 간판을 보며 불을 켜놓은 주차 부스와 올라가 있는 차단기를 떠올린다. 현관문을 열어놓고 외출한 것처럼 신경이 쓰인다. '바보 같은 짓이야. 오토바이 아이들이 범죄자라도 된단 말인가.' 나는 혼잣말을 한다. 쓸데없이 야구장 외곽을 돌아 먼 길로 와버렸으니 마감시간은 이미 지났을 것이다. 사무실 직원은 하품을 하면서 기다리고 있을까. 아직도 업무가 서툰 걸로 봐서 오래 일하긴 틀렸다고, 마감시간도 제대로 맞추지 못해 퇴근이 늦어진다며 투덜거리고 있을지도 모른다.

그건 사실이기도 하다. 나는 좀처럼 적응을 못하고 있었다. 오후 3시 출근도 낯설었다. 그건 업무에 익숙해지는 것과는 다른 의미로 내 처지를 실감나게 했다. 남들과 다른 시간대를 사는 사람이 된 것이고, 인생이 하향곡선을 타고 있는 것을 확인하는 기분이다. 그리고 이보다 더 나빠질 수도 있는 이유들이 내게는 얼마든지 있다. 직업과 직책이 만들어놓은 자기장 안에 오래 갇혀 있던 사람에게서 자기장을 걷어내면 쓸모없는 촉수가 마구 자라난다는 것을 경험하는 중이었다.

쇼핑센터 안은 따뜻하다. 밝은 불빛과 진열된 물건들과 움직이는 사람들을 보자 약간의 안도감이 생겨난다. 24시까지인지 24시간 영업인지 알 수 없지만 이 밝음과 활기가 다행스럽다. 건물의 안내도를 찾기 위해 쇼핑센터 안을 눈으로 훑는다. 졸고 있는 어린아이를 쇼핑카트에 태우고 장을 보는 젊은 부부가 내 앞으로 지나간

나. 그들이 서 있는 엘리베이터 옆 벽면에 있는 안내도가 눈에 들어온다.

지하 삼층부터는 쇼핑센터 주차장이다. 주차장에서 야구장 지하로 통하는 길은 E구역으로 표시되어 있다. 나는 젊은 부부를 따라 엘리베이터를 탄다. 아기는 곤히 잠들었다. 쇼핑카트 안에는 기저귀와 분유, 과일과 소시지 같은 것들로 채워져 있다.

지하 주차장을 두리번거리며 천정에 달린 표지판을 보느라 쇼핑객과 어깨가 스친다. 나도 모르게 두 손으로 돈통을 꽉 쥔다. 쇼핑객이 짐을 싣고 트렁크를 닫는다. 이어 시동을 걸고 차가 빠져나가는 소리가 들린다.

주차장을 헤매다보니 등 쪽으로 열이 확 올라오며 현기증이 난다. 신경 쓰면 나타나는 갱년기증상이다. 주차장 기둥에 쓰인 기호와 숫자를 읽으며 기둥 사이를 지나간다. 출구와 입구를 표시한 화살표가 벽면 중앙에 커다랗게 표시되어 있지만 E구역이 한눈에 들어오지 않는다. 나는 오른쪽부터 화살표가 그려진 벽을 따라 걸어가며 통로를 찾는다. 그냥 야구장 입구로 갔어야 했다. 나와 아무 상관도 없는 오토바이와 아이들을 지나치지 못하고 지하 주차장을 헤매는 일이야말로 어리석은 짓이다. 몇 시쯤 되었을까. 점퍼 주머니에 손을 넣어보니 휴대전화기는 없고 열쇠만 손에 잡힌다.

마감을 기다리던 사무실 직원이 내 휴대폰으로 전화를 하고, 부스 안에서 휴대폰이 울리다 멈추기를 반복하는 걸 상상한다. 직원은 어떻게 생각할까? 어제도 마감시간에 늦게 도착한 내가 사무실

문을 열고 들어서자 '오후 근무는 남자직원으로 배치하는 게 좋겠죠'라고 뼈 있는 말을 했다.

벽의 화살표가 끝나는 곳에 E동이라고 쓰인 비상계단 통로가 있다. 지하 사무실로 연결되는 통로다. 안으로 들어서자 벽면에 E동이라고 쓴 큰 글씨 아래, 헬로파킹과 그 외의 사무실 이름이 쓰인 안내 표지가 붙어 있다. 희미한 비상등 아래서 걸음을 옮길 때마다 고여 있던 먼지가 날아오르며 공기와 섞인다. 매캐한 냄새가 코를 찌른다. 숨을 참았다가 한 번씩 몰아쉬며 통로 끝에서 걸음을 멈춘다.

사무실로 가는 통로를 셔터가 가로막고 있다. 두 손으로 셔터를 밀어 올려보지만 덜컹거리는 쇳소리만 요란하다. 손바닥을 넓게 펴서 움켜쥐듯 힘을 주자 공기를 진동하던 쇳소리가 잦아든다. 자물쇠 같은 것은 보이지 않는다. 다시 두 손바닥을 셔터에 밀착시켜 힘껏 올려본다. 버석한 먼지만 묻어난다.

손바닥을 부딪치며 먼지를 털어내자 탁! 탁! 탁! 하는 소리가 복도에 퍼진다. 다시 손바닥을 더 세게 부딪친다. 탁! 탁! 탁! 그 소리에 나는 조금 고무되어 다시 돈통을 집어들고 되짚어 나온다. 누구에게라도 야구장으로 가는 길을 물어봐야겠다.

쇼핑센터 안에 들어서자 따뜻한 공기가 볼에 닿는다. 빠른 음악과 폐점을 알리는 안내방송이 나오고 있다. 조급한 마음으로 안내센터를 찾는다. 식품매장 입구 왼쪽으로 고객만족센터가 보인다.

"야구장 지하에 있는 사무실로 가는 통로가 어디죠?"

돈통을 옆구리에 낀 채, 한 손으로 이마의 땀을 쓸어내고 있는 나를 보며 직원은 의아한 표정을 짓는다.

"야구장 지하에 있는 사무실로 가려고요. 여기서도 거기로 가는 길이 있겠죠?"

직원은 잠깐 기다리라고 한 후 어디론가 전화를 한다. 스피커에서 나오는 빠른 리듬에 나는 조급해진다. 곧 음악이 꺼지고 손님들을 정중히 내보내고 셔터를 내리겠지, 귀를 막고 싶은 충동을 억제하며 표정을 일그러뜨리지 않기 위해 애쓴다. 표정을 단정히 하는 것은 이십 년 동안 저축은행에 다니면서 만들어진 결과이다. 길들여진 것이 쉽게 바뀌지 않아서 나는 누구에게든 친절해야만 하는 사람인 것이다. 전화 통화가 끝나기를 기다리며 벽에 걸린 시계를 본다. 열한 시 사십오 분이다. 사무실 직원이 퇴근할 시간이 지난 것인지, 밤새 사무실을 지키는 야간근무인지 나는 알지 못했다. 그런 것 정도는 알아두었어야 하는데 이곳의 시스템을 너무 모른다고 생각하니 화가 난다.

"예전엔 통로가 있었는데, 관리문제로 지금은 폐쇄시켰다는데요. 밖으로 나가셔서 야구장 벽을 끼고 동쪽으로 가다보면 편의점 있는 출구가 있거든요. 그쪽으로 가셔야 한답니다."

전화를 끊은 직원이 나를 보며 상냥하게 말한다. 그의 상냥함에 속에 깃든 피로감이 감지된다. 음악의 볼륨이 더 커졌다. 나는 급히 밖으로 나온다. 음악 소리가 들리지 않아서 살 것 같다.

사무실 직원은 내가 있는 서문까지 찾아올지도 모른다. 오는 동안, 서문 아줌마는 도대체 일을 어떻게 하는 거야 하고 짜증을 낼지도 모른다. 그러다 얼마 안 되는 돈을 가지고 가버린 건 아닌가 하는 의심을 하게 될 수도 있을 것이다. 차단기가 열려 있고, 불 켜진 주차 부스를 보면서 주차장에서 일어날 수 있는 안 좋은 일들을 추측할지도 모른다.

헬로파킹 사장의 형이라는 사람이 내게 주차관리 일을 소개했다.

'이래봬도 정규직입니다. 4대 보험도 되고 퇴직금도 있어서 젊은 사람들도 많이 지원을 한다니까요. 친구 분이 워낙 좋게 말씀을 해서 믿고 채용하는 겁니다. 인맥이 그래서 좋은 거죠. 자리 나면 알려달라는 사람들이 줄 서 있다니까요.'

포기하는 심정으로 하게 된 이 일조차 그만두게 된다면 어디까지 나빠질 수 있을까. 이 일을 그만두는 것, 그것이 현재로서는 가장 나쁜 경우다. 아니다. 불미스러운 일로 그만두게 되는 건 더 나쁘며, 이런 단순한 일에도 적응을 하지 못했다는 자괴감은 더욱 나쁘다. 가장 나쁜 것은 구직활동을 다시 하게 되는 것이다.

나는 마음을 가라앉히기 위해 중얼거린다.

'그냥 돌아가면 되는 거야. 길을 잃은 것처럼 허둥댈 필요는 없어. 퇴근 시간이 조금 늦어질 뿐이고, 택시를 타면 돼. 택시를 타고 아직도 낯선 동네 이름을 대고 거리의 불빛 사이를 지나 집으로 가면 되는 거야.'

언제부터 이렇게 혼잣말을 하게 되었을까. 나는 중얼거리며 경기장의 외벽을 끼고 걷는다. 바람이 목덜미의 식은땀을 훑어간다. 조깅을 하는 사람도 없고 들어오고 나가는 차도 없다. 가로등 뒤에 도

사리고 있는 어둠이 내 어깨를 덮칠 것만 같았다.

편의점 근처에는 아직도 오토바이들이 있었다.

'괜찮아. 아무 일 없을 거야.'

혼잣말을 하며 천천히 그 앞으로 다가간다.

형체만 보이던 아이들의 얼굴이 가까워진다. 노랑머리와 눈이 마주친다. 눈길을 받아내며 계속 걸어야 할지 망설이는데, 노랑머리가 눈길을 돌리며 아무 일도 없었던 것처럼 옆의 아이들과 다시 이야기를 나눈다. 나는 다시 걸음을 뗀다. 부릉거리는 오토바이 엔진 소리에 놀라서 걸음을 다시 멈춘다. 시동을 건 오토바이를 둘러싸고 있는 서너 명의 아이들이 이야기를 하고 있다.

"참나, 땅이 울퉁불퉁하면 온로드만큼 속도를 낼 수 없잖아."

"그런데 가볍고 높게 만들다보면 무게 중심을 낮게 설계할 수 없다는 거지."

"뭐가 그렇게 어려워. 그냥 타면 되지."

"하긴, 뭐."

"담배나 하나 줘봐."

"어, 저 아줌마 너네 엄마 아니지?"

"죽을래."

"이모님이시구나."

오토바이 위에 올라탄 아이가 팔로 옆에 서 있는 아이의 목을 감싸쥐며 말한다.

"어서 마중 나가 임마."

나는 어깨를 펴고 허리를 꼿꼿이 세운다. 누구와도 눈길을 마주치지 않기 위해 시선의 방향을 먼 곳에 둔다. 난 단지 사무실에 가려는 거야. 너희들과는 아무 상관이 없어,라고 속으로 말한다.

오토바이에 앉아 있던 노랑머리가 목을 잡아끌었던 팔을 풀며 시동을 걸더니 앞으로 튕겨나간다. 주위에 있던 아이들도 사방으로 흩어진다. 출입구 바로 앞을 막고 있던 그들이 흩어지자 나는 뛰다시피 걸어서 편의점 앞까지 간다. 등 뒤에서 오토바이 소리와 휘파람 소리가 들린다.

밖을 내다보는 편의점 직원의 모습에 안도감을 느끼며 엘리베이터 앞으로 간다. 바리케이드로 막혀 있다. 오토바이를 타는 아이들 때문에 막아놓은 것인지, 퇴근하면서 그렇게 해놓는 것인지 알 수 없다. 비상계단에도 철문이 내려져 있다. 연이어 닫혀 있는 문들 앞에서 견딜 수 없는 심정이 된다. 나는 철문을 쾅쾅 두드린다.

"아주머니 뭐하세요?"

돌아보니 편의점 직원이 내 앞에 서 있다.

"몇 번을 불렀는데, 못 들으시네요. 무슨 일이 있어요?"

"엘리베이터도 못 타게 해놓고 계단도 막아놓다니 너무하잖아요."

"원래 그래요."

"원래 그런 게 어딨어요. 그게 말이 돼요? 난 여기 볼일이 있다고요. 여기까지 어떻게 왔는데요."

나도 모르게 편의점 아르바이트생에게 언성을 높인다.

"사무실 퇴근 끝나면 경비원이 셔터 다 내리고 가요."

아르바이트생은 별일 아니라는 투로 말하더니 편의점으로 들어가버린다.

그 사이 밖에는 오토바이가 더 늘어났다. 그들 사이를 지나 야구장 입구에서 벗어나는 동안, 모두 나를 보고 있는 것만 같아 걸음이 제대로 떼어지지 않는다. 뒤에서 웃는 소리가 들린다.

이대로 택시를 타고 집으로 돌아가버릴까. 사무실 직원도 퇴근을 했으니, 아침에 자초지종을 이야기하면 될 것이다. 하지만 주차장 부스의 전깃불도 꺼야 하고, 차단기도 다시 내려놓아야 한다. 가방도 부스 안에 있다. 돈통에 든 돈으로 택시비를 내고 싶지도 않다. 어차피 늦었다. 지름길인 어두운 화단을 다시 가로질러 가고 싶지도 않다. 나는 가로등이 있는 길을 따라 부스로 향한다.

뒤에서 발자국 소리가 들린다. 이 시간에도 운동을 하는 사람이 있을까. 소리는 나를 앞지르지 않고 뒤에서 계속 따라온다. 왜 뛰지 않는 걸까. 나는 걸음을 빨리한다. 뒤에서 걷는 소리도 빨라진다. 도대체 이 시간에 운동을 하는 사람은 뭐란 말인가. 이 경기장은 밤새 문을 닫지도 않는단 말인가. 어느새 나는 뛰고 있다. 발소리가 여전히 따라온다. 화단에 있는 작은 나무에 발이 걸린다. 넘어진 채 이젠 끝이라고 생각하는 순간, 사방이 조용하고 발자국 소리가 들리지 않는다는 걸 깨닫는다. 직사각형의 검은 스테인리스 돈통은 넘어지면서 팽개쳐졌다. 건너편 가로등 아래로 뛰어가는 사람이 보인다. 그의 손을 본다. 빈손이다.

돈통을 찾지 못한다면 당연히 돈을 물어내야 할 것이다. 직원은 이미 그렇게 의심을 했을지도 모른다. 돈이 많기나 하다면. 나는 또 혼잣말을 한다. 허리를 굽히고 다시 화단을 살핀다. 아직 꽃이 피지 않은 마른 화단의 가장자리에 돈통이 비스듬히 걸쳐 있다. 나는 그것을 들어 올려 흙을 털어낸다.

시간이 얼마나 흘렀을까. 열두 시, 한 시? 어깨와 머리 위로 열이 올랐다 내리고 식은땀이 가슴골로, 목 뒤로 흘러내린다.

환한 부스가 눈에 들어온다. 열쇠로 문을 열고 들어가자 따스한 기운이 몸을 감싼다. 의자에 털썩 주저앉아 들고 다니던 돈통을 제자리에 놓는다. 안도감이 생겨난 것도 잠깐, 돈통을 집으로 가져가야 할지 판단이 서지 않는다. 부스 안의 책상 서랍이나 캐비닛에도 잠금장치가 없다. 부스 문을 잠그고 퇴근한다 해도 마음이 놓이지 않을 것이다. 캐비닛에 넣고 책 같은 걸로 가려놓을지 고민하다 내 가방이 잘 있는지도 염려가 된다. 사무실에 다녀오는 동안 무슨 일이 있었던 것은 아니겠지. 가방 안에 귀중품이나 큰돈이 있는 것은 아니다. 다만 카드나 신분증을 분실하게 되었을 때의 절차란 귀찮은 일이다. 나는 조심스럽게 캐비닛을 열었다. 가방은 그대로 있었다.

밖이 소란스럽다. 오토바이 엔진 소리가 점점 커진다. 굉음을 내며 오토바이 한 대가 주차 부스를 스치고 지나간다. 뒤이어 오토바이들이 연달아 들어온다. 나는 반사적으로 부스의 문을 걸어 잠근다. 재빨리 돈통을 캐비닛 안에 넣고 가방으로 가려놓는다. 심장이 쿵쾅거리고 숨이 막혀온다.

'괜찮아. 저 애들도 연습할 장소가 필요한 것뿐이야. 경기장 안으로는 들어갈 수가 없었던 걸 거야.'

그러고 보니 왼쪽에 있는 주차장 입구의 차단기도 올라가 있었다. 아이들이 내 곁을 아무렇지도 않게 지나간다. 하지만 차단기 버튼으로 손을 옮겨 놓지 못한다. 나는 얼음처럼 굳은 채 입구의 차단기까지 올라가 있었던 이유를 생각하지만 머릿속이 하얘져서 아무것도 할 수가 없다.

텅 빈 주차장이 오토바이 소리로 가득 찬다. 나는 얼굴도 돌리지 못한 채 CCTV 화면으로 주차장을 맴도는 아이들을 쳐다본다. 빙글빙글 도는 오토바이 뒤로 주차되어 있는 차들이 보인다. 머플러를 두른 여자는 차를 견인해 갔을까? 나는 그 여자의 차가 어떤 것인지 알지 못한다. 가장자리에 주차된 차들 중에서 어떤 차가 빠졌는지 확인하려 했으나 휙휙 지나가는 오토바이로 CCTV 화면이 어지럽다.

문득, 여자와 아이들이 같은 패거리가 아닐까 하는 의심이 생긴다. 밖은 점점 더 소란스럽다. 노랑머리가 시범을 보일 때마다 아이들은 괴성을 질러댄다. 나는 CCTV를 확인하는 걸 포기하고, 차단기를 올려놓았을 때 일어날 수 있는 상황을 추측해본다.

결국 이 일에 익숙해지기도 전에 그만두어야 할지도 모른다. 나는 원래 운동 경기를 좋아하지 않았다. 경기장도 주차 부스도 나와 어울리지 않는다. 정기권을 끊어서 경기장에 주차를 하고 스포츠클럽이나 스크린골프, 또는 찜질방에 다니는 사람들의 지나친 허세를 참아줄 필요도 없고, 들어오는 차의 번호판이 찌그러졌거나 각도 때문에 컴퓨터가 차량을 인식하지 못해 차단기가 올라가지 않으면 몹시 화를 내는 사람들, 당신 같은 사람은 이런 일을 하면 안 된다고 호통치는 사람들, 그런 사람들을 다시 보지 않아도 된다. 그런 생각을 하니 후련한 기분마저 든다.

하지만 다시 구직활동을 하고 번번이 거절당하고 남은 인생의 남은 기간을 예측하여 있는 돈을 가지고 계산기를 두드리는, 아무도 나를 찾지 않고, 아무도 찾아갈 일이 없는 그런 날들을 생각하니 마음이 옥죄어 온다. 괜찮을 거야. 저 애들은 그냥 연습할 장소가 필요한 거야,라고 혼잣말을 하며 시내 쪽을 바라본다. 화려한 불빛과 지나가는 차들의 전조등이 무심하다. 거대한 산 그림자 같은 경기장의 어둠이 나를 포위하고 있는 것만 같다. 저쪽 세계와 경기장 사이에 보이지 않는 벽이 있는 것만 같다. 벽을 빠져나가 저쪽 세계로 가고 싶다. 건물의 불빛이 반짝이고 차들이 달리고 24시간 김밥집에 사람들이 들락거리는 진짜 세상으로.

요란한 소리가 귀를 찢는다. 동시에 시동을 거는 소리가 터져 나온다. 차가운 공기를 깨트리며 오토바이들이 움직인다. 연습을 끝냈는지 주차장 안에 있는 모든 오토바이들이 한꺼번에 줄지어 돌고 있다. 열려 있는 차단기를 지나 주차 부스 밖으로 나갔다가 다시 들어오기를 반복하고 있다. 노랑머리가 부스 안에 있는 나를 보더니, 소리친다.

"헤이! 아줌마!"

드르륵, 손으로 부스를 긁고 지나간다.

뒤따르는 아이들도 한마디씩 소리를 지르며 따라간다. 무어라고 하는지 알아들을 수가 없다. 라이트의 행렬에 눈이 부시다. 심장이 얼어붙고 손끝이 굳어버린다. 엔진 소리와 아이들이 내지르는 소리가 경기장을 넘어간다. 나는 여전히 올라가 있는 차단기를 내리지 못한다.

낯선 24시간

아내가 현관문을 열고 나갈 때까지 민 부장은 아무 말도 하지 않았다. 여행지나 일행에 대해 묻지 않는 것으로 불편한 마음을 대신했다. 호젓한 숲길이나 바닷길을 걷는 아내의 모습을 상상해보아도 실감이 나지 않았다. 이상하게도 검은 상복을 입은 모습만 눈에 선했다.

모친은 골동품 반닫이와 오래된 빌라, 얼마 간의 예금을 남겼다. 장례식은 소박했다. 과한 것은 아내의 눈물이었다. 손으로 눈가를 찍어내던 아내는 처제의 손을 잡은 채 어깨를 들썩였다. 운구를 하는 동안에도 울음을 멈추지 못했다. 민 부장도 모친 생전의 여러 가지 일들이 떠올라 마음이 복잡해지는가 하면 죄책감과 후회의 감정에 휩싸이기도 했다. 그럼에도 아내의 통곡은 죽음과 맞닿은 듯 민 부장의 복잡한 감정을 압도했다.

상례를 지른 지 얼마 지나지 않아, 아내는 얼굴을 뒤로 젖히며 붓기가 가라앉지 않은 눈에 찜질팩을 올려놓았다.

"여행을 가려고."

"여행이라니, 적당한 때가 아니잖아."

아내는 여전히 찜질팩으로 눈을 가린 채, 더 이상 설명하지 않았다.

모친이 살던 빌라를 둘째아들에게 주라는 유언에 대한 일시적인 반발이라고 짐작해 보았다. 남동생의 형편이나 모친의 마음과 별개로 아내는 서운할 수 있을 것이다. 모친이 아프기 전에는 근처에 살면서 아내가 보살펴왔다. 돌아가시기 전까지 집과 병원을 전전하는 일도 아내가 도맡았다.

장례식장에서 아내는 계속 울기만 했다. 장례식장은 얼마든지 울 수 있는 장소다. 통곡을 한다 한들 누가 뭐라 하겠는가. 고인을 잃은 슬픔이 아니어도 누구라도 울고 싶은 이유는 백 가지라도 있을 것이다. 어쩌면 아내는 자신을 위해 울었는지도 모른다.

그때나 지금이나 아내의 감정이 어떤 것이었는지 민 부장은 알 수 없었다. 분명한 것은 오랜 병수발로 피로가 쌓였을 테고, 여행이 필요했는지도 모른다. 다만 장례식이 끝난 직후라는 점이 마음에 걸렸다.

아내는 눈 위에 올려놓았던 찜질팩을 내려놓고, 짐을 꾸리기 시작했다. 어머니가 돌아가시기 전에 여행을 계획했을 수 있다. 하지만 불쑥 생각이 나서 여행을 가겠다는 것처럼 보였다. 게다가 여행을 마치면 집으로 돌아오지 않겠다고 했다.

잘못 들은 줄 알았다. 혹은 아내가 '당분간'이나 '며칠 동안'이라는 말을 생략했거나, 이미 말했다고 착각해서 하지 않은 것일지도 모른다고 믿고 싶었다. 하지만 아무 관련이 없는 소도시에 있는 도시형 아파트 이름은 여행과 상관이 없으며 아내가 한 말 중 가장 명확한 표현이었다. 그 말은 가출이나 별거와 동의어이고 그 다음 일은 예측하고 싶지도 않았다. 말이 나왔을 때 분명하게 물어봤어야 했다. 물론 감정이 격해져서 일단 그 순간을 넘기려고 했을 것이다. 습관은 인생의 중요한 순간에도 그런 식으로 작용했다. 아내와 삼십 년을 사는 동안 어느 때부터인지 화를 내거나 따져 묻는 방법으로 문제를 해결하지 않았다. 감정이 상하거나 문제가 터지면, 일단 거리를 두고 한 발자국 뒤로 물러섰다. 혹은 모른 척하거나 딴청을 하는 것으로 맞부딪치는 것을 피해왔다. 관계의 특이성에서 비롯되었든 누군가의 성향 때문이든 그렇게 되었다. 이번에도 아내가 집을 나선다는 얘기를 꺼낼 때, 민 부장은 일단 뒤로 물러섰다.

아내가 가겠다고 하는 아파트는 적은 보증금에 월세로 갈 수 있는 곳으로 1인 가구에 적합한 원룸형으로 짐작됐다. 그런 곳에 왜 가려는지, 생활비는, 따로 모아놓은 돈이라도 있는지, 직장을 구하기라도 했는지, 심지어 다른 누가 있는 것인지 하고 싶은 말이 줄줄이 목구멍으로 올라오려는 것을 참느라 이를 꽉 물었다. 이제 와서 여행에 대해 묻지 못한 것이 후회스러웠다.

아내가 집을 나간 지 하루가 지났을 뿐인데 시간의 질감이 완연히 다르게 느껴졌다. 민 부장은 소파에서 일어나 이미 어둑해진 거실에 등을 켰다. 블라인드를 내리기 위해 베란다로 나갔다. '살구빛이었나?' 베란다에 나올 일이 별로 없긴 했다. 거실로 돌아와 무심코 눈길을 준 텔레비전 옆에 있는 장식용 나무부엉이, 오뚝이처럼 둥근 몸통과 반들반들한 나뭇결 위에 그려진 부엉이의 커다란 눈과 마주치자 민 부장은 자신도 모르게 움찔하며 시선을 돌렸다. 집안에 있는 사소한 것들이 묘하게 이질적으로 느껴졌는데, 블라인드의 색깔뿐 아니라 거실 크기나 가구 위치 같은 것들마저 조금씩 낯설어 보였다.

이 사소한 혼란을 가라앉히려면 커피라도 마셔야 할 것 같았다. 주방으로 가 전기주전자 버튼을 누르고 싱크대 위 수납장에서 머그잔을 꺼냈다. 머그잔 뒤에 있던 갈색 병이 눈에 들어왔다. 허브 중 하나라고 생각하면서도 이상한 호기심에 저절로 손이 갔다. 민 부장은 어느새 병뚜껑을 열고 있었다. 절반쯤 들어 있는 흰 알약을 꺼내어 손바닥 위에 쏟아보았다. 아스피린 크기의 알약이다. 병 속에 약을 다시 쏟아넣고 병 표면에 쓰인 글씨를 읽으려고 해도 잘 보이지 않았다.

약병을 식탁에 내려놓고 커피 봉지를 뜯어 머그잔에 부었다. 싱크대 위로 커피 가루가 날렸다. 흩어진 검은 가루를 내버려둔 채 뜨거운 물을 머그잔에 부으며, 식탁 위에 있는 병에 눈길을 주었다. 병을 중심으로 식탁과 집안의 구도가 흔들렸다. 조용히 퍼지는 이질감이 아내에게, 어딘지 모를 여행지에 가서 닿았다.

민 부장은 무엇에도 집중을 할 수 없었다. 몇 년 전 딸을 시집보낼 때는 괜찮았다. 그땐 곧이어 닥칠 퇴직이나 이후의 생활에 골몰했고 옆에 아내가 있었다. 게다가 딸의 결혼은 경사스러운 일이 아닌가. 커피를 들고 거실로 걸어가면서 부엉이 옆에 있는 액자를 보았다. 사진도 작았고, 사진 속 인물은 더욱 작아서 두 사람 얼굴이 잘 보이지 않았다. 바닷가를 배경으로 딸과 아내가 웃고 있었다. 아니 웃고 있을 것이다. 딸은 사진을 찍을 때면 자동으로 웃는 표정을 지었고, 아내는 딸이 옆에 있으면 기분이 좋아졌으니까. 그런데 아내의 웃는 얼굴이 선명하게 그려지지 않았다. 언제 아내와 눈이 마주쳤는지도 기억나지 않았다. 거실 소파에서 드라마를 보는 옆모습, 화장대에 앉아 스킨을 바를 때 흔들리던 어깨, 설거지를 하는 뒷모습들만 눈앞에 그려졌다. 현관문을 여닫는 소리, 경쾌한 도마질 소리, 싱크대에 떨어지는 물소리로 아내를 인식한 것이 언제부터였을까.

장례를 치르고 집으로 돌아와 며칠 동안은 분주했다. 어머니 집을 정리하고 문상객들에게 감사 문자를 보내기 위해 방명록을 살폈다. 그런 일들마저 마치고 나자 민 부장은 허탈했다. 입맛을 잃었고 아내는 국수를 삶았다. 물을 끓이며 호박을 썰었다. 참기름 냄새가 콧속으로 들어왔다. 평소처럼 경쾌한 칼질 소리, 지글거리는 기름에 야채 익는 소리와 고소한 향기가 집안에 퍼졌다. 일상으로 돌아온 것 같았다. 아내는 등을 보인 채, 커다란 냄비에 국수를 펼쳐 넣고 있었다. 그리곤 싱크대에 위에 오른손을 올려놓은 채 몸을 절반쯤 돌리며 민 부장에게 무어라고 말했다. 거실 소파에 앉아 있는 민 부장의 귀에는 잘 들리지 않았다. 이내 냄비의 물이 거품을 내며 끓어올랐고 아내는 다시 등을 보이며 국수를 저었다. 거품 때문인지, 할 말을 이미 다 한 것인지, 민 부장이 알아들었다고 여긴 것인지 분간할 수 없었다. 하지만 되묻지 않았다. 그런 게 일상인 것이다.

민 부장은 휴대폰을 만지작거리다 내려놓았다. 그리고 자기도 모르게 흠흠 목청을 다듬고 전화번호를 누르다 그만두고 문자를 입력했다. '집에 돌아오지 않겠다는 건 농담이지?'라고 썼다가 지웠다. 다시 '무슨 일이 있는 건 아니지?'라고 썼다가 지웠다. '언제쯤 오나?'라고 쓰다 또 지웠다. 마음이 몹시 불편했다. 이런 상황은 예측하지 못했다.

은퇴 전 준비한 것은 용돈 정도의 연금과 약간의 저축이다. 그리고 성능 좋은 후륜구동 왜건이 남았다. 트렁크 공간은 직접 만든 가구를 넣을 수 있을 만큼 넓었다. 하지만 아직 그 트렁크를 채울 만한 가구를 만들어보지 못했다. 후배가 소개한 월요목공클럽은 외곽순환도로를 타고 삼십 분 정도 가야 하는 곳에 있었다. 그곳에 가기 위해 액셀러레이터를 밟으면 일상의 너절함이 빠져나가는 듯했고, 낡은 몸에 시간을 거스른 에너지가 응집되는 것 같았다. 직장 후배는 클럽에서 여전히 민 부장님이라고 불렀다. 그곳에서는 전직 부장이든 회계사든 여전히 최종 직함으로 불렀고 그런 호칭이 나쁘지 않았다. 지금 민 부장이 월요일을 기다리는 것은 평소의 패턴을 지속하고, 세상은 여전하며 아무 일도 일어나지 않았다고 스스로를 안심시키고 싶어서다.

'출근하면 일하는 동안 자질구레한 일들은 잊어버릴 거 같아'라고 아내가 말한 적이 있다. 퇴직 이후, 민 부장 역시 어디든 다시 출근을 하면 좋겠다고 수없이 생각했다. 하지만 아내가 그 말을 할 당시에는 듣기 거북했다. 할 말이 없었던 것도 아니다. 자질구레한 일을 잊어버리기 위해 직장에 다니는 것도 아니며, 직장생활이 쉬운 건 더더욱 아니라는 말을 하지는 않았다. 주로 집안일만 해온 아내가 공감할 리 없다. 그런데 민 부장도 그 자질구레한 일에 동요되고 있었다. 심지어 그 자질구레한 일이 무한 확장되어 마음이 상하기도 했다. 퇴직 후 삼 일째 되는 날, 아내가 청소를 하다 말고 민 부장 앞에 청소기를 넘겨준 채 외출을 했다. 어떤 의사표시였는지, 그럴 만한 바쁜 일이 있었던 것인지 알 수 없었다. 그저 다시 할 만한 일을 찾아봐야겠다고 생각했을 뿐이다.

잠자리에 들어도 쉽게 잠이 올 것 같지 않아, 리모컨을 잡았을 때 딸에게 전화가 왔다. 딸은 주말마다 안부전화를 했다. 하지만 밤 11시는 늦은 시간이다. 이 사태를 알리고 싶지도 않았다. 바쁠 땐 굳이 전화하지 않아도 된다는 말로 통화를 끝내려 했으나 딸은 시댁에서 행사가 있어 이제야 집에 돌아왔다며, 평소처럼 엄마를 바꿔 달라고 했다.

"여행이요? 설마……. 좀 이상하잖아요. 할머니가 돌아가신 지 얼마나 됐다고요. 무슨 일이 있어요?"

잠깐 침묵 중에 민 부장의 내답을 기다리던 딸의 말투가 조심스러워졌다.

"여자들은……. 좀 그럴 수도 있겠네요."

여자들은, 이라는 말에 민 부장은 긴장했다. 하지만 딸은 민 부장의 입장을 배려해서 적당한 이유를 찾아본 것뿐이었다. 여자들의 어떤 모임은 여행을 못 가게 된 개인에게 여행 경비를 돌려주지 않는 곳도 있다는데, 한 사람도 빼놓지 않고 가기 위한 배려가 그런 식으로 발휘된 거라는 등의 설명을 했다. 하지만 곧, 엄마가 그럴 거 같진 않네요, 라며 말끝을 흐렸다. 딸이 머뭇거리는 사이 전화기로 아기 울음소리가 들렸다. 딸은 아이를 달래면서 염려스러운 마음을 조심스럽게 내비쳤다. 누구를 걱정하는 것인지 분간할 수 없었다. 엄마도 없는데 식사 잘 챙겨 드시라며 전화를 끊었다.

하츠 홈구장인 타인캐슬에서 리버풀과 축구 경기가 시작되는 것을 보다 소파에서 잠이 들었다. 꿰어 맞출 수도 없는 엉망진창의 꿈속에 리버풀의 제라드가 코너킥을 얻어냈다는 소리가 들렸다. 경기종료를 알리는 휘슬 소리에 눈을 떴다. 제라드가 은퇴했다는 걸 떠올리며 꿈인가 했다. 제라드는 은퇴를 했는데, 라고 중얼거리며 시계를 보니 여전히 새벽이었고 다시 잠이 오지 않았다. 잠을 자려고 애쓸수록 머릿속이 명료해졌다. 딸의 말처럼 불가피한 여행이었을까? 아닐 것이다. 아내는 그 정도로 입장 표명을 못하는 타입은 아니다. 게다가 여행 후 집으로 돌아오지 않겠다고 말하지 않았던가. 그럼에도 차라리 딸이 말했던 사소한 이유로 여행을 갔으면 싶었다. 자다 깨다를 반복하다 새벽에 깜박 잠이 든 탓인지 일어나보니 오전 9시가 지나 있었다.

목공클럽에 가려면 서둘러야 했다. 욕실 거울에 비친 얼굴을 보았다. 수염이 덥수룩했다. 미간과 눈꼬리에 잡힌 주름이 깊었다. 세이빙 크림을 바르고 면도날을 뺨으로 가져가던 민 부장은 얼굴을 들여다보다 그냥 면도기를 내려놓았다. 이런 기분으로는 클럽에 가고 싶지 않았다. 무언가 해결해야 할 것 같았다. 딸은 엄마에게 전화를 해보았을까? 아내는 딸이 염려할 말을 하지 않을 것이다. 장례식 내내 언니 곁을 지켰던 처제라면 다를지도 모른다. 민 부장은 찬물로 샤워를 했다. 집에서 나가려다 다시 식탁 앞으로 걸어와 약병을 손에 쥐었다.

아파트 단지 상가에 차를 세우고 길 건너편에 있는 베이커리로 들어갔다. 처제는 아이스커피를 한 모금 마신 후 민 부장을 짧게 훑어봤다.

"어쩐 일이세요?"

"그냥 들렀어."

"언니는요?"

"여행 중이야."

"언니가 여행을요?"

민 부장은 앞에 놓여 있는 물을 마셨다. 언니가 집을 나갔다는 말을 할 수 없었다. 처제는 오히려 자신이 실수라도 한 것처럼 미안한 표정을 지었다. 민 부장은 잠시 주춤했다. 처제는 양미간을 좁혔다. 두 사람은 금방 어색해졌다.

"형부 피곤해 보이세요. 무슨 일이 있는 건 아니죠?"

"일은 무슨. 그냥 지나가는 길에 들렀어. 애들 빵도 사줄 겸."

말끝을 얼버무린 민 부장은 손을 얼굴로 가져갔다. 턱수염이 까칠하게 만져졌다. 딸과 처제에게 연이어 '무슨 일'이 있느냐는 말을 듣게 되자 애써 부인하려고 해도 정말로 무슨 일이 일어난 걸 인정해야 할 것 같았다.

민 부장은 어떻게 말을 꺼내야 할지 몰랐다.

"지난 번엔 고생이 많았어."

"고생은요. 언니가 걱정이 되긴 했어요. 어쨌든 죄송해요. 언니한테 너무 신경을 못 썼어요. 옆에 있는 자매라곤 저뿐인데."

"그런 건 아니고……."

"언니가 애쓰긴 했죠. 호스피스 병원 알아보느라 여기저기 전화하고 찾아가보고 할 때 좀 놀라긴 했어요. 사돈어른 일인데, 오해는 마세요. 형부. 어쨌든 진짜 마음을 쓰는 게 쉬운 건 아니잖아요. 게다가 언닌……."

지나치게 진지하게 듣고 있는 민 부장과 눈이 마주치자 처제는 부담스러운 화제를 꺼냈다고 생각한 듯했다.

"물론 약국 친구도 있긴 했지만. 형부도 아시죠."

"약국 친구?"

"아, 모르셨어요? 도움이 됐다고 했어요. 사돈어른이 많이 힘들어하셨잖아요."

"처제도 아는 약국인가?"

"동네에 있다는 것 정도요."

아파트로 돌아와 주차를 한 후 거리로 나왔다. 주머니에서 약병을 꺼내 스티커에 쓰인 글씨를 다시 읽어보려고 걸음을 멈추었다. 글씨는 절반이 지워진 채 ㅎㅇ만 보였다. 민 부장은 북쪽 대로변 국수집 옆에 있는 황약국을 떠올렸다. 식탁 위에서 약봉투를 본 듯도 하고, 아내가 예전에 황약국에서 약을 지었다는 말을 했던 것도 같았다.

모친이 암 진단을 받고 수술을 망설일 때, 항암치료를 결정해야 할 때, 전이된 것을 알았을 때, 모든 단계에서 민 부장이 선택할 것은 별로 없었다. 의사가 제시하는 절차에 따라 서명을 하는 것이 전부였다. 아내는 달랐다. 가끔 모친의 고통에 전염된 것처럼 보였다. 아내가 말하길, 어머니가 당신 수명만큼은 사신 것 같다고 했을 때도 팔순을 넘긴 모친의 나이를 떠올렸다. 오랜 병고에 대해 객관적으로 얘기하던 아내의 확신이 약사의 조언 때문일 수도 있다는데 생각이 미치자 기분이 씁쓸했다. 아내 옆에 처제가 있고 좀 더 떨어진 거리에 약사가, 그리고 더 멀리 민 부장이 서 있는 것 같았다.

대로변으로 나서자 사거리 코너에 있는 대학 약국이 보였다. 민 부장이 문을 열고 들어서자 앞에 있는 약사가 무엇을 찾느냐고 물었다. 입고 있는 흰 가운에는 이선영이라고 새겨져 있었다. 민 부장은 얼결에 드링크제를 달라고 하면서 저절로 인상을 찡그렸다. 약사와 눈이 마주쳤고 머리가 아파서요,라고 해명했다.

두통약은 거절하고 드링크제만 손에 쥔 채 밖으로 나와 이마에 맺힌 땀을 닦았다. 주변을 살피며 걷는 동안 약국이 많은 것에 놀랐고, 미장원 커피숍 피부관리실 부동산 등 상점들이 촘촘히 들어서 있는 거리가 새삼스러웠다. 횡단보도 앞에서 걸음을 멈추고 드링크제를 마셨다. 축축한 손을 바지에 문지르고 빈 병을 든 채 길을 건널지 망설였다. 보행 신호의 초록색 숫자가 점멸하고 사람들이 모두 건너가는 동안 멍하니 서 있었다. 다시 신호가 바뀌었을 때 횡단보도를 건너지 않고 발길을 돌렸다. 동네 약국들을 다 들여다볼 필요는 없다. 공원 쪽으로 난 길을 걷다보면 우체국을 지나고 국수집을 지나 황약국이 있다.

우체국 앞에 있는 벤치에 이르자 민 부장은 자연스레 거기에 걸터앉았다. 딱딱하고 뜨거운 벤치에 앉으니 모친이 아프기 전까지는 휴일에 아내와 공원을 산책하기도 했다는 게 떠올랐다. 이 벤치에 앉아 쉬어 가기도 했다. 그런 일이 까마득하게 여겨졌다.

우체국이 좋아.

등기 보낼 일이 몇 번이나 된다고?

그냥, 우체국이잖아.

그러면서 아내가 웃었던 것도 같다. 민 부장도 따라 웃다가 퇴직 후 우체국 택배 일을 하는 동창을 떠올리며 우체국이 그다지 낭만적이지 않다고 생각했다. 지팡이를 짚은 노인을 부축한 젊은 여자가 벤치 앞으로 지나갔다. 언제부터인지 아내가 한쪽 손으로 주먹을 쥐고 자신의 반대편 어깨를 두드리고 있었다. 여전히 어깨를 두

드리며 '휠체어를 미는 것도 쉬운 일이 아니더라고'라며 혼잣말처럼 중얼거렸다. 민 부장은 별다른 대꾸를 하지 않았다.

민 부장은 벤치에서 일어났다. 빈속에 커피와 드링크제를 마셔서인지 속이 거북했다. 배도 고프지 않았다. 그럼에도 국수를 먹으면 기분이 나아질 것 같았다.

아내와 공원을 산책한 후 국수집까지 걸어간 적이 있다. 초여름이고 산책을 하기에는 더운 날씨였다. 후덥지근한 바람이 불었다. 국수집엔 사람들이 많았다.

잘하는 집인가 봐.

아내의 대답은 의외였다.

글쎄, 더워지니까 주방에서 가스불 켜고 음식 만드는 것도 힘들잖아. 한 끼 정도는 에어컨이 있는 곳에서 남이 해주는 것을 먹는 것도 괜찮지.

둘러보니 운동복 차림의 사람들도 있었고, 가족끼리 저녁을 먹으러 온 사람들도 있었다. 민 부장은 국수 국물을 먼저 마시고 국수를 크게 한 젓가락 집어 입에 넣고 씹었다. 곧 국수 맛이 좀 이상하지 않느냐고 아내에게 물었다. 아내는 씹던 국수를 삼키더니, 이 정도면 간도 맞고 국수도 잘 삶아졌는데,라고 말했다. 민 부장이 고개를 갸웃하며 뭔가 빠진 것 같다고 하자 아내가 부추 얘기를 꺼냈다.

우리도 처음엔 부추가 없는 국수를 먹었어, 당신은 잊었나봐.

그랬어?

부추는 금방 상하거든. 쓰다 남은 부추가 아까워서 국수를 먹을 때 양념장에 버무려 넣어봤는데 다른 때보다 맛있게 먹었잖아. 이후로 쭉 부추를 넣게 된 거야. 그러다 거기에 매실액을 넣었고 또 액젓을 넣기도 하면서 국수용 부추김치를 만들어 먹게 되었잖아. 오래 전 일이긴 하네.

그랬나. 그럼, 이 집 국수 맛이 괜찮다는 거야?

국수가 다 그렇지. 뭐.

아내가 말끝을 흐렸다.

아내는 식탁 위를 손가락으로 문지르면서 멍하니 국수그릇을 보다 젓가락을 다시 집었다. 국수그릇 옆에 검게 패인 자국이 드러났다. 아내는 그걸 무의식적으로 문지르고 있었다. 그때 처음으로 아내는 국수를 좋아하지 않을지도 모른다고 생각했다. 그리고 민 부장은 그냥 국수가 아니라 아내가 만든 국수를 좋아한다는 사실을 깨달았다.

그 국수집을 지나쳐 황약국 앞으로 다가섰다. 옷매무새를 다듬고 문을 열고 들어갔다. 짧은 스포츠머리에 얼굴이 작아서 그런지 말을 해보기 전에는 약사의 나이를 가늠하기 어려웠다. 민 부장은 재빨리 다른 약사가 있는지 둘러보았다. 그러다 약사와 눈이 마주치자 얼떨결에 좀 전에 마셨던 드링크제 이름을 말했다. 드링크제 단맛이 아직도 입 안에 남아 있어서 침이 고였다. 드링크제를 꺼내는 약사의 뒷모습을 보며 문을 열고 들어오기 전에 무언가 대책을 세웠어야 한다는 후회가 스쳤다. 민 부장은 드링크제를 받아들며 얼결에 얼마냐고 물었다. 거스름돈을 받아들자 마음이 더욱 조급해졌다.

민 부장은 혹시,라고 말한 후 목소리를 가다듬었다. 그리고 아침부터 가지고 다닌 갈색 병을 꺼내어 카운터 위에 올려놓았다.

"실례합니다. 여기 약병인가 해서요. 글씨가 희미하긴 하지만……."

약사는 병을 유심히 본 후, 뚜껑을 열어 안을 들여다보았다.

"병은 아니지만, 저희 약국에서 드린 약이 맞습니다."

"그게 뭔지 알고 싶어서요."

약사는 무언가 생각하는 듯했고 민 부장은 틈을 주면 안 될 것 같았다. 잠깐 사이, 사실이 입 밖으로 나오기 전에 가공되거나 생략되는 과정이 생기면 민 부장이 사실에 다가가기 어려울 것 같았다. 좋고 나쁜 건 그 다음 문제다.

"혹시 알고 계신지 모르겠습니다만 정지수라고, 제가 남편입니다."

"아 그러시군요. 처음 뵙겠습니다. 황영철입니다."

약사가 환하게 웃었다. 아내를 떠올리며 웃는 것 같았고 이상하게 비위가 상했다. 약사가 내민 손을 외면한 채 아내의 친구냐고 묻자, 후배라고 했다. 그는 차를 마시겠냐고 물었다.

"차는, 됐습니다."

"네."

"아내가 여행을 갔습니나."

약사가 어리둥절한 표정을 지었다. 민 부장은 그렇게 불쑥 말한 것을 후회했다. 그러면서도 아내가 그냥 여행을 간 거라면 좋겠다는 생각을 또 했다. 약사는 다음 이야기를 기다리는 듯했다. 어색한 몇 초가 흘렀다.

"와이프가 가끔 들렀다고 하던데요."

"아, 선배가 약을 지으러 오긴 했습니다. 그런데, 여행이라면 해외로요?"

요즘 휴가 때마다 인천공항이 붐비는 거야 말로 일반적인 일인데 해외로요?라고 묻는 게 좀 촌스럽다고 생각했다. 하지만 곧 마음을 고쳐먹었다. 약병을 불쑥 내놓으며 아내가 여행을 갔다고 하니, 로밍을 안 했다면 멀리 있는 아내보다는 약국에서 물어보는 게 낫다고 생각할 수도 있을 것이다.

약사가 민 부장의 안색을 살폈다. 민 부장 얼굴에 불편한 기색이 드러났는지, 처음보다 조심스럽게 대했다. 민 부장은 그런 게 거슬렸다. 민 부장의 무엇을 살피는 것인지 짐작할 수도 없었으며, 껄끄러운 사람 취급을 받는 기분마저 들었다.

"선배는 항상 이 병을 가져왔어요. 뭐 그런 게 중요한 건 아니지만요. 그런데 계속 여기에 약을 담아주다 보니 저도 이 병에 익숙해졌지 뭡니까."

약사는 약병에만 집중하려는 것처럼, 약병을 엄지와 검지로 잡은 채 이리저리 움직이며 말했다. 스스럼없이 나오는 선배라는 말이 듣기 거북했다. 약에 대해 알려주면 그뿐일 텐데 약병을 만지작거리는 태도도 마음에 들지 않았다. 민 부장은 문득, 이럴 거면 여기에 왜 왔나 싶었다. 목덜미에서 식은땀이 났다. 그걸 감추려니 표정은 더욱 굳어졌다.

"선배에게 무슨 일이 있는 건 아니죠?"

"일이라니요."

민 부장의 목소리에 저절로 힘이 들어갔다. 약사에게까지 무슨 일이 있냐는 말을 듣게 되자 더 이상 견딜 수 없는 기분이 되었다.

"아내가 당신에게 조언을 구한 적이 있다던데……."

민 부장은 자신도 모르게 말을 놓았다.

"조언이라면 어떤……."

약사도 말꼬리를 흐렸다. 민 부장은 틈을 주지 말자고 생각하면서도 한편으로는 아내에 대해 무언가 모르고 지나쳤다는 것을 들키기라도 할까 봐 긴장이 되었다.

"저희 어머니와 관련해 말이죠."

"아. 네. 몇 달 전 일입니다. 아마도, 그걸 물으시는 것 같은데요. 어느 날 병원이 문을 닫을 시간쯤에 선배가 왔습니다. 안색이 좋지 않아 불면증 때문인가 했습니다. 그런데 처방전을 보니 선배의 것이 아니더군요. 그때 시모님의 병세가 안 좋다는 것을 알았습니다."

아내에게 불면증이 있었다는 말은 처음 듣는 얘기다. 민 부장은 호흡을 가다듬으며 감정을 숨기려 애써야 했다.

"그때 제가 호스피스병원을 권하긴 했습니다. 재발이나 전이 암 환자들이 호스피스병원으로 가기 전 단계에 구멍이 있는 게 현재 의료체계다 보니 환자나 가족들이 곤란을 느끼죠. 병상이 많지 않기도 하고요. 다시 한번 조의를 표합니다."

약사의 눈빛이 선량했다. 그런 것과 상관없이 끓어오른 감정은 가라앉지 않았다.

"아, 참. 이 작은 병에 들어 있는 약은 수면제예요. 어느 정도 항우울 효과도 있고요. 물론 한번에 많이 처방을 하는 약은 아닙니다."

민 부장은 약국을 나와 약병을 손으로 꽉 움켜쥔 채 집으로 걸어갔다. 도대체 문제가 뭐였던 거야. 저 자식, 황영철은 알고 있을지도 모르겠군. 민 부장은 이 모든 상황에 화가 났다.

아내는 언제부터 잠을 못 잔 걸까. 직장생활을 할 때 민 부장은 일주일에 두세 번쯤 과음을 했고, 아내는 술 냄새를 싫어했다. 침대를 각각 쓰자고 했을 때 그 때문이라고 여겼다.

모친의 임종까지 몇 년간 민 부장이 무심하긴 했다. 그렇게 비켜서 있던 자리에 황영철이 있었다. 인생의 길목마다 아내에게는 또 다른 황영철이 있었을지도 모른다.

어머니가 돌아가시자 민 부장은 자신이 얄팍한 책임감만으로 임종에 대비했다는 것을 깨달았다. 아내의 가출도 생각 못했다. 언제나 옆에 있을 거라고 믿었다. 이제는 무엇을 후회하고 어떻게 대응해야 할지 알 수 없었다. 그렇다고 다시 돌아갈 수도 없다. 돌아간다 해도 뭐가 바뀔 수 있을까. 여전히 앞만 보고 갈 것이고, 코앞에 닥친 일을 할 수밖에 없을 것이다. 옳고 그름의 문제가 아니라 이

모든 게 결국 여력의 문제라며 백 번을 변명해도 이미 아내가 문을 열고 나갔다는 사실로 인해 민 부장은 맥이 빠졌다.

집으로 가는 길은 엿가락처럼 늘어나 있었다. 경적을 울리며 쏜살같이 달리는 자동차들과 상점 간판에서 뿜어져 나오는 불빛 사이를 걸으며 민 부장은 진땀을 흘렸다. 현관문을 열고 들어서는데 다리가 후들거렸다. 숨을 길게 내쉬고 나서야 한숨을 쉬었다는 것을 알았다. 그것도 빈번히.

거실 소파에 앉자마자 급작스럽게 허기가 졌다. 텅 빈 위에서 위산이 마구 분비되어 위를 할퀴었다. 아내는 종종 배가 고프면 판단을 제대로 할 수 없다고 했다. 잘 우러난 멸치국물에 향이 강한 부추를 잔뜩 썰어서 양념장에 버무려 수북이 얹은 국수를 앞에 놓고 앉아 있는 상상을 했다. 그러면 아무 일도 일어나지 않았을 때의 기분으로 돌아갈 수 있을 것만 같았다.

전화벨이 울렸다. 심장이 쿵쾅거렸다. 아내일까? 저녁은 먹었냐고 물어보는 게 좋겠다. 아니다. 100퍼센트 광고 전화일 것이다. 아니다. 벨 소리가 사라지기 전에 전화를 받아야만 한다.

"형부, 저에요."

조였던 긴장이 단숨에 풀어졌다.

"어쩐 일이야."

"형부가 궁금해서요. 괜찮으시죠?"

"그게 무슨 말이야?"

"형부 다녀가시고 언니한테 전화를 했는데 받지 않더라고요. 걱정하고 있었는데 좀 전에 잘 있다는 문자가 왔어요."

"그랬군."

"저, 형부. 제가 이 말을 하는 게 좋은 건지 잘 모르겠는데요."

민 부장은 다시 긴장했다.

"언니가 장례식장에서 그런 말을 하더라고요."

"언니가 뭐라고 했어?"

"이제 형부와 둘만 남게 된다고요. 낮에 형부 다녀가시고 나서 그 말이 생각나는 거예요."

민 부장은 처제가 무슨 말을 하려는 것인지 이해할 수 없었다. 처제도 아내도 뭐가 그렇게 복잡한가 싶었다. 게다가 그 말이 아내의 가출과 어떤 관련이 있는 것인지 알아챌 수 없었다. 처제가 조심스럽게 물었다.

"약국엔 가보셨어요? 아까 형부가 오해를 한 것 같아서요."

"그럴 게 뭐 있나?"

약사의 웃는 얼굴이 떠오르자 또 마음이 상했다.

"처제는 그 친구에 대해 언제부터 알고 있던 거야?"

"오래되긴 했지만, 직접 만나본 적은 없어요. 그러니까 안다고 할 수도 없죠."

"오래된 일이라니?"

"그게, 아버지가 돌아가신 이후로 쭉 저희 집 사정이 안 좋았잖아요. 그 약사가 언니를 도와준다고 학생들 과외를 연결해주었던 것 같아요."

"언니가 직장 다닐 때 아니었나?"

"그렇긴 한데……. 언니가 그땐……. 어머, 형부 김 서방 문 열어 줘야 해요."

처제는 서둘러 전화를 끊었다. 뭔가 대화를 이어가기 불편한 것이다. 결혼 전 두 자매가 경제적으로 어려웠다는 것 정도는 알고 있었지만, 아내는 그 점에 대해 말하는 것을 좋아하지 않았다. 결혼 전에도 자기는 소녀 가장이라고 농담처럼 말하곤 했으나 그 상황을 극복한 것처럼 보이지 않았기에 묻지 않는 것이 배려라고 여겨왔다. 어쩌면 아내는 민 부장이 추측하는 것 이상으로 힘들었는지도 모른다. 과거 이야기가 나올 때면 아내는 화제를 돌렸다. 어떤 때는 국수를 삶을 물이 끓는다며 주방으로 가버렸다. 처제도 별반 다르지 않았다. 요즘 누가 벨을 누르고, 집에서 현관문을 열어준단 말인가. 다 각자 알아서 번호를 누르고 들어오면 되는 것을. 차라리 국수를 삶는다고 하지.

'배가 고파서 그래.' 아내가 했던 말을 떠올리며 민 부장은 냄비에 물을 받았다. 냄비는 여전히 컸다. 아내가 국수를 삶아 찬물에 쏟는 모습을 보게 될 때마다 냄비가 너무 크다고 생각했다. 아내는 주로 주말 점심 때 국수를 삶았다. 오래 전부터 습관처럼 그렇게 되었다. 그래서 그 과정은 애써 떠올리지 않아도 확실하게 민 부장의 세포에 각인되어 있다. 어렵지 않게 국수를 삶을 수 있을 것이다. 멸치에서 우러나오는 구수한 국물 냄새, 호박이나 당근을 볶을 때 프라이팬에 나무주걱이 닿는 소리, 기름이 지글거리는 소리, 쏴하고 쏟아져 내리는 수돗물에 국수를 헹구는 소리가 문득, 간절하리 만큼 듣고 싶어졌다.

냄비를 가스레인지에 올려놓고 불을 켰다. 냉장고를 열어보니 부추가 없었다. 호박이나 당근도 보이지 않는다. 야채 박스를 뒤적이다 냉장고 문을 닫았다.

국수를 찾으려고 라면을 두던 곳을 열어보았으나 봉지 커피며 녹차, 인스턴트 스프 같은 것만 있었다. 스프 봉지나 자른 미역 같은 것을 들추고 살펴보아도 국수 봉지는 보이지 않았다. 다른 수납장을 열다 플라스틱 통 하나를 건드렸다. 빈 통들이 우르르 쏟아져 싱크대와 개수대 위, 주방 바닥까지 나뒹굴었다. 플라스틱 통을 주우려고 허리를 굽혔다. 그때 민 부장의 눈에 종잇조각들이 들어왔다. 바닥으로 떨어지면서 뚜껑이 열린 플라스틱 통에서 나온 종이들. 그건 영수증들이었다. 정수기 필터 교체 영수증이라든지, 자동차 부품을 교환한 영수증 같은 것들이었다. 이런 걸 모아두어야 하나 싶었다.

아내가 집을 나간 이유에 대해 생각해 보았다. 민 부장에게도 수많은 핑계거리가 있었다. 앞마당에 눈이 쌓이면 우선 그 눈을 치워야 하는 것처럼 자신의 코앞에 쌓인 눈을 치우다보니 여기까지 왔다. 그런 자신이 아내에게는 얼음처럼 차갑고 치워놓은 눈처럼 쓸모없는 동반자였던 것일까. 그도 아니면 정수기 필터를 교체한 영수증 같은. 그래서 이제 둘만 남게 되었다는 말을 아내가 처제에게 한 것일까. 그것도 어머니의 장례식장에서. 결혼생활이 어머니와 아내와 결속된 트라이앵글 같긴 했다. 그래도 어머니가 돌아가신 것이 결혼생활에 어떤 트리거 역할을 하게 된 것인지 파악할 수 없었다. 둘의 관계가 정밀해지는 것을 더 이상 견디기 어려워졌다는 뜻일까. 최근 장례식장 때의 모습부터 오래 전 처갓집에 관한 일까지 두서없이 떠올랐다. 처갓집에 인사를 가기 전에 아내가 말했다. 어렵게 나온 말이었으나 짧고 단호했다. 아버지는 일찍 돌아가셨고, 열 살 어린 막내 동생도 있었으나 지금은 엄마와 여동생으로 단출하며, 엄마의 건강이 좋지 않다고 했다. 그걸로 끝, 더 이상 가족에 대해 설명하지 않았다. 민 부장은 막연히 죽음을 연상했다. 이후로 왜 한번도 묻지 않았을까. 아내가 말하고 싶어하지 않는 것은 물어보지 않는 것이 배려라고 생각했다. 한편으로 무관심이 편하기도 하다는 걸 은연중 느끼고 있었는지도 몰랐다. 손에 들고 있는 영수증처럼 한손으로 구겨버릴 수 있을 정도의 종잇조각에 불과한 무엇. 결혼생활도 그런 측면이 있는 게 아닐까. 물이 끓고 국수를 넣어야 할 타이밍에 손에 들고 있는 별 쓸모없어 보이는 영수증 같은.

국수를 삶아야겠네,라고 말하던 아내를 떠올리며 민 부장은 싱크대 서랍을 마구 열었다. 랩이나 일회용 장갑, 빨아놓은 행주 같은 것, 각종 허브나 소금병 등 온갖 것들이 다 있었다. 그 온갖 것들 사이에 국수는 없었고 어느 샌가 물이 끓어 공기가 더워졌다. 등에서 진땀이 나고 심장이 두근거렸다. 국수를 사러 나가기에는 너무 늦은 시간이다. 냄비 뚜껑을 열자 수증기가 가득 차올랐다. 민 부장은 뚜껑을 다시 덮고 가스불을 껐다. 물 끓는 소리가 멈추고 수증기가 잦아들었다. 그러자 타오르던 불을 끈 것처럼 마음이 조금 가라앉았다. 민 부장은 냄비 안의 뜨거운 물을 개수대에 버렸다.

바닥에 흩어진 영수증들을 주워 플라스틱 통에 집어넣었다. 반듯하게 접힌 빛바랜 종이는 다른 것들보다 확연히 오래 되어 보였다. 플라스틱 통에 넣으려다 말고 종이를 펼쳤다. 병원진단서다. 어머니가 병원에 다니시는 동안 식탁 위며 거실 탁자에 흔한 게 대학병원 진단서와 처방전이었다. 민 부장은 그것을 구기려다말고 다시 보았다. 정지수, 아내 이름이다. 타박상, 맞았다고 진술함, 턱 부위에 경도의 부은 상처, 날짜를 보니 2005년으로 십 년이 넘은 진단서다.

그해쯤 어느 날, 민 부장은 술을 마시고 퇴근했다. 거래처와 일이 꼬였는지 잘 풀렸던 날인지 기억나지 않았다. 다만 잠이 들려고 하는데 아내가 잔소리를 퍼부었다. 귀를 막고 그냥 자고 싶었다. 그날따라 아내가 집요했다. 민 부장이 별 대꾸를 안 하자 한껏 열을 내던 아내가 조용히 말했다.

'나쁜 놈.'

그 말을 듣는 순간 민 부장은 어디서부터, 언제부터, 누군가에게로부터, 참고 있었는지 모를 분노가 치밀어올랐다. 아내가 얼굴을 감싸며 밖으로 나갔다. 다음날 눈을 떴을 때 꿈을 꾼 것인지 실제로 아내와 싸웠는지 분간이 되지 않았다. 까마득히 잊고 있었다고 생각했다. 기억에서 지워버렸는지도 몰랐다. 그런 일은 민 부장과 아내와의 사이에서 있을 수 없는 일이라고 생각했다.

거실을 가로질러 베란다로 나갔다. 블라인드를 올리자 멀리 호수

공원의 불빛이 한눈에 들어왔다. 처음 이사 왔을 때는 이곳에 작은 원탁과 야외용 의자가 있었다. 거기에 앉아 밖의 불빛을 보며 아내와 맥주를 마신 적도 있다. 백 년 전 일인 듯 까마득했다. 이제 그냥 나무 의자 하나만 있을 뿐이다. 민 부장은 거기에 털썩 주저앉았다.

출국장

출국장

정말 떠날 수 있을까. 그런 일이 가능할까. 할머니가 응급실에 가거나 아버지가 억지를 부려 출발하지 못하는 건 아닐까. 짐을 싸는 내내 마음을 졸였다. 방 안을 둘러보고 캐리어를 둘 만한 곳을 찾다 서랍장 옆에 세워놓고 그 위에 옷가지들을 걸쳐놓았다.

한밤중에 조용히 방문을 열고 나오자 아버지가 소파에 등을 기댄 채 졸고 있었다. 알코올 중독인 아버지와 알츠하이머를 앓고 있는 할머니를 뒤로 하고 집을 나섰다.

비행기는 오후 일곱 시 출발로 나는 긴 시간 공항에 머물러야 했다. 시간을 보내기 위해 여객 터미널 의자에 앉았다. 카운터 앞으로 이동하는 사람들의 줄은 길어졌다 줄어들기를 반복했다. 이야기하며 웃음을 터트리거나, 스마트폰을 들여다보며 움직이는 사람들. 다시 돌아올 여행자들과 아주 떠나려는 사람들을 구분할 수 없었다. 나는 배낭을 열고 편지가 잘 있는지 확인했다.

세 시 삼십 분이 되자 시드니행 체크인 카운터가 열렸다. 직원이 내 트렁크에 바코드 스티커를 붙여 컨베이어벨트에 올려놓았다. 그것은 유유히 사라졌다. 떠나는 것은 생각보다 간단한 일인지도 모른다.

출국 심사대를 나와 시간을 보낼 장소로 걸어갔다. 게이트 앞 엘리베이터를 타고 올라가면 항공사 라운지와 스낵바 사이에 테이블 몇 개가 놓인 공간이 있다. 어느 테이블에 앉아도 한쪽 창문으로는 출국장이 내려다보이고 반대편 먼 창문으로는 활주로가 보였다. 나는 스낵바 옆 테이블에 앉아 비행기가 활주하는 모습을 보았다. 멀리 내닫던 비행기가 떠올라 시야에서 사라지고 빈 하늘만 남았다.

공기 중에 퍼져 있는 버터 냄새를 맡으며 아무것도 먹지 않았다는 것을 깨달았다. 게이트 오픈까지 시간이 많아서, 샌드위치라도 사야 할지 잠깐 망설였다.

줄무늬 셔츠를 입은 남자아이와 쟁반을 든 여자가 내 옆에서 두리번거렸다. 남자아이가 내 앞으로 와서 섰다.

"캥거루다. 캥거루."

여자가 한쪽 손으로 아이를 잡아끌었다.

"남의 거잖아. 호주에 가면 진짜 캥거루도 볼 수 있어."

호주의 기념품점에 흔한 게 캥거루다. 한 달 전, 시드니에서 돌아오기 전날 엄마는 캥거루 인형을 내 가방에 달아주었다. 시큰둥한 내 태도에 아랑곳없이 어디에 다는 게 좋겠냐며 커다란 손으로 내 가방을 이리저리 만졌다. 저 아이처럼, 엄마에게 나는 여전히 성장하지 못한 과거의 아이였을까.

웅성거리는 소리에 고개를 돌리니, 몇몇 사람들이 출국장이 잘 보이는 테이블로 옮겨 앉고 있었다. 여자가 아이에게 말했다.

“저기 봐. 방송국에서 나왔나봐. 큰 카메라도 있네.”

아래를 내려다봤다. 출국장 주변에서 몇몇 사람들이 카메라를 세팅하고 있었다. 드라마 촬영을 하려는 모양이었다. 감독인 듯한 남자가 두 배우에게 동선을 알려주었다. 저 작품이 방영될 때쯤 나는 한국에 없을 것이다. 일부러 찾아보기 전에는 드라마인지 영화인지 알 수 없지만 이별 장면인 것은 틀림없다. 드라마에서도 국경을 넘으려면 이곳을 통과해야 하고 누군가와는 헤어진다.

문득, 내가 앉아 있는 이곳이 이상한 장소라는 생각이 들었다. 출국장도 활주로도 한국 땅이지만 그 가운데 끼어 있는 이 공간은 국적이 없다. 어디든 이곳을 통해서 갈 수 있지만 누구도 머물지 못하는 대기 장소다. 많은 사람들로 북적이고 설렘과 불안과 자유로운 심정이 공존한다. 나는 한 달 전에도 이 자리에 앉아 있었다. 그때도 시드니에 가는 길이었고 아침 일찍 나왔으며 오전 내내 여행객을 바라보았다. 다른 것이 있다면 지금은 배낭에 캥거루 인형이 달려 있고, 편지가 있다는 것이다. 나는 배낭에 매달려 있는 캥거루 털을 쓰다듬었다. 짧은 앞다리와 튼튼한 꼬리가 볼수록 묘했다.

한 달 전, 시드니 공항에 도착했을 때 엄마와 마르잔이 마중 나와 있었나. 엄마는 내가 대학생이 되면 비행기 표를 보내겠다는 약속을 지켰다. 마르잔은 캐리어를 끌며 앞서 걸었다. 적당히 큰 키, 좁지 않은 어깨에도 불구하고 그의 뒷모습이 이상하게 왜소해 보였다. 헐렁한 재킷 때문인지 희끗희끗한 머리카락 때문인지 그도 아니면 오른손으로 잡고 있는 캐리어 쪽으로 기운 듯한 걸음걸이 때문인지 알 수 없었다.

그의 뒤를 따라가며 폭탄을 떠올린 것은 4년 전 일 때문이다. 그때 엄마는 외할아버지 칠순잔치에 참석하기 위해 한국에 왔다. 시간을 내서 나의 중학교 졸업식에도 오겠다고 했다. 졸업식은 강당에서 진행됐다. 나는 가끔 뒤를 돌아봤다. 교장의 말은 길었고 강당은 추웠다. 박수 소리와 노랫소리가 멈출 때까지 엄마는 나타나지 않았다. 기대하지는 않았다. 내 졸업식 때문에 온 것이 아니라는 것도 알고 있었다. 그러니 새삼스럽게 실망할 필요도 없는 거였다.

며칠 후 패밀리 레스토랑에서 엄마와 만났다. 뜨거운 돌판 위에서 스테이크가 지글거리며 익고 있었다. 고기를 뒤집었을 때는 이미 말라버린 뒤였다. 그동안 할 말을 찾지 못하던 엄마는 어쩌면 좋으냐며 굳은 고기를 나이프로 잘랐다.

엄마의 얼굴은 사진과 달라보였다. 사진보다 나이 들어 보이는 것은 당연했지만 표정이 경직되어 화가 난 사람처럼 보였다. 나는 엄마가 잘라놓은 스테이크를 바라봤다. 어서 먹으라는 엄마의 목소리가 옆자리의 노랫소리에 묻혔다. 빠르고 경쾌한 생일 축하 노래였다. 고깔모자를 쓴 남녀 직원들이 탬버린을 흔들고 박자에 맞추어 손뼉을 쳤다. 노래를 마친 직원들이 돌아가고 나서도 옆 테이블은 여전히 시끌벅적했다.

엄마와 내가 마주 앉은 자리의 공기는 더 싸늘해져갔다.

"좀 덥지 않니?"

"그 말이 하고 싶었던 거야?"

나는 고기에서 눈을 떼지 않은 채 말했다.

"미안해."

엄마는 한국말이 서툰 사람처럼 말했다. 졸업식에 오지 못한 것이 미안하다는 것인지 십사 년 동안 집에 돌아오지 않은 것이 미안하다는 것인지 알 수 없었다. 나는 대꾸하지 않았다. 엄마는 다시 내게 고기를 먹으라고 하더니, 갑자기 당당하게 말했다.

"여긴 입국 심사에 문제가 있어."

나는 엄마의 얼굴을 쳐다보았다.

졸업식 날, 오전 도착 비행기였는데 마르잔의 입국 심사가 늦어져 다른 승객들이 다 나오고 나서도 두 시간이 지난 후에야 입국장을 나왔다고 했다. 졸업식에 못 온 이유였다. 그게 다 테러 같은 거 때문이라고 했다. 아랍계 사람이라는 이유로 마르잔이 비행기를 이용하는데 어려움이 많다며 분통을 터트렸다.

"마르잔이 폭탄을 가지고 다닐 사람처럼 보이지도 않는데 사람을 뭐로 보는 거야. 호주 시민권자인데 말이야."

엄마의 목소리가 점점 커졌다. 엄마 인생의 모든 문제가 마르잔이 입국 심사대에서 겪는 고충으로 집약되거나 대변될 수 있다고 여기는 것 같았다. 그런 말이 변명이라는 것을 모르는 걸까? 십여 년 만에 만난 엄마가 폭탄 얘기나 하고 있다니 견딜 수 없었다. 그런 건 신문이나 뉴스에 나오는 먼 나라 이야기여야 했다. 나는 포크와 나이프를 신경질적으로 내려놓았다. 그제야 엄마는 말을 멈추었다. 싸늘하게 식은 고깃덩어리가 흉측해 보였다. 엄마가 다시 조심스레 말을 꺼냈다.

"그날, 가긴 갔어."

나는 계속 탄 고기를 노려보았다.

"졸업식이 그렇게 빨리 끝나는 건 아니잖아. 마르잔과 택시를 타고 학교로 갔는데, 아무도 없더라고. 개미 한 마리 없잖아. 전화, 내가 핸드폰으로 전화를 몇 번이나 한 건 알지?"

"제발 그런 식으로 말하지 마. 어차피 졸업식에 오려던 것도 아니잖아. 그리고 엄마는 그 외국 아저씨를 내 졸업식에 데려오려고 했단 말이야?"

말을 하다 보니 더이상 참을 수가 없었다. 정말로 마르잔과 함께 오려고 했던 것일까. 그렇다면 차라리 마주치지 않은 것이 다행이었다. 그런 걸로 친구들의 관심을 끌고 싶지 않았다. 엄마는 한국에 오기 전, 내게 마르잔에 대해 말했다. 친구들과 공원에 있을 때였다. 주변이 시끄러웠다. 나는 '그 사람이 누군데?'라고 큰소리로 물었다. 엄마의 설명은 어렵고 지루했다. 나는 친구들을 피해 화장실 쪽으로 걸어갔다. 엄마는 어려운 설명을 이어갔다. 같이 살고 있는 사람인데 한국에 오게 될 것 같다며, 마르잔이 호주로 오기 전에 살았던 나라에 대해 말했다. 나는 낯선 나라의 이름을 듣고 싶지 않았다. 전화를 급히 끊으며 저만치 떨어져 있는 친구들을 살폈다.

이후로 TV에 중동에 관한 뉴스가 나오면 나는 입국장에서 두 시간 동안 나오지 못했다는 마르잔이라는 사람과, 그 사람을 기다리며 서성이는 엄마를 떠올렸다.

마르잔이 시드니 공항에서 내 캐리어를 끌고 가는 뒷모습을 보고 있자니 기분이 이상했다. 그의 얼굴이 익숙해지는데 시간이 필요했다. 작은 얼굴과 까무잡잡한 피부도 낯설지만 코가 지나치게 높아서 얼굴을 볼 때마다 어지러웠다. 그의 코가 현기증을 일으키지 않을 무렵 그의 눈이 깊고 검다는 것을 알았다. 엄마 말처럼 폭탄을 가지고 다닐 사람처럼 보이진 않았다.

이목구비와 피부색까지 마르잔을 닮은 열두 살 조이는 엄마를 닮은 데라고는 한 군데도 없었다. 엄마의 얼굴은 평면적이고 하얘서 그들과 가족으로 보이지 않았다. 이방인 같은 엄마는 아침마다 무거운 구형 청소기로 카펫을 청소했다. 호주에는 우리나라처럼 글로벌한 가전제품 회사가 없거나 엄마네 가족의 생활이 그리 넉넉하지 않은 것이다. 그도 아니면 카펫은 저렇게 무거운 청소기로만 해야 하는지도 모른다. 벌겋게 달아오른 얼굴로 청소기를 끄는 엄마의 굵은 팔과 펑퍼짐한 엉덩이를 볼 때마다 엄마의 인생은 별로 달라지지도 좋아지지도 않은 것 같았다. 마트에서 일하면서 저렇게 눈이 새까만 사람과 살기 위해 집을 떠났다고 생각하면 마음이 답답해졌다.

무엇보다 마르잔의 마당에도 빈 병이 쌓여 있었다. 아버지는 소주를 마실 때마다 엄마 핑계를 댔는데, 마르잔은 엄마와 살면서도 술을 마셨다. 이 나라가 담배는 비싸도 술은 엄청 싼 것도 많다고 심지어 3불짜리 와인도 있다고 엄마가 말했을 때, 나는 신경질적으로 말했다.

"술이 싸서 정말 잘 됐네. 술은 맘 놓고 마셔도 되겠어."

엄마가 놀란 눈으로 나를 쳐다보았다. 흔들리는 엄마의 갈색 눈동자와 팔자를 탓하며 눈물을 닦아내던 할머니 모습이 겹쳤다. 하필 이럴 때 할머니가 떠오르다니.

엄마는 조이에게 한국말로 '언니'라는 말을 알려줬다. 조이가 묘한 악센트로 언니라고 할 때마다 피식 웃음이 나왔다. 엄마와 이 집에 사는 두 사람이 어울리지 않는 것처럼 조이와 나도 자매로 보이지 않았다.

조이는 여자축구팀 골키퍼였다. 축구시합이 있는 주말이면 엄마는 마트에 가지 않았고, 마르잔도 일을 쉬었다. 그들이 경기장에 가기 위해 아침부터 준비하는 소리를 들으며 나는 침대에 계속 누워 있었다. 경기가 있는 날마다 머리가 아프거나 감기 기운이 있다는 핑계를 댔다. 현관문을 나서는 엄마의 뒷모습을 내가 얼마나 싫어하는지 엄마는 몰랐다.

십사 년 전 엄마는 내게 일하러 간다고 했다. 그리고 돌아오지 않았다. 엄마를 다시 만나 공항을 서성이는 모습을 떠올리기 전까지 내가 기억하고 있던 엄마는 집을 나가던 날의 모습이다. 물방울무늬 원피스에 흰색 카디건을 입고 있었다. 초록색 물방울은 점점 빛이 바래고 카디건은 낡아갔지만 내게 남겨진 엄마의 모습은 지워지지 않았다. 나는 현관문을 열고 나가는 엄마에게 일하러 가지 말라고 떼를 썼다. 왜 그랬는지 알 수 없다. 그때는 엄마를 기다리다 잠이 들곤 했는데 매번 꿈에서 엄마를 찾거나 엄마를 잃어버렸다.

세 사람이 돌아오는 소리에 나는 잠에서 깼다. 땀으로 머리카락이 젖은 조이는 욕실로 뛰어 들어가고 생선 봉지를 든 엄마는 부엌으로 향했다. 마르잔이 생선을 굽는 동안, 엄마는 빨래를 걷었다. 마르잔이 생선을 접시에 담고 죽을 끓여 식탁을 차렸다. 자기 나라 방식으로 만든 거지만 메밀죽과 비슷한 맛이라고 엄마가 설명했다. 마르잔이 포크로 생선을 잘라 입에 넣고 씹었다. 조이가 상기된 목소리로 빠르게 말하자 엄마가 웃었다. 조이의 영어를 알아 듣기 위해 나도 모르게 숨을 참고 있다는 것을 깨달았다. 나는 숨을 조금씩 몰아쉬며, 조이의 말에서 놓여나기로 마음먹었다. 숨을 참고 견디는 건 더 이상 하고 싶지 않았다.

나는 큰 접시에 놓인 생선을 덜어 오려다 그냥 내려놓았다. 갑자기 비린내가 코를 찔렀다. 할머니가 집안 공기를 매캐하게 만들던 그 냄새가 마르잔의 생선에서도 나는 것 같았다. 할머니가 매번 생선을 새까맣게 태우는 것을 보며 나는 알츠하이머라는 병이 무언가 경계를 확 넘어서버리는 병이라고 생각했다. 마르잔이 나를 보고 미소 지으며 어눌한 한국어로 말했다.

"많이 먹어."

내가 포크를 내려놓자 엄마가 김치를 담가야겠다고 했다.

"김치 같은 건 먹고 싶지도 않아. 할머니가 해준 김치는 생각하기도 싫어. 도대체 그런 게 뭐가 중요한데."

마르잔과 조이가 나와 엄마의 얼굴을 살폈다. 마르잔이 달래는 듯한 표정을 지으며 죽을 내 앞으로 밀어주었다. 이미 나는 자리에서 일어나는 중이었고 그 바람에 죽 그릇이 식탁에서 미끄러져 떨어졌다. 카펫에 죽이 쏟아졌다. 미지근하고 미끌미끌한 죽이 밟혔다. 그대로 거실을 가로질러 현관문을 열고 밖으로 나왔다.

무작정 걸었다. 오가는 사람이 하나도 없었다. 길가에 늘어서 있는 집마다 정원만 보였다. 다들 집에서 무얼 하고 있기에 이렇게 동네가 조용할까. 한참을 걸어도 비슷비슷한 집들뿐이다. 늙은 나무가 몇 그루씩 서 있는 밋밋한 공원과 다시 집들의 빈 정원뿐이고 상점 하나 보이지 않았다.

'이런 건 너무 외로운 거야.'

나는 혼잣말을 했다. 세상의 모든 외로움의 이유가 텅 빈 길 때문인 것만 같았다.

나는 주택가를 벗어나 차들이 지나다니는 도로변으로 나왔다. 그곳 역시 한산하긴 마찬가지였다. 백인 여자가 유모차를 밀고 내 앞을 지나갔다. 멀리 주유소가 보였다. 그 길을 걸으며 며칠 전까지 다니던 학교 앞 카페며 옷집이며 음식점들, 그린슈퍼와 천오백 원짜리 김밥을 파는 분식집을 생각했다. 그리고 건너에 있는 초록색 철대문, 할머니와 아버지가 있는 집을 떠올렸다.

내 옆으로 차들이 속도를 내며 지나갔다. 질주하는 차들을 바라보다 다시 주택가로 발길을 돌렸다. 십 분쯤 걷자 공원이 나왔다. 나이를 가늠할 수 없는 아름드리나무 주변에 몸집이 큰 까마귀들이 여기저기 앉아 있었다. 문득 까마귀 한 마리가 푸드덕 날아오르며 큰소리로 아악 하고 울었다. 어린아이 울음처럼 들렸다. 나는 까마귀가 날아가는 곳을 바라보았다. 까마귀가 사라진 텅 빈 하늘을 보며 이곳도 나를 위한 장소가 아니라는 생각이 들었다. 걸어온 길을 돌아보니 엄마 집에서 멀어져 있었다. 돌아가야겠다고 마음먹었다. 여기 몇 주 더 머문다고 아무것도 달라지지 않을 것이다.

현관문을 열자 텔레비전 소리가 들렸다. 반쯤 누운 자세로 텔레비전을 보던 조이와 눈이 마주쳤다. 나는 얼른 시선을 돌린 채 방으로 들어갔다. 주방을 정리하던 엄마가 나를 따라왔다. 엄마는 방문 앞에서 나의 기색을 살폈다.

"여기 한국 사람들이 공부하러 많이 오잖아……."

"한국 사람, 엄마에게 나는 그냥 한국 사람이었어. 그런 거야?"

"그게 아니라. 내 말은."

"난 그냥 죽도 싫고 생선도 싫어. 할머니가 태워먹은 생선만으로도 평생 동안 충분해. 그리고 사람 하나 없고 까마귀만 날아다니는 이 동네도 싫다고."

엄마는 문 앞에 선 채 말했다.

"원한다면 네가 나랑 살아도 좋을 것 같아……. 랭귀지스쿨을 조금 다니다가 학교를 여기로 옮겨도 될 거야. 그런 걸 전학이라고 하지?"

"필요 없어. 그 문 좀 닫아줘."

한국으로 돌아온 이후 열흘이 지나도록 엄마에게서 연락이 없었다. 구체적으로 알아보는 데 시간이 필요할 거라고 생각한 것은 잠시였다. 이미 오래 전 아버지와 나를 두고 떠났던 사람이다. 비행기표를 보내겠다는 말은 대학에 입학하기 위해 노력하라는 의미였을 뿐, 나를 데려가기 위해 준비한다는 뜻은 아니었다. 그런 말을 들은 적도 없었다. 전학은 그날 내 기분을 달래기 위해 말했던 것이다. 엄마가 몹시 미워졌고 분한 마음이 되었다. 그러면서도 나는 초조하고 불안한 시간을 보냈다. 날은 점점 무더워졌다. 열흘 동안 '더워서 죽을 것 같아', '더워서 아무것도 할 수 없어'라며 빈둥거렸다.

그러다 엄마에게서 전화가 왔다. 준비해야 할 서류 목록을 알려주었다. 전화를 끊기 전 엄마가 중요한 것을 빠트렸다는 듯 안부를 물었을 때, 나는 이렇게 더운 건 참을 수가 없다고 말했다. 엄마는 거긴 덥구나. 여긴 눈도 안 오는 겨울인데,라고 했다. 그리면서 아버지가 써야 하는 편지가 제일 중요하다는 말을 또 했다.

기다리던 전화였지만 마음은 더 복잡해졌다. 준비할 것이 많은 것은 아니었다. 엄마가 그동안 내게 송금해주었던 통장 거래내역이나 가족관계 증명서 같은 서류 목록을 보자 '떠난다'는 게 실감났다. 기대와 두려움 그리고 알지 못할 복잡한 감정이 섞이며 가슴이 두근거렸다. 생각이나 결정은 미루어두고 서류 먼저 준비하러 다녔다.

문제는 편지였다. 딸을 엄마가 있는 호주로 보내겠다는 내용의 편지를 아버지에게 써달라고 할 수는 없을 것이다. 써줄 리도 없다. 지금까지 나는 아버지의 딸로만 살아왔다. 아버지는 받아들이지 못할 것이다. 동의하지도 않을 것이다. 그렇다고 내가 아버지를 대신해 편지를 쓰고 싶지는 않았다. 공식적인 서류라고 하지만 그래도 편지다. 내 이야기를 쓰기 위해 과거의 어느 한 지점도 돌아보고 싶지 않았다. 누군가에게 부탁할 수도 없다.

차라리 호주로 가는 것을 포기하고 학교 앞에 고시텔을 얻어 독립해야 하나, 하지만 아무것도 달라지지 않을 것이다. 아버지는 내가 사라졌다는 사실도 잊고, 내게 전화를 걸어 집으로 오는 길에 술 한 병만 사오라고 돈은 꼭 갚겠다고 할 것이고, 할머니 증세는 더 심해질 테고, 이제는 집에 거의 오지 않는 고모의 넋두리는 더 적나라해질 것이다.

집에서 나와 걷다보니 다니던 학교 맞은편에 있는 공원까지 왔다. 중학교 때 친구들과 자주 왔던 곳이다. 언제 개학을 했는지 교복을 입은 여학생들이 화장실에 몰려 들어가 사복으로 갈아입고 나왔다. 그 애들처럼 화장실에서 옷을 갈아입고 거리를 배회했었다. 다시 돌아간다 해도 마찬가지일 것이다. 학생들이 사라지자 공원은 다시 조용해졌다. 산책로를 따라 걷다보니 너무 더웠다. 방향을 틀어 잔디밭을 가로질러 공원 입구로 걸었다. 바람이 통할 듯한 길목마다 노인들이 벤치에 앉아 있었다. 평일 낮의 공원은 세상에서 비켜선 장소인 듯 우울했다.

시드니에서 내가 자주 가던 보타닉가든에도 노인들이 많았다. 호화 유람선이 정박해 있는 항구를 배경으로 볼거리가 많아서였을까. 아니면 활기찬 관광객들과 섞여 있어서였을까. 그곳의 노인들을 무력해 보이지 않았다. 한가로이 산책을 하거나 책을 읽는 노인들 뒤로 멀리 하버브리지가 걸쳐 있고, 오페라하우스 앞에는 물결이 출렁였다. 엄마와 마르잔이 일하러 가고 조이가 축구 연습을 하러 가면 나도 집에서 나와 가까운 역에서 기차를 탔다. 30분 정도 가다 서큘러키에 내리면 페리 터미널이 있다. 그곳은 항상 사람들로 붐볐고 작은 배들이 쉴 새 없이 드나들었다. 미술관 앞의 벤치나 계단에 앉아 있으면 오페라하우스와 하버브리지가 한눈에 들어왔다. 앉아 있는 동안 동물원으로 가는 페리를 탈까 고민하곤 했다. 매표소에서 표를 끊는 사람들을 보며 줄을 설까 망설인 적도 있고 기념품점을 기웃거린 적도 있지만 결국은 보타닉가든까지 걸어갔다. 걷는 것이 가장 쉬웠다. 걷다보면 보이는 풍경이 아름다웠고, 무엇보다 그런 기분이 나를 안심시켰다.

노인들만 있는 공원을 벗어나 학교 앞을 지날 때쯤, K에게서 카톡이 왔다. 한때 남자친구였으나 언제라고 할 것도 없이 만나지 않게 된 K는 잊을 만하면 한번씩 카톡으로 말을 걸어왔다. 그냥 해본 말이겠지만 어디냐고 묻는 K에게 나는 공원이라고 하지 않았다. 그러면 얘기가 길어질 것 같았다. K는 한번 보자고 했다. 나는 바쁘다고 했다. 학기가 시작도 안 됐는데 왜 바쁘냐며 쓸데없이 집요하게 물어왔다. 그러자 나는 짜증이 나면서 몹시 귀찮아졌다.

나는 K에게 호주에 간다고 말했고 즉각 부럽다는 답이 왔다. 유학이냐 워홀이냐 묻다가 엄마가 있어서 쉽겠다고 아는 척을 했다. K와 만나던 때에도 불편한 화제였다. 엄마 얘기가 나올 때마다 내가 건너뛰거나 적당히 대답하는 것을 K도 눈치챘을 것이다. 나름대로 짐작을 했을 테지만 K의 상상력은 실제에 미치지 못했다. K에게 마르잔은 존재하지 않으며, 엄마는 나를 버린 사람이 아니라 어쩔 수 없이 다른 나라로 가게 된 사람일 뿐이다. 여전히 호주라는 나라가 살기 좋은 나라 아니냐며 부러워하는 K 때문에 서둘러 카톡을 끝냈다. 갑자기 나는 K가 몹시 지겨워졌다. 하지만 그건 K의 문제가 아니다. 이상한 발음으로 나를 언니라고 부르는 동생과 그 가운데서 모두에게 쩔쩔매는 엄마를 상상할 수 있는 친구는 없기 때문이다.

벽에 드리운 짧은 그늘을 따라 집까지 걸어왔지만 휴대폰을 쥔 손에서 땀이 났다. 나는 손을 바지에 문지르며 편지를 쓰기로 결심했다. 끈적이는 더위와 우울한 공원과 지루한 K를 나의 세계에서 밀어내기 위해서는 내가 아버지를 대신해서 편지를 쓸 수밖에 없다. 어떻게 써야 할지 고민하는데, 엄마가 전화로 서류에 대해 물어왔다.

"왜 이런 편지까지 내가 써야 하는 건지 모르겠어. 미치겠어."

엄마에게 또 화를 냈다. 나는 마음껏 성질을 내려고, 그동안 삼킨 분을 토해내려고 시드니에 가려는 사람처럼 미치겠다는 말을 반복했다. 밖에서 할머니가 누가 왔냐며 큰소리로 물었다. 나는 재빨리 방문을 닫고 선풍기를 세게 틀었다. 할머니가 내 방문 앞을 지나가며 이제 집에 술이 없다고 말하는 소리가 들렸다. 할미니가 아버지 방에서 빈 병을 가지고 나올 때마다 하던 말이다. 하지만 언제부터인지 할머니는 빈 병을 가지고 나오지 않았고 술이 없다는 말만 했다. 길 건너 그린슈퍼 아저씨에게 소주병을 가져가라고 하는 것도 할머니 일이었지만 이제 그린슈퍼도 잊은 것 같았다. 아버지는 여기저기 숨기던 빈 병을 이제는 아무 데나 놓았다. 나는 병들을 모아 마당에 내다놓았다. 하지만 할머니처럼 그린슈퍼 아저씨에게 빈 병을 가져가라는 말을 할 수는 없었다. 담 옆으로 병이 산더미처럼 쌓이는 상상이 점차 현실이 되어갔다.

나는 편지를 쓰기 위해 책상에 앉아 컴퓨터를 켰다. 할머니의 병이나 아버지의 알코올에 대해 쓰는 것이 좋을지 판단할 수 없었다. 그런 얘기를 쓰면 내가 무책임해 보일 것 같았다. 이곳을 떠나는 이유를 분명하게 써야 할 텐데, 뭐라고 써야 좋을지 몰랐다. 아버지가 딸을 보낼 수밖에 없는 이유는 써야 할 것 같았다. 경제적인 무능력은 명확히 하고 다른 것들은 상세히 언급하지 않기로 마음먹었다. 이민 담당자라 하더라도 당신은 왜 경제적으로 무능력하냐고 묻지 않을 것이다. 그럴 만한 사정이 있다고 여길 것이다.

나는 한글을 열고 자판에 손가락을 올려놓았다.

'이민국 담당자님께, 아버지로서 딸에게 경제적으로 좋은 여건을 만들어주기에는 어려움이 있기에'라고 썼다. 그러다 경제를 빼고 읽어봤다. 경제를 넣었다 뺐다 하다가 그냥 넣기로 했다. 아버지는 경제뿐 아니라 모든 상황을 해결할 수 없다. 지금까지 그래왔고 앞으로도 그럴 것이다. 할머니도 아버지도 시간이 흐를수록 더 나빠질 뿐이다. 나는 다음 문장을 썼다.

'저는 딸의 문제를 해결하기 위해 애썼습니다. 결국 엄마에게 딸을 보내는 것이 필요하다는 걸 깨달았습니다. 저보다 엄마가 딸에게 필요한 것을 더 잘해줄 수 있습니다.'

필요하다는 말을 빼고 보내야 한다고로 고쳐보았다. 옆방에서 아버지가 문을 열고 나오는 소리가 들렸다. 나는 반사적으로 화면을 닫았다. 아버지는 비척거리는 걸음 소리를 내며 화장실로 갔다. 나는 다시 화면을 열었다. 그리고 걱정했다. 아버지가 순순히 서명을 할까. 어떻게 쓰면 아버지가 서명을 하고 이민국 관리자의 마음에도 들까. 그러고 보니 엄마도 아버지도 나를 걱정하지 않았다. 아버지가 나를 염려했다 하더라도 실제론 아무것도 하지 않았다. 아버지가 의지하는 것은 술이었고 술과 관련된 행동만 분명했다. 엄마도 마찬가지다. 서류를 잘하라고만 했지 내게 편지가 얼마나 큰 부담인지 모른다. 안다고 해도 달라지지 않는다. 내겐 지금까지 그런 사람들뿐이다. 그러니까 아버지도 엄마도 의식하지 말아야 한다. 이민국 담당자가 이해할 수 있게 쓰면 되는 것이다.

다음 문장부터 쉬웠다. 편지를 다 쓰고 나서 이민국 담당자가 원하는 부모의 모습과 내가 바라는 부모는 다를 것이 없다는 걸 알았다. 그런 마음을 인정하지 못했고, 글로 옮겨본 적이 없었던 것뿐이다.

'이건 전부 거짓말이야.'

누구를 위한 것인지 모를 위로나 용서 같은 것, 아니면 분노, 무엇이라도 있어야 할 것 같았다. 옆방에서 술병 쓰러지는 소리가 들렸다. 아버지는 편지를 제대로 읽지 않을 것이다. 편지는 영문으로 옮길 것이고, 아버지는 애써 영어를 읽으려 하지 않을 것이다.

"네 엄마가 널 오라고 한단 말이지? 우릴 두고 간 사람이."

"그럼 나는? 나도 오라고 했어?"

반쯤 남은 술병을 벽 쪽으로 슬쩍 밀어 놓은 아버지는 목청을 가다듬으며 물었다. 아버지가 입을 열자 술 냄새가 역하게 올라왔다.

"내가 가면 아버지도 초청할 수 있어. 아버지는 호주에 가고 싶지 않아?"

아버지는 몽롱한 눈빛으로 열린 창문 밖을 내다보았다. 먼 곳을 바라보는 것도 같고 마당에서 조금씩 흔들리고 있는 앵두나무를 쳐다보는 것도 같았다. 어쩌면 흔적도 없는 하늘에 비행기 한 대가 날아올라간 것을 보았다고 여겼는지도 몰랐다. 아버지가 몽상에서 깨어나는 순간 사실을 짐작하고 편지를 구겨버릴지도 모른다는 불안감에 나는 재빨리 입을 열었다.

"아버지가 여기에 서명을 하면 내가 호주에 가서 공부하는 데 도움이 되거든. 가서 자리 잡으면 아버지를 초청할 수도 있고."

"초청……."

아버지가 생각하는 초청의 의미가 어떤 것인지 짐작할 수 없었다. 아버지의 눈동자에서 스르르 힘이 빠져 나갔다.

"거기서 코알라나 캥거루 같은 것도 보고 왔냐?"

그런 말은 엄마가 내게 코알라 공원에 가자고 하는 것과 다르지 않았다. 엄마는 수족관과 코알라 공원 중 어디에 가보고 싶으냐고 물었다. 나를 어린애로 생각하느냐고 쏘아붙였다. 엄마는 그냥 그런 곳에 나랑 가고 싶었다고 했다. 이제 와서 그런 것이 무슨 소용이란 말인가. 그런데 아버지가 코알라를 봤냐고 또 묻는 것이다. 왜 하필 코알라일까? 호주에 대해 아는 것이 코알라밖에 없어서일까. 술병을 손에서 놓지 못해 맑은 정신일 때가 별로 없는 아버지는 유칼립투스 나무의 독성 때문에 종일 잠을 잔다는 코알라와 흡사하기도 했다. 술 냄새를 옆에서 맡고 있다 보니 속이 메스꺼웠다. 숨을 몰아쉬고 마음을 다잡으며 아버지에게 편지를 내밀었다.

아버지는 의미를 모른 채 서명을 할 것이다. 나는 알고 있다. 언젠가 지금 이 순간에 대해 다시 생각해야 할 때가 올지도 모른다는 것을. 하지만 지금은 아니다. 나는 최대한 즐거운 목소리를 내려고 애쓰며 또박또박 말했다.

"아버지도 코알라를 만져볼 수 있을 거야. 시드니 항구에서 배를 타고 삼십 분쯤 가면 코알라 공원이 있다고 했어."

멍한 시선으로 창밖을 내다보던 아버지는 내 말을 듣고 나서 고개를 돌려 편지를 들여다보았다.

"영어구나."

나는 아버지 손에 얼른 볼펜을 쥐어주었다. 누구의 손인지 알 수 없지만 볼펜이 살짝 떨렸다.

"호주 사람이 읽어야 하니까 영어로 쓴 거야."

아버지는 눈을 가늘게 뜬 채 편지를 읽으려고 애썼다.

"읽어봐. 내가 호주에서 공부하는 걸 아버지가 허락한다는 내용이야. 그게 다야."

"네가 공부를 계속하겠다는 거지? 영어로 편지도 쓰다니 기특하네."

아버지는 손에 쥔 볼펜을 들고 충혈된 눈으로 살펴보았다. 순간 아버지가 어떤 말을 할지 가늠이 되지 않았다. 무슨 말을 더 해야 할 것 같았다. 그런데 아버지가 점잖게 물었다.

"그럼 사인을 어디다 하지?"

나는 영어로 서상국이라고 쓰인 이름 옆의 빈 공간을 손가락으로 꾹 눌렀다.

"여기, 여기다 하면 돼."

아버지는 떨리는 손으로 서명을 했다. 아버지가 볼펜을 내려놓자마자 나는 재빨리 편지를 집어 들고 방에서 나왔다. 술 냄새 때문일까. 방에 있는 동안 나는 몇 번이고 숨을 참고 있었다.

출국장 입구에서는 아직까지 촬영을 하고 있었다. 실제 몇 분짜리 장면인지 알 수 없지만 배우들은 같은 연기를 반복했다. 지루하다 싶을 정도로 찍고 또 찍었다. 중년의 아들이 출국장으로 들어가려는 것을 노모가 불러 세우는 장면이었다.

촬영이 반복될수록 남자 배우에게서 힘이 빠졌다. 그는 섬세한 얼굴을 하고 있으면서도 표정이 없고 건장한 체격임에도 힘을 빼고 걸었다. 이상한 연기라고 생각했다. 감독이 컷을 외치면 배우들과 카메라는 처음의 자리로 되돌아갔다. 그들이 언제까지 만나고 헤어지는 것을 반복하게 될지 어디쯤에서 지쳐버릴지 알 수 없었다. 남자의 몸에서 감정이 모두 빠져나가 헐렁한 자루처럼 되었을 때 감독이 오케이 사인을 할지도 모른다.

주변을 둘러보니 여행의 분위기를 한껏 돋우며 이야기를 하던 여자들도 가버리고 줄무늬 셔츠의 아이도 가버렸다. 두 남녀가 출국장 입구가 잘 보이는 자리에 앉아 이야기하기 시작했다.

나는 시계를 보았다. 게이트 오픈까지는 아직도 시간이 남아 있었다. 나는 창문으로 활주로를 바라보았다. 이륙하는 비행기는 한 대도 없고 낮은 산들과 건물이 흐릿하게 보였다. 바다 위로 놓인 다리를 건너 도시의 빌딩들을 지나 그린슈퍼를 끼고 골목으로 들어가면 오늘 새벽 내가 트렁크를 끌며 나선 초록색 대문이 있다. 빈 병이 쌓인 마당을 지나 안으로 들어가면 아버지는 술을 마시며 초청장을 생각하고, 할머니는 이제 빈 병은 없다면서 생선이 타는 것도 모를 것이다.

그리고 그보다 더 멀리 가면 커다란 까마귀들이 서성이는 공원이 있다. 날아오는 새들 사이를 지나 마트가 있는 주유소를 지나 한적한 마을로 들어서면 엄마가 살고 있는 집이 있다. 그곳에서도 마르잔이 와인을 마시고, 조이가 소파에 기댄 채 텔레비전을 보고 있을 것이다. 아침마다 무거운 청소기를 밀고 있는 엄마가, 한국 사람들은 호주에서 초청받았다고 말하면 남들에게 부러워한다고 생각하는, 붉게 달아오른 얼굴에 맺힌 땀방울을 훔쳐내면서 페리를 삽십 분만 타고 가면 야생 동물원이 있다며 같이 가자고 하는 엄마가 나를 기다리고 있을 것이다.

그곳에 정말로 내 자리가 있을까.

나는 가방 안에 손을 넣어 편지 봉투를 만졌다. 아버지가 떨리는 손으로 서명을 한 편지가 손에 잡혔다. 눈물이 날 것 같았다. 출국장 쪽으로 고개를 돌려 세계가 끝날 때까지 계속 될 것만 같은 배우들의 연기를 바라보았다.

올리바, 올리브

올리바, 올리브

명진의 집은 길가에 있었다. 아이들이 땅바닥에 칸을 나눈 사각형을 그려놓고 팔방을 할 때, 지나가는 자동차를 피하기 위해 놀이를 멈추는 일은 별로 일어나지 않았다. 차가 자주 드나들던 시절이 아니었다. 여름이 끝나갈 무렵 집집마다 대문 앞에 빨간 고추를 널어 말리기 시작하면 사각형 크기도 줄어들었다. 김장배추가 쌓이기 시작하던 어느 날 골목 안으로 자동차 한 대가 들어왔다. 땅바닥에 그려진 선 옆으로 바퀴가 천천히 지나가는 동안 명진은 깨금발로 서 있었다. 납작한 돌을 발끝으로 밀자 돌이 네모 칸을 벗어나 선 밖으로 나갔다. 그만하겠다는 명진의 말에 친구들은 하나둘 흩어졌다. 명진은 택시가 멈춰 있는 자기 집으로 달려갔다. 차에서 내린 여자는 대문을 비추던 햇살 사이로 이미 들어가버린 후였다. 늘씬한 맵시의 남다른 자태가 돋보이는 낯선 여자였다.

이사 온 사람인 것이다. 대문 왼편에 있는 방은 늘 세를 놓았고 여러 사람들이 살다 갔다. 사우디아라비아에 고속도로를 만들러 갔다는 남편을 둔 부인에게는 개구쟁이 아들이 둘 있었다. 미장원 언니가 사는 동안에는 빨랫줄에 흰 가운이 걸렸다. 노모와 살던 은행원 아저씨의 전축에서는 닐 세다카의 〈오, 캐럴〉이 흘러나오곤 했다. 중학생 언니는 명진의 미술 숙제를 도와주기도 했다. 오늘 아침에 중학생 언니 가족이 이사를 갔다. 그들이 명진에게 의미가 있는 것은 아니었다. 마당과 대문을 함께 사용하는 정도의 이웃이었을 뿐이다. 그런데 택시에서 내린 낯선 여자는 그 사람들과 어딘지 달라보였다.

대문은 열려 있었다. 살림이 빠져나간 별채의 휑한 부뚜막과 낮은 찬장이 어색했다. 여자가 프라이팬을 집어 선반에 올려놓고 있었다. 높은 선반까지 닿는 가늘고 긴 팔을 보니 방금 전 햇살 사이로 들어간 그 여자임이 틀림없는 것 같았다. 명진과 눈이 마주치자, '주인집 딸이구나. 잘 부탁해'라고 말했다. 어찌해야 할지 몰라 머뭇거리자 여자가 웃었다. 부엌이 환해졌다. 거기 살았던 누구도 그런 말을 하지 않았다. '잘 부탁해'라는 말이 귓전에서 맴돌았지만 뭐라고 대답해야 할지 몰랐다. 이상하게 심장이 두근거렸다. 대문 밖에서 불어온 바람이 두 사람 사이로 지나갔다. 명진은 이마에 흐트러진 머리카락을 입바람으로 후후 불며 눈살을 찌푸렸다.

그때 방에 짐을 내려놓은 사람이 부엌을 지나 밖으로 나왔다. 문 앞에 서 있던 명진은 주춤거리며 뒤로 물러났다. 그는 택시 뒷좌석에서 커다란 함지박을 꺼냈다. 그가 여자인지 남자인지 헷갈렸다. 쇼트커트에 셔츠와 바지를 입은 차림새가 남자 같았다. 그렇다고 남자라고 하기에도 묘하게 어색한 것이 무엇 때문인지 알 수 없었다. 그가 부엌에 함지박을 내려놓고 말했다.

"올리바, 부엌 살림은 다 온 거지?"

목소리를 들고서 명진은 그가 여자라는 것을 알았다. 택시를 운전하고 온 것으로 보아 남자처럼 옷을 입어야 하는 건지도 모른다고 생각했다. 그러자 어색함이 조금 사라졌다. 무엇보다 그가 올리바를 대하는 태도가 부드럽고 활기찼다. 명진은 올.리.바.라고 속으로 따라했다. 이국적인 이름인데도 선반을 정리하고 있는 여자와 잘 어울린다고 생각했다.

택시 아줌마와 올리브 언니(동생과 명진은 올리바가 아닌 올리브라고 했다), 별채에 살게 된 두 여자를 두고 동생과 명진은 그렇게 말했다. 그런데 택시 아줌마, 하고 부른 적은 있어도 '올리브 언니'라고 부르지는 않았다. 올리바라는 호칭은 택시 아줌마의 전유물이었다. 엄마는 별채 언니라고 했고, 명진과 동생은 그냥 언니라고 불렀다. 명진의 동생은 올리브를 뽀빠이의 여자 친구라고 믿었다. 올리브가 아니고 올리바라고 말해줘도 동생은 올리브가 맞는다고 우겼다. 올리브는 키가 170센티미터쯤 되어 보였고 만화영화 속의 올리브와 닮은 듯도 해서 동생이 올리브라고 믿을 만했다. 동생의 상상이 빗나가 뽀빠이와 관계가 없다는 걸 나중에 알게 되었지만 어떤 의미로든 올리바는 올리브 같았다.

보통 별채에 살던 사람들과 음식을 나누는 건 자연스러웠다. 고구마라든가 옥수수 혹은 부침개 같은 것들이었다. 그런데 올리브가 돈가스라는 걸 가져왔다. 그런 게 있는 줄도 모르던 때였다. 금방 튀겨낸 돈가스는 따뜻하고 부드럽고 고소했다. 코를 자극하는 고소한 기름 냄새와 혀에서 느껴지던 바삭한 촉감이 뇌리에 각인이 되었지만 그 맛의 실체는 시간이 흐르면서 점점 모호해졌다. 그동안 많은 시간이 흘렀고 돈가스는 흔한 음식이 되어 익숙한 맛으로 덧씌워졌기 때문일 것이다. 그럼에도 명진은 한 동안 올리브의 돈가스 맛을 기억해보려고 애쓴 적이 있다. 그건 무척 추상적이어서 과거의 감각이라는 것이 얼마나 모호한지를 깨달을 뿐이었다.

명진이 4학년에 되던 해, 여자들이 이사 오기 일 년 전부터 엄마는 아버지의 가게에 나가기 시작했다. 명진은 엄마가 집에 없는 것이 싫었다. '가게에 아버지가 나가는데 왜 엄마까지 가야 해? 다른 엄마들은 다 집에 있단 말이야.' 명진의 엄마는 그럴 때마다 '식구가 도와야지. 남들이 내 일처럼 해주는 줄 아니'라고 했다. 그 말은 명진이 집안일을 거들고 동생을 돌보아야 한다는 뜻이기도 했다.

엄마는 가게에 가면서 명진에게 연탄불을 갈아야 할 시간을 알려주었다. 그 일은 집안일 중 가장 어려웠다. 알맞은 시간에 아궁이를 열어보는 것도 쉽지 않았다. 초침 소리가 크게 들리는 벽시계를 자주 쳐다보는 동안 시간이 한없이 늘어났다. 동생과 만화영화를 본다거나 밖에서 동네아이들과 노는 동안 시간은 훌쩍 지나가버렸다. 아궁이를 열고 집게로 연탄을 들어 올리면 아래 연탄이 붙어 따라 올라오는 일도 흔했다. 연탄 두 장이 쉽게 떨어지지 않아 자칫 연탄을 깨트리거나 시간을 놓쳐 불을 꺼트리기도 했다. 엄마는 그런 어려움을 헤아리지 않았다. '엄마가 놀다 오냐, 이렇게 추운 날 연탄불을 꺼트리다니, 네 나이면 살림을 해도 다할 나이다'라고 했다.

명진을 도와준 사람은 올리브였다. 붙어 있는 연탄을 요령 있게 떼어주거나, 올리브의 아궁이에서 불이 붙은 연탄을 나눠주기도 했다. 명진에게 연탄이 불합리한 긴장과 꾸중을 불러오는 골치 아픈 존재였다면 올리브에게는 멋진 도구였다. 연탄불에 석쇠를 올려놓고 김을 굽고, 생선을 구웠다. 찌개를 끓이고 돈가스를 튀겼다. 올리브의 작은 부엌 선반에는 뚝배기와 튀김 냄비와 프라이팬 같은 것들이 정리되어 있었다. 택시가 집 앞으로 들어오는 소리가 담 밖에서 들리면 올리브는 선반 맨 위 칸에 걸려 있는 밥상을 꺼냈다.

어느 날 동생이 말했다. '언니도 이 다음에 택시 운전 할 거야?' 명진보다 여섯 살이 어린 동생이 귀엽기도 하고 바보 같기도 했다. 명진은 그런 일을 하고 싶지 않았다. 거칠고 힘들어 보였고 남들과 달라 보였다. 가끔 택시 아줌마가 집에 와서 올리브에게 말하는 걸 들은 적이 있다. 술 취한 사람이 뒷좌석에 토를 했다거나, 택시비 때문에 실랑이를 했다는 등의 이야기였다. 그럴 때마다 택시 아줌마는 '놈'이라는 말을 서슴없이 했다. 명진은 술에 취한 '놈들' 돈을 안 내려는 '놈들'에 대해 상상해본 적이 없었다. 하지만 택시 아줌마의 말투에서 그런 '놈들'이 택시 아줌마를 화나게 한다는 것을 알 수 있었다.

하지만 동생은, 나도 크면 언니랑 살 기라며 그럼 언니는 뭘 할 건데?라고 물었다. 명진은 앞으로 무슨 일을 할 것인지 누구와 살 것인지 생각해본 적이 없어서 글쎄,라고 말했다. 그리고 분명히 해두고 싶어서 동생에게, 이 다음에 크면 결혼을 하는 거야. 언니랑 사는 게 아니고,라고 말했다. 그렇게 말해 놓으면 동생을 위해서 택시 운전을 하지 않아도 될 것 같았다. 그러자 동생이 그럼 올리브는 왜 택시 아줌마랑 살아?라고 물었다.

명진도 알 수 없었다. 생김새도 달랐지만 주고받는 말을 보면 자매가 아닌 것은 분명했다. 그렇다고 친구 같지도 않았다. 택시 아줌마가 돈을 벌어오고 올리브 언니가 집안일을 하는 것을 보면 부부처럼 보였기 때문이다. 택시 아줌마가 올리브를 부를 때는 언제나 다정했다.

여름이 되기 전에 명진의 아버지가 돌아가셨다. 위장의 문제라고 했다. 구급차에 실려 수술실로 들어갔을 때 이미 장기에 괴사가 일어났다고 했다. 종종 하얀 물약을 마시던 아버지의 모습이 생각났다. 전날 아침에도 아버지가 속이 안 좋다면서 젓가락을 내려놓았는데 그런 건 종종 있는 일이었다. 아버지는 그날도 하얀 물약을 마시고 자전거를 타고 가게에 갔다.

늦은 밤, 과자봉지를 들고 온 아버지는 애들이 벌써 자네라고 말했다. 문이 살며시 열리고 바깥공기가 묻은 아버지의 기척 소리와 봉지 부스럭거리는 소리가 잠결에 다가오면 명진은 머리맡에 놓인 깨가 박혀 있는 팥빵이나 부채과자 같은 걸 보고 다시 잠들어버리곤 했다.

그날 아버지는 집에 못 왔다. 늦게까지 가게에 혼자 남아 있던 아버지는 응급상황에 적절히 대응하지 못했다고 했다. 병원에 일찍 갔다면 괜찮았을 거라고도 했다. 하지만 아버지는 죽었고 명진은 가족이 죽을 수 있다는 게 믿어지지 않았다.

잠결에 기척으로 느끼던 아버지가 곁에 없다는 것이, 이 세상 어디에도 살아 있지 않다는 것이 실감나지 않았다. 잠이 들면 언제라도 잠결에 그 소리를 다시 들을 수 있을 것만 같았다. 하지만 명진은 오랜 시간에 걸쳐 아버지의 부재를 분명하게 느껴야 했다.

아버지의 장례는 큰아버지가 도왔다. 도맡아했다는 것이 맞는 말일 것이다. 명진의 집에서 그리 멀지 않은 곳에 살던 큰아버지는 아버지와 같은 업종으로 좀 더 규모가 큰 가게를 운영했다. 욕조나 타일, 양변기 등을 도소매했는데 운전과 배달, 판매를 하는 직원들이 꽤 많았다. 아버지도 처음에 거기서 일을 배워 독립한 거라고 했다. 아버지와 달리 엄한 기운을 풍기던 큰아버지는 일요일에는 가게 문을 닫고 성당에 간다고 했다.

명진의 가족은 아무도 성당에 다니지 않았다. 하지만 아버지의 장례를 치르는 동안 많은 성당 사람들이 다녀갔다. 대문 앞에 노란색의 커다란 등이 걸리고 천막이 설치되고 동네 아주머니들이 음식을 날랐다. 그 며칠 동안 명진은 방에서 깜빡 잠이 들었다가도 낯선 기도 소리에 잠이 깨곤 했다. 여러 명의 사람들이 아주 긴 기도를 노래처럼 불렀다. 외국 성인들의 이름을 부르며 안드레아를 위하여 빌어달라고 했다. '안드레아'가 아버지의 또 다른 이름이었다는 것을 나중에 알았다.

그렇게 장례를 치르고 나자 엄마는 가게에 나가지 않고 집에 있었다. 엄마가 아무 일도 하지 않고 있는 모습을 본 건 그때가 처음이었다. 어쩌면 엄마는 그렇게 가만히, 죽은 듯이, 계속해서 그러고만 있을지도 모른다는 걱정이 커질 때쯤 큰아버지가 집에 왔다.

"제수씨 혼자서라도 가게를 하실 수 있겠어요?"

엄마는 못한다고 했다. 건설 쪽에 자재를 납품하기 위해 영업을 하고 소매를 겸하는 일은 여자 혼자 할 수 있는 일이 아니며, 재정상태도 그리 좋은 편이 아니라고 했다. 큰아버지는 가게를 정리하는 것을 도와주었고 정기적으로 집에 들렀다.

큰아버지가 오면 엄마는 꿀차를 만들었다. 찬장에서 꿀병을 꺼낼 때마다 엄마는 한숨을 쉬었다. 명진이 주전자에 물을 받아 연탄불에 올려놓으면 엄마는 잔을 골랐다. 아니 멍하니 잔을 쳐다봤다. 물은 계속 끓었다. 엄마는 생각났다는 듯 푸른 빛이 도는 잔을 집었다가 다시 내려놓더니, 꽃무늬 찻잔을 찬장 구석으로 밀어넣었다. 그리고 흰 찻잔을 꺼냈다.

찬장 안에는 예쁜 잔이 몇 개 있었다. 엄마는 그것들을 소중이 여겼다. 그리고 그 중에서 하나를 고를 때마다 콧노래를 흥얼거렸다. 아버지의 꿀차를 만들 때 얘기다. 바쁜 엄마가 유일하게 여유로워 보이던 순간이다. 하지만 엄마는 달라졌다. 명진에게 가서 공부를 하라고 말해놓고도 명진이 계속 부엌에 있는 것을 알아채지 못하는가 하면, 찬장에 있는 잔을 물끄러미 바라보느라 시간이 흐르는 걸 깨닫지 못했다.

큰아버지는 차를 한 모금 마신 다음 말을 시작했다. 아버지가 무리하게 집을 산 게 문제라고 했다. 명진은 책상에 앉아서, 혹은 동생과 놀면서 큰아버지의 얘기 소리를 들었다. 조용한 말투였으나 어쩐지 아버지와 남은 가족을 비난하거나 훈계하는 것처럼 들렸다. 큰아버지 앞에 앉아 있는 엄마는 슬퍼 보였다. 잘못을 저지른 사람 같기도 했다. 명진에게 가족의 일이라고 말할 때의 당당한 태도는 사라졌거나 어딘가로 숨어버렸다.

그날도 찻잔에서 입을 뗀 후 큰아버지가 말했다. 아들이 곧 사제 서품을 받을 겁니다. 성직자 가족이 되는 겁니다. 큰아버지는 감격스러운 표정을 잠시 지었다. 명진은 처음으로 그 얼굴이 아버지와 닮았다고 생각했다.

제수씨가 할 수 있는 일도 찾아보겠지만, 어떻게 해서든 제가 살림을 도울 겁니다. 새로 시작하는 교리반이 있을 때 알려드릴 테니 영세를 받으세요. 동생이 냉담을 하긴 했어도 모태신앙이었습니다. 명진은 큰아버지가 하는 말들이 전부 낯설었다. 아버지가 성당에 다니는 걸 본 적도 없었다. 다만 아버지의 책상 위에 세워놓았던 십자가, 손에 쏙 들어올 만큼 작은 그것을 떠올렸을 뿐이다.

엄마는 큰아버지의 가게에서 일을 시작했고 전보다 더 바빠졌다. 주말에는 성당에 교리공부를 하러 갔다. 그 해 봄 명진이 소풍 가는 날, 엄마는 김밥 싸는 걸 잊었다. 아니 소풍날을 잊었다. 엄마의 얼굴에 머물던 슬픔을 몰아낸 것은 피로이거나 분주함 같은 것이었다. 큰아비지가 성직자 가족이라는 말을 하면서 짓던 감격스러운 표정을 성당에 공부하러 가는 엄마 얼굴에서는 찾아볼 수 없었다.

그렇게 여름이 왔고 방학을 했다. 그 해에는 전처럼 풀장에 다닐 수 없었다. 엄마는 명진의 눈을 보며 말했다. 엄마의 말투가 다정했다. 하지만 더 이상 풀장에 갈 수 없다는 말을 하고 있었다.

'큰아버지가 학비를 도와주는 처지에 풀장까지 다닐 수는 없어.'

이전까지 명진과 동생은 여름방학 내내 풀장에 다녔다. 동생과 둘이 가거나 동네 아이들과 몰려다녔다. 집에서 멀지 않은 곳에 야외 풀장이 있었다. 풀이 두 개 있었는데 어린이 풀에는 시멘트에 푸른 페인트칠을 한 짧은 미끄럼틀이 있었다. 동생은 미끄럼틀을 좋아해서 수영복 엉덩이가 얇아졌다. 야외 풀이라 햇볕에 곧바로 피부가 노출이 되었다. 팔과 등에서 허물이 벗어지는 것은 물놀이로 생긴 훈장으로 여겼다.

어떻게 해서 두 여자와 함께 풀장에 가게 되었는지 모르겠다. 동생이 떼를 쓰는 걸, 혹은 풀이 죽어 있는 것을 올리브가 보았는지도 모른다.

'택시 아줌마가 휴가래. 둘만 가면 심심할 거야. 그런 데는 아이들이랑 가야 재밌잖아. 식구들처럼 말이야. 옆집 친구들도 같이 가도 돼.'

명진은 수돗가에 받아놓은 물을 바라보며 올리브가 하는 말을 들었다. 마당의 수도 앞에는 직사각형의 물통이 있었다. 안팎으로 푸른 색과 흰 색의 타일이 붙어 있었다. 사방연속무늬를 눈으로 좇으며 보는 재미가 있었다. 어느 날 아버지가 자전거에 타일을 싣고 와 직접 붙인 것이다. 올리브가 수영장 말을 꺼냈을 때 명진은 그 물통에 떠 있는 분홍 바가지로 시선을 옮겼다. 올리브의 제안이 갑작스럽기도 했고, 같이 가도 좋은 것인지 알 수 없었다. 엄마가 큰아버지와 왜 눈을 마주치지 못하는지 알 것 같았다. 명진은 그렇게 분홍 바가지만 보고 있었지만 올리브는 아무렇지 않다는 듯이 이어 말했다.

"조금 멀어. 버스를 타고 가야 해. 그런데 물이 깨끗해. 산에서 내려온 물로 풀장을 채우거든."

동네 풀장에서는 소독약 냄새가 났고 아이들이 바글거렸다. 소변도 볼게 뻔한 어린이 풀장의 부연 물을 그때까지 지저분하다고 생각해본 적도 없었다.

"산에서 내려오는 물이 계속 채워지는 그런 곳은 흔치 않아."

명진에게 깨끗한 물은 지금 바라보고 있는 수돗가의 물통, 천장에 비친 물그림자를 가지고 노느라 세숫대야에 받아놓은 물을 이리저리 휘젓던 것, 그런 것이었다. 넓고 깊은 풀장을 깨끗한 물로 채운다면 얼마나 근사할까.

동생은 풀장에 가게 되었다며 좋아했다. 옆집에 살고 있는 명진과 동갑내기 남자아이와 그 누나도 같이 가기로 했다. 명진은 숲속에 있는 풀장을 상상했다. 풀장에 가는 날을 기다리며 기대가 부풀어 오르는 동안 마루 건너 안방에서 엄마의 코고는 소리가 가늘게 들렸다.

수영장으로 가는 버스에 올라타자 휘발유 냄새가 콧속으로 훅 들어왔다. 열어놓은 창문으로 들어오는 뜨거운 바람이 땀에 젖은 머리카락을 이리저리 흔들어댔다. 옆에 앉은 동생은 마냥 즐거운 표정이었다. 버스가 시내를 벗어나자 새로운 풍경이 차창 밖으로 지나갔다. 짙푸른 플라타너스 나무들과 고구마 꽃이 핀 밭과 묶여 있는 소와 띄엄띄엄 있는 집들이 뒤로 밀려났다. 거름 냄새가 차 안으로 들어오자 코를 막던 동생은 곧 잠이 들었다. 무거워진 머리를 명진의 어깨에 기댔다.

한적한 곳에서 버스가 멈췄다. 아이들이 내린 다음 택시 아줌마와 올리브가 내렸다. 버스가 출발하면서 일으킨 먼지바람 사이로 사람들이 앞서거니 뒤서거니 걸었다. 다들 커다란 아이스박스나 비닐튜브 같은 것을 들고 있었다. 수박을 안고 가는 사람도 있었다.

숲이 점점 가까워졌다. 매표소에 이르러 택시 아줌마가 표를 끊기 전에 명진은 엄마가 준 돈을 내밀었다. 아줌마가 손사래를 치며 말했다. '그걸로 아이스크림 사먹어.' 택시 아줌마 앞에 줄을 서 있던 아저씨가 고개를 돌려 아줌마를 위아래로 훑어보았다. 모범택시라는 견장이 붙은 일복이 아닌 평범한 티셔츠 차림이었다. 하지만 어딘지 남자처럼 보이는 건 여전했다. 아저씨와 눈이 마주치자 아줌마가 멋쩍은 듯 싱긋 웃었다. 아저씨는 떨떠름한 얼굴로 돌아서더니, 자기 아이들을 앞쪽으로 밀며 우리 일행과 거리를 넓혔다.

공작새 새장과 토끼장을 지나자 산을 깎은 듯 야트막한 언덕에 있는 풀장이 보였다. 한번씩 불어오는 바람에서 풀냄새가 났다. 머리 위에 있는 해는 뜨거웠다. 택시 아줌마는 도시락 가방을 들었고, 머리를 하나로 묶은 올리브는 짧은 원피스를 입었다. 두 여자가 앞서 걸었다. 숲은 검은 그늘을 만들고 있었다. 명진은 동생 손을 잡고 짧은 원피스 아래 드러난 올리브의 종아리를 보며 따라 걸었다.

언덕에 올라서자 푸른 물이 찰랑이는 수영장이 보였다. 아이들과 명진은 수영복 위에 입고 온 겉옷을 훌렁훌렁 벗어던지고 풀장으로 내달았다. 물은 몹시 차가웠다. 머릿속에서 쨍하는 소리가 나는 것 같았다. 텀벙 뛰어드는 아이들 주변으로 물살이 퍼지고 움직이고 요동쳤다. 쏟아져 내리는 햇살이 물결 위에 반짝였다.

화장실에 간다던 동생이 풀장으로 돌아오지 않았다. 명진은 풀에서 나왔다. 나무 그늘 아래 두 여자가 앉아 있었다. 물이 뚝뚝 떨어지는 수영복을 보더니 올리브가 수건을 내주었다. 동생이 참외를 먹고 이제 막 풀장에 갔다고 했다. 명진이 수건을 두른 채, 멀리 보이는 풀장을 바라보느라 눈을 가늘게 떴다. 환한 햇살 사이로 아이들의 모습이 알록달록 뭉쳐지고 흩어졌다. 물속에 잠긴 사다리를 붙잡고 내려가는 동생이 보였다. 빨간 물방울 무늬의 수영복을 입고 주황색 꽃으로 덮인 수영 모자를 쓴 작고 통통한 동생이 풀 벽면의 사다리에서 물속으로 뛰어들었다. 물에 떠 있는 아이들 사이로 물방울이 튀었다.

택시 아줌마의 손이 명진의 머리 위로 갔다.

"꽃송이네."

택시 아줌마 손에 붉은 꽃이 들려 있었다. 올리브가 말했다.

"자기나무 꽃이야."

"내 나무라고?"

택시 아줌마의 물음에 올리브가 웃었다. 올리브를 처음 보았을 때 주변으로 밝게 퍼지던 환한 빛을 떠올렸다.

"자기가 아니고 자. 귀."

"아, 참. 무슨 나무 이름이 그래."

택시 아줌마는 나무 이름을 탓하며 멋쩍게 웃었다. 얼굴을 젖히고 나무를 올려다보았다. 그러자 올리브가 팔을 뻗어 옆에 있는 나무를 가리켰다.

"명진아, 저 나무야."

돗자리 오른편으로 아담한 나무가 있었다. 옆으로 퍼진 가지 사이로 붉은 꽃이 여기저기 피어 있었다. 솜털이 퍼진 것 같기도 하고 붉은 색 붓을 펼쳐 놓은 것 같기도 했다.

"불꽃 같지?"

불꽃이라는 말을 듣는 순간 옆으로 펼쳐진 가지와 푸른 잎 사이로 보이는 붉은 꽃들이 더욱 생생해졌다.

"폭죽이 터지는 것 같아요."

명진이 말했다.

"저렇게 많은 폭죽이 터진다면 정말 굉장할 거야. 예쁜 나무야. 가지가 옆으로 뻗은 모습이며 나란한 잎도 그렇고. 겨울엔 달그락거리는 소리도 나거든."

"소리? 어떻게 소리가 나는 건데?"

택시 아줌마가 물었다.

"마른 콩깍지를 떠올려봐."

명진은 여자가 준 참외를 씹으며 마른 콩이 굴러다니는 걸 상상했다. 택시 아줌마와 올리브는 다른 어른들과 달랐다. 엄마와 아버지가 그런 얘기를 하는 걸 들은 적이 없었다. 잠결에 들리는 아버지의 목소리는 내일은 어느 회사에서 돈을 받으러 올 거라는 얘기, 장부와 수전 개수가 안 맞는 거 같다는 얘기, 혹은 퇴근하면서 사온 부채과자를 아침에 애들한테 주라는 그런 얘기들이었다.

올리브는 다리를 쭉 뻗고 앉아 있었다. 발가락이 가지런했다. 자귀나무 잎처럼 나란하다고 생각했다. 올리브가 돈가스를 튀길 때 입는 앞치마의 주름도 촘촘하고 가지런했다. 올리브는 가지런하고 단정한 걸 좋아하는 게 분명했다. 방학 동안 만나지 못하고 있는 친구 윤애도 언제나 벗어놓은 신발들을 가지런히 정리했다. 명진은 생각했다. 이 다음에 윤애나 동생과 같이 살게 된다면 두 여자처럼 수영장엘 가고 겨울이면 달그락 소리를 내는 나무 이야기를 하게 될까 생각해봤다. 그런 건 어쩐지 이상했다. 올리브가 풍기는 특별한 느낌을 상상할 수 없었다. 올리브여야만 가능한 세계 같았다.

올리브가 명진의 볼을 손가락으로 가볍게 쓸어내렸다.

"벌써 얼굴이 이렇게 익었네. 한낮엔 그늘에서 좀 쉬다가 들어가는 게 좋겠다."

명진은 갑자기 가슴이 쿵쾅거렸다. 자신의 상상을 들킨 것 같아, 얼굴이 빨개졌다. 명진은 자기도 모르게 눈으로 동생을 찾았다. 멀리 보이는 풀장에서 튜브에 몸을 낀 동생이 이리저리 떠다니고 있었다. 그러다 주변을 두리번거렸다. 명진은 손에 들려 있는 반만 먹은 참외를 내려놓고, 두르고 있던 수건을 풀었다. 마저 먹고 가라는 올리브의 말에 얼굴이 더욱 달아올랐다. 명진은 동생 때문이라며 풀장으로 뛰어갔다. 멀어지는 명진에게 올리브가 무슨 말인가 했지만 들리지 않았다. 차가운 물속에 얼굴을 담그고 잠수를 했다. 동생의 통통한 발가락이, 사람들의 다리가 물속에서 흔들렸다.

올리브가 풀장으로 아이들을 부르러 왔다.

도시락을 풀던 택시 아줌마가 물었다.

"올리바, 수저는 어디 있지?"

동생이 신이 나서 끼어들었다.

"아줌마, 올리바가 아니고 올리브잖아요."

택시 아줌마와 올리브가 얼굴을 마주 보며 웃었다.

"어째서 올리브지?"

택시 아줌마가 묻자 동생이 말했다.

"뽀빠이 여자 친구는 올리브니까요."

"아, 뽀빠이. 그것도 나쁘지 않네. 그런데 이 아줌마는 그 올리브가 아니야."

"왜요?"

커다란 돈가스 조각을 입에 넣은 동생과 옆집 남자 아이가 올리브를 쳐다보았다. 택시 아줌마가 장난스럽게 말했다.

"음, 여기엔 뽀빠이가 없잖아."

"에이, 우리도 그런 건 알아요."

"오호. 그럼 다시 설명해야겠네. 그건, 음, 쉽게 말하면 성당 이름이야. 성당 다니는 사람들은 세례를 받으면 이름이 생기거든. 올리바는 아주 예쁜 여자였어. 하긴 올리브, 올리비아라고도 부르니까 올리브라 해도 틀린 건 아니지만 우린 올리바라고 부르니까. 올리바인 거지. 그럼 뽀빠이 여자 친구도 그 올리브인가?"

동생이 눈을 빛내며 의기양양한 표정으로 말했다.

"거봐, 언니."

동생은 명진에게 다시 확인시켜주려는 듯 씩씩하게 말했다.

"올리브 맞잖아요. 그렇죠.?"

동생이 올리브의 얼굴을 쳐다보았다. 그런데 조금 전까지도 동생을 귀엽다는 듯이 보고 있던 올리브가 아무 말도 하지 않았다. 입을 꾹 다문 채 푸른 물이 반짝이는 풀장을 무심하게 바라보고 있었다. 동생이 다시 말했다.

"우리 엄마도 성당에 가요. 큰아버지가 그러라고 했어요. 그럼 아줌마들도 성당에 가요?"

택시 아줌마가 올리브의 얼굴을 살폈다. 올리브의 얼굴빛이 창백했다. 하지만 짐짓 모른 척한 채, 동생에게 오늘 따라 돈가스가 더 맛있다는 말만 했다. 명진도 얼떨결에 포크로 돈가스를 찍어 입에 넣었다. 무표정한 올리브의 눈빛이 무슨 일인지 슬퍼보였다.

집으로 돌아오는 버스에서 택시 아줌마가 명진을 흔들어 깨웠다. 동생도 옆집 남자애도 잠에 곯아 떨어져 있었다. 잠에서 덜 깬 동생을 택시 아줌마가 등에 업었다. 집에 돌아와 명진이 젖은 수영복과 튜브를 수돗가에 내려놓았다. 택시 아줌마가 업고 있던 동생을 마루에 살며시 내려놓자 잠에서 깬 동생이 눈을 비비더니 엄마를 찾아 부엌으로 들어갔다. 엄마가 찻상을 들고 나왔다. 꿀차였다. 큰아버지가 마루 한 편에서 우리가 들어오는 것을 줄곧 보고 있었다.

명진이 마루에 올라가자 명진에게 다가앉으라고 했다.

"수영장에 다녀왔니?"

"네."

순간, 큰아버지가 학비를 도와주는데 수영장에 다닐 수 없다는 엄마의 말이 떠올랐다. 하지만 어느새 잠이 다 깬 동생이 자랑을 늘어놓았다.

"진짜 좋은 데에 갔다왔어요. 버스를 타고 먼 데로 갔는데 택시 아줌마가 도시락도 들고 갔어요. 그렇지, 언니."

"어, 응."

명진은 잘못을 들킨 것처럼 마음이 편치 않았다. 큰아버지는 찻상에 놓인 꿀차를 한 모금 마셨다.

"별채에 사람들이구나. 그런데 저 여자, 여자가 맞긴 하냐?"

수영복이 들어 있는 빨랫감을 수돗가에 내려놓고 별채로 들어가는 택시 아줌마의 뒷모습을 보면서 큰아버지가 물었다. 그 말이 택시 아줌마의 귀에도 들릴까봐 신경이 쓰였다.

명진의 엄마가 작은 소리로 재빨리 그렇다고 대답했다.

"여자가 운전을 하는군요."

큰아버지는 아무렇지도 않다는 듯, 그러니까 들어도 상관없다는 듯이 다시 물었다. 택시 아줌마는 안으로 들어갔지만 수돗가에서 올리브가 빨래를 하고 있었다. 올리브가 수도꼭지를 돌렸다. 수돗물이 콸콸 쏟아졌다. 명진은 물소리에 큰아버지 말소리가 묻히기를 바랐다.

"그럼 같이 사는 저 사람은 동생인가요?"

큰아버지가 못마땅한 표정을 풀지 않아서 명진은 불안했다.

"올리바래요. 성당 이름이."

성당 얘기를 하면 큰아버지가 좋게 생각할 것 같았다. 하지만 큰아버지의 표정은 더 나빠졌다. 동생이 끼어들었다.

"올리브는 뽀빠이 여자 친구가 아니에요. 그렇지 언니?"

동생이 명진을 쳐다보았다.

"어."

명진이 얼떨결에 대답했다. 괜히 성당 얘기를 꺼냈다고 생각했다.

큰아버지가 마당으로 내려섰을 때, 올리브는 빨랫줄에 수영복을 널고 있었다. 큰아버지가 올리브 앞에서 멈춰 섰다. 그리고 올리브를 위아래로 훑어보았다.

"명진이 큰아버집니다. 명진이 말이, 같은 신자라던데요."

올리브는 빨래를 손에 쥔 채 얼굴이 굳어졌다. 큰아버지는 대답을 기다리듯 뒷짐을 지고 서 있었다. 올리브도 큰아버지도 그 자리에서 움직이지 않았다. 시간이 정지해버린 것만 같았다. 그때, 안에서 택시 아줌마가 올리브에게 약상자가 어디 있냐고 물었다. 올리브는 난처한 표정을 지었다. 여전히 큰아버지가 꼼짝 않았고, 올리브는 빨랫줄에 널려던 속옷을 움켜쥔 채 서 있었다. 무슨 일이냐며 택시 아줌마가 마당으로 나왔다. 큰아버지는 헛기침을 몇 번 하더니 대문을 열고 나갔다.

개학을 했다. 더위는 여전했다. 학교에서 돌아온 명진은 마루에 걸터앉았다. 큰아버지의 구두가 있었다. 평소라면 마루에서 엄마와 얘기를 나누었을 큰아버지가 방으로 들어간 것이 신경 쓰였다.

"집에 사람을 들일 때는 가려서 들였어야지요. 말이 나왔을 때 내보내세요. 명진이가 세례명이 올리바라고 했잖아요. 내가 좀 알아봤어요."

명진이가,라는 말에 심장이 뛰기 시작했다. 큰아버지에게 올리바가 성당 이름이라고 말했던 것을 후회했다. 큰아버지의 목소리로 '명진이가'라고 한 말이 가슴을 짓눌렀다.

"그냥 살게 한다면 소문에 해명을 해야 하지 않겠습니까. 갑자기 나가라고 해도 이해할 겁니다. 평범하지 않은 사람들이 그런 걸 생각 못하진 않을 테니까요. 그동안에도 이런 일은 수없이 겪었을 겁니다. 조카가 신부인데 동성애자를 집에 들인다고 수근거릴 겁니다. 남의 입에 오르내려서 좋을 게 뭐가 있겠습니까. 우리 교우들도 헷갈릴 테고. 무엇보다 애들은 보면서 배우잖아요. 제수씨 일하느라 애들 건사하기 어렵다는 거 알지만, 그럴수록 한 집 사는 사람들이 중요하잖아요."

명진은 자기도 모르게 방문을 열었다. 엄마와 큰아버지가 동시에 명진을 쳐다보았다. 이유도 모른 채 쿵쾅거리는 가슴을 진정시키려고 숨을 몰아쉬었다. 엄마는 버릇없이 인사도 안 하고 왜 그러고 서 있냐고 꾸짖었다. 큰아버지는 별일 아니라는 듯 다시 고개를 돌렸다. 그리고 재킷 주머니 안에서 흰 봉투를 꺼내 찻상 위에 놓았다.

"복비예요. 몇 달 남은 계약기간 채우려 하지 마시고 내보내세요."

"안 돼요!"

명진이 방문을 열어 젖히면서 큰소리로 말했다.

"뭐가 말이냐?"

엄마가 문 앞에 서 있는 명진을 놀란 눈으로 쳐다보았다.

"올리브는 아무것도 안 했어요. 그냥 우리를 수영장에 데리고 간 것뿐이에요. 옆집 애들도 내가 같이 가자고 한 거고, 올리브라는 이름도 우리가 물어봐서 얘기해준 거고."

명진은 자신이 무슨 말을 하는지 알지 못했다. 그저, 뭔가 잘못되었다는 것을, 그리고 모든 원인이 자신이 올리브의 이름을 말해서 벌어진 일들 같았다.

"아니, 재가 왜 그러는 거야. 어른들 일에 상관하지 말고 어서 나가 있어."

엄마가 꾸짖었다.

"안 돼. 엄마. 올리브는 아무 잘못도 없단 말이야."

명진은 방으로 들어가 찻상 위에 있는 봉투를 집어 들었다. 명진은 그걸 큰아버지에게 다시 주려는 의도였으나 자기도 모르게 힘을 주어 봉투가 찢어지면서 지폐가 빠져나왔다. 엄마가 큰소리로 명진을 혼냈다.

"아니, 얘가 왜 이래……. 어서 나가 있지 못해!"

명진은 쫓겨나다시피 방에서 나왔다. 방 안에서 큰아버지는 엄마에게 저것보라고, 애들이 아무 판단도 없이 저런다고, 당장 내보내야 한다고 말했다. 큰아버지는 전에 없이 단호했다. 명진은 자신이 무언가 바로잡으려고 할수록 상황이 더 나빠지는 것을 이해할 수 없었다.

어느 때부터 엄마는 꿀차를 만들 때 물 끓이는 일을 명진에게 시키지 않았다. 큰아버지가 오면 명진과 동생은 책상 앞에 앉아 책을 보라고 했다. 동생이 옆에서 미술 숙제를 하며 투정을 부리고 있었다. 큰아버지가 하는 이야기 소리가 귀에 들어왔다 나갔다. 애들이 제풀로 크면 안 된다는 말은 계속 남아 있었다. 버릇없다는 말도 했다. 그날 이후로 큰아버지는 명진을 버릇 없는 아이로 가정교육을 철저히 시켜야 하는 아이로 보는 것 같았다. 하지만 그런 건 중요하지 않았다. 올리브에 대한 오해가 풀리기만 한다면.

아버지의 꿀은 오래 전에 다 떨어졌다. 엄마는 새 꿀을 샀다. 명진은 꿀차를 볼 때마다 흰 물약을 마시고 배를 쓸어내리던 아버지를 떠올렸다. 아버지는 잔소리를 하지 않았고, 엄마를 기죽게 하지 않았으며 택시 아줌마와 올리브를 비난하지도 않았다. 꿀물을 마시던 창백한 얼굴의 아버지 모습은 일상적인 것이었고 그래서 아무런 감흥도 없었으나 큰아버지가 꿀차를 마시는 걸 볼 때면 그런 아버지, 이제는 세상에 없는 아버지가 그리웠다. 하지만 가족을 남기고 먼저 가버린 것에 대한 아쉬움과 원망이 마음 깊은 곳에서 솟아나기도 했다.

학교에서 돌아오니 이사 오던 날처럼 두 여자가 짐을 옮기고 있었다. 올 것이 왔다고 생각하면서도 믿어지지 않았다.

"어디 가요?"

명진이 물었다. 택시 아줌마가 무슨 말을 하려다 그냥 짐을 들고 나갔다. 올리브는 명진에게 잠깐 기다리라면서 방으로 들어갔다. 파란색 리본이 달린 헤어밴드였다.

"잘 어울릴 거야."

명진은 두 손을 허리 뒤로 감추며 고개를 저었다.

"이런 거 없어도 돼요. 왜 이사 가는 건데요."

올리브가 명진의 손을 끌어다 머리띠를 쥐어주었다.

"자리 잡히면 놀러올게."

명진은 그걸 받지 말았어야 한다고 생각했다. 올리브라는 이름을 큰아버지 앞에서 말하지 말았어야 했던 것처럼.

명진은 가끔 생각했다. 택시 아줌마는 올리브가 해준 점심을 먹기 위해 골목이 넓은 집으로 이사를 갔을 거라고. 명진네 집 앞의 길을 빼고는 거의 골목인 동네였다. 그러니 이 동네에서는 택시를 세울 만한 집을 구하지 못했을 것이다. 골목에 살아도 차는 우리 집 앞에 세워두면 될 텐데라는 데 생각이 미쳤고, 그 말을 하지 못한 걸 후회했다. 가끔 차 소리가 들리면 올리브가 놀러온 게 아닐까 하고 대문 밖으로 나가보았다.

자리를 잡는데 그렇게 긴 시간이 걸리는 걸까. 도대체 자리를 잡는다는 건 뭘까. 큰아버지가 와서 꿀차를 마시고 봉투를 주고 무언가 잘못된 것을 고치려고 하는 것, 그런 것들이 자리를 잡아가는 것일까? 명진은 오지 않는 택시를 오래 기다렸다. 가끔 택시 아줌마의 차가 들어갈 수 없는 골목집으로 이사를 해서, 다시 이삿짐을 싸고 다른 곳으로 자꾸자꾸 떠나는 걸 상상했다. 그럴 때마다 가슴이 답답해졌다. 택시 아줌마에게 어른들이 싫어하는 것은 아줌마가 남자처럼 옷을 입고 남자처럼 머리를 잘라서라고 말해주었어야 할지도 모른다고 생각한 적도 있다. 우린 다른 사람과 다르지 않다고 말했으면 좋았을 거라고 생각한 적도 있다. 하지만 아줌마는 택시를 운전하고 올리브랑 살아야 해서 어쩔 수 없었는지도 모르니 그런 말은 아무 소용이 없었을 거라고, 그런 건 누구보다 택시 아줌마가 그리고 올리브가 잘 알고 있었을 거라는데 생각이 미쳤다. 올리브가 주고 간 파란 리본의 헤어밴드를 한번도 한 적이 없다. 올리브는 잘 어울릴 거라고 말했지만 명진은 어떻게 해도 그것이 자기에게 어울리지 않는 것 같았다. 어쩌면 택시 아줌마도 그런 마음이었을지도 모른다고 생각하니 조금 슬퍼졌다.

친구들과 집 앞에서 팔방을 하던 명진은 자동차 소리에 금을 밟았다. '죽었다'라고 상대편 애들이 소리쳤다. 배추를 실은 트럭이 명진과 아이들의 옆으로 지나갔다. 아이들은 다시 편을 바꾸어 놀이를 시작했다. 그러다 놀이를 멈추고 자리를 옮겨야 했다. 트럭에서 내려놓은 배추가 점점 높아지더니 팔방놀이 선을 침범했기 때문이다. 배추와 멀리 떨어진 곳에다 팔방놀이 그림을 다시 그렸다. 직사각형의 네모 두 칸 위로 커다란 네모 안에 대각선을 그리고 그 위에 아래와 똑같은 직사각형의 네모 두 칸을 그리고 숫자를 썼다. 납작한 돌을 새로 그린 칸 안에 던져 넣었다.

터치

터 치

유리창으로 눈발이 날아와 부딪쳤다. 나와 친구들은 회 몇 점을 남겨둔 채 밖으로 나왔다. 눈을 핑계 삼았지만 이제 무엇을 해야 할지 알 수 없었다. 점심값을 치르고 나온 수정이 종이 티켓을 손에 쥐고 눈앞에서 흔들었다. 유람선 할인권, 그것도 괜찮을 것 같다. 정민도 흔쾌히 응했다.

싸락눈을 피해 객실 안으로 들어오니 앰프와 키보드가 놓인 연주석이 보였다. 무대를 향한 알록달록한 천 의자를 뒤로 하고 창가에 자리를 잡았다. 갑판에 서 있는 사람들은 허공으로 팔을 뻗어 새우깡을 던졌다. 흐린 하늘에 낮게 떠 있는 갈매기들이 사람들 머리와 팔을 스칠 듯 낮게 날았다. 뱃전을 돌며 공중에 던져진 새우깡을 재빨리 낚아챘다. 새떼는 배와 함께 앞으로 나아가고 눈은 바다에 닿는 순간 사라졌다. 기억의 한 부분도 눈처럼 녹아버릴 수는 없을까.

누군가 내 등을 가볍게 쳤다. 정민이다.

"뭘 그렇게 생각해?"

"그냥……. 요즘도 그럴까."

"뭐가?"

"물 말이야. 너무 차가웠잖아."

수정과 정민이 선뜻 대꾸하지 못했다.

지금도 풀장 앞에 서면 고통스러운 기억이 떠오를 때가 있다. 한겨울 난방이 안 된 수영장의 훈련은 가혹했다. 찬 새벽 공기가 맨살에 닿았다. 얼음장처럼 차가운 타일 바닥을 딛고 물속으로 뛰어들면 칼날처럼 날카로운 자극이 뇌를 공격했다. 극심한 두통과 뼛속을 스미는 냉기가 엄습했다. 정신없이 팔을 저어 앞으로 나가야만 했다. 코치는 운동으로 열을 내라며 '더 빨리'를 외쳤다.

수정이 화제를 돌렸다.

"쟤들은 언제부터 새우깡을 저렇게 잘 먹은 거야. 우리 합숙할 때 생각난다. 맥주도 숨겨 가고 새우깡도 가져가고."

"맛있잖아. 갈매기가 죽도록 따라올 만해."

정민이 거들었다.

"목마르지 않아?"

수정이 의자에서 일어나며 말했다. 매점을 향해 걸어가는 수정의 어깨가 유람선과 함께 흔들렸다. 매점 냉장고 유리문 안으로 맥주와 음료수가 보였다. 앞 진열대에는 삶은 달걀이나 포장된 핫도그, 버터구이 오징어 같은 것들이 나란했다.

검은 봉지에 담긴 맥주를 들고 걸어오는 수정을 보며 정민이 과하게 반응했다.

"와, 수정!"

"뭐야, 다들 기다렸다는 듯이."

수정과 정민, 나는 수영선수였다. 그리고 케이K가 있었다. 중학교 때 만나 같은 재단의 고등학교로 진학해 6년 동안 한 팀이었다. 그때는 수영이라는 종목이 흔하지 않았다. 시市의 유일한 수영팀으로 학교 대표가 곧 시 대표였다. 처음 수영부를 신설하고 팀을 꾸릴 때, 신체 조건이 선수 선발에 영향을 미쳤다. 키와 골격, 지구력 같은 것들을 보았을 것이다. 그렇게 선발된 선수들의 공통점은 수영에 관심이 있고 당시 주목받던 최윤정에 대한 환상도 컸다는 점이다. 신생팀에서 케이의 기량은 돋보였다. 주장이 되자 자기를 '케이'로 부르라고 했다. 이유는 알 수 없었다. 그런 제안이 대수롭지도 않았다. 성이 김이어서 케이인가 보다 했을 뿐이다. 선수들은 그 호칭에 금방 익숙해졌다. '주장'이라고 부르는 것보다 편한 면이 있었다. 어딘지 공정한 관계처럼 느껴졌다.

대회 때는 주로 유스호스텔이나 '장'에서 묵었다. 정민은 언제나 이불에 코를 댔다. '쿰쿰한 냄새가 나잖아'라며 집에서 가져온 커다란 수건을 요 위에 깔거나 덮었다. 내가 뭉친 근육을 풀기 위해 다리에 멘소래담을 바르면 수정은 코를 막았다. 경기를 앞둔 긴장감으로 다들 예민해져 있었다. 자기만의 징스크가 있기도 했다. 경기 전에는 서로 건드리지 않으려고 애썼다. 경기가 끝나면 가방에 숨겨온 맥주를 마시거나 거리를 쏘다녔다.

고3이 되어 여름방학을 하자 수영부원에게도 열흘간의 방학이 주어졌다. 수정이 섬으로 놀러가자고 했다. 이모가 가까운 섬에서 김 양식을 하는데 물놀이하기 좋다고 했다. 다른 수영부원 말고 졸업반끼리 가서 실컷 놀자는 말에 모두 환호했다. 이런 기회를 적당히 보내는 건 여름방학에 대한 예의가 아니라며 마치 한 세기가 바뀌기라도 하는 것처럼 열을 냈다. 개학을 하면 전국체전이 열릴 것이다. 그리고 실업팀과 대학의 선수 선발이 있다. 그러니까 우리에게는 진로에 대한 염려나 불안감을 묻어버릴 만큼의 호들갑 같은 것이 필요했는지도 모른다.

코치는 대학에 한 명, 실업팀에 두 명이 갈 수 있다고 했다. 네 명이 함께 졸업을 하게 되지만 선발이 확실한 인원은 세 명이었다. 남는 한 명이 내가 될 수도 있다는 불안감이 케이를 제외한 모두에게 있었다. 그런데 방학 전 경기 때 계영에서 매달을 딴 후, 케이가 볼이 발갛게 상기된 채, '대학이든 실업팀이든 우린 같이 가는 거야'라고 말했다. 경우에 따라서는 양보나 희생도 감수하겠다는 소리로 들렸다. 케이라면 원하는 곳에 갈 수 있을 테지만 경우에 따라, 다른 한 명을 같이 받아줄 팀이 있다면 그걸 선택하겠다는 건가? 물론 계영에서 메달을 따고 난 후의 승리감에 들떠 나온 말일 수도 있다. 하지만 나는 혼란스러웠다.

연안부두에서 배를 타고 삼십 분 정도 가자 수정의 이모네 집이 있는 섬에 도착했다. 관광객도 외지인도 별로 찾지 않아서인지 섬은 조용했다. 바닷가엔 교회 수련회팀뿐이었다. 운동장 가장자리에 그늘막이 있고 그 아래 커다란 가마솥이 걸려 있었다. 몇몇 애들이 공을 찼다. 공은 자꾸 그늘이 있는 담 쪽으로 붙었다.

이모네 집 열린 대문 앞으로 바다가 보였다. 나와 친구들은 짐을 내려놓자마자 바다로 달려갔다. 넓게 펼쳐진 질퍽한 개펄이 신기했다. 고동이 박혀 있고 게가 들락거렸다. 숭숭 뚫린 구멍 속에 숨어 있는 녀석들을 잡으려고 흙을 파고 또 팠다. 가볍고 빠르게 움직이는 게들은 쉽게 손에 잡히지 않았다. 친구들은 흙 속에 이리 빠지고 저리 빠지면서 개흙범벅이 되었다. 질퍽이는 흙속에서 가까스로 발을 떼며, 흙범벅된 얼굴을 보고 서로 놀리며 깔깔댔다. 해가 지고 물이 무릎까지 차오를 때쯤 집으로 돌아왔다. 그날 밤 해변에는 교회팀의 캠프파이어 불빛이 오래도록 환했다.

다음날은 아침부터 해가 뜨거웠다. 수정이 거울을 보면서 소리를 지르며 엄살을 피웠다. 다들 발갛게 익은 얼굴과 팔, 발등을 내보이며 죽는 소리를 했다. 전날과 달리 아무도 밖으로 나가려하지 않았다. 마루에 누워 천정의 대들보 개수를 세거나 카세트를 틀어놓고 목청껏 노래를 불렀다. 마당에서 졸고 있는 개와 장난을 치기도 했다. 몇 시간 만에 그런 모든 것이 시들해졌다.

결국 해질 무렵 슬리퍼를 끌며 다시 바다로 나갔다. 바닷물이 차오르자 섬과 바위들의 모습이 조금씩 변해갔다. 핫팬츠를 입은 케이의 종아리에 작은 파도가 부딪쳤다. 케이가 바닷가의 한 곳을 가리켰다.

"저게 뭐 같아?"

"등낸가?"

"저렇게 바다 한가운데 등대가 있으면 등대지기가 배를 타고 가서 불을 켜야 하잖아. 그리고……. 저건 너무 작은데."

정민의 말처럼 등대처럼 보이진 않았다. 김 양식장에 솟은 막대들은 물에 잠겨 윗부분만 보였고, 그 왼편으로 붉은 색의 고깔처럼 생긴 모형이 조금씩 흔들렸다.

그때 수정이 나를 파도 쪽으로 밀쳤다. 내가 물속에 빠지자 친구들은 깔깔거리며 물을 튀겼다. 서로 넘어뜨리고 다리를 잡아끌었다. 그러다 케이가 큰소리로 외쳤다. "아, 내 슬리퍼!" 케이는 반사적으로 몸을 돌렸다. 케이의 슬리퍼 한 짝이 물 위 뜬 채 수정의 곁을 지나 둥둥 밀려갔다. "가만, 내가 가져올게." 수정이 팔을 뻗었으나 슬리퍼에 닿지 않자 그대로 물속에 몸을 담근 채 유유히 슬리퍼 쪽으로 움직였다. 케이는 슬리퍼 한 짝을 손에 쥔 채 다시 먼 곳을 바라보았다.

"저건, 그 교회 아이들 때문에 있던 게 아닐까?"

내가 말했다.

"그 애들이 저걸 두고 갔겠어."

어느새 슬리퍼를 들고 온 수정이 내 말에 반박했다.

"이 섬에 놀러오는 사람들이 별로 없지만 그래도 누군가 수영을 할 테고, 그러면 여기까지. 그만 가시오. 뭐 그런 거 아닌가. 정민이 말대로 등대 같진 않아. 그러기엔 너무 작잖아. 근데, 등대도 빨간색이지?"

"그런가?"

"참나, 저기 좀 봐봐. 저기 선착장 끝에 진짜 등대가 있잖아. 빨간색이긴 하네."

그러다 누가 먼저인지 더 깊은 물속으로 들어가더니 적당히 깊은 곳에 이르자 팔을 젓기 시작했다. 바닷물은 따듯했고 몸은 가볍게 떴다.

그것이 부표라는 걸 안 것은 다음날이었다.

"이모부한테 물어봤잖아. 배를 위한 안내표지 같은 거래, 옛날부터 있었대."

"옛날이라니. 어떤 옛날."

내가 말꼬리를 잡고 놀렸으나 케이는 상관하지 않았다.

"거리가 얼마나 된대."

"안 물어봤지."

"저기까지 가보자."

케이가 말했다.

"너무 먼 거 아냐?"

수정의 눈동자가 커졌다.

"바다 수영 해본 사람?"

"물놀이는 해봤지."

각자 부표까지 갈 수 있는지 가늠해보는 눈치였다.

"물이 들어오면 건너가보자."

내가 말했다. 그러자 친구들은 장거리 텁에 대해, 처음 경험하는 바다 수영에 대해 이야기를 나누기 시작했다. 인터넷이 없던 때라 정보를 접하는 게 쉽지 않았다. 영법에 대한 책을 찾다보면 일본어나 영어로 쓰여 있는 것이 대부분이었다. 그림의 동작을 보며 자신의 영법과 비교해보는 정도였다. 롤모델로 몇 년 선배인 최윤정이 있었다. 최윤정은 후배 선수들이 범접하기 어려운 존재였다. 1978년 방콕아시안게임에 12살 최연소로 동메달 3개를 획득했다. 다들 수영 신동이라고 했다. 그런데 1982년 뉴델리 아시안게임에서 놀라운 일이 벌어졌다. 누구도 예측하지 못했던 일이었다. 당연히 우승자는 최윤정일 거라고 생각했다. 하지만 동생인 최윤희가 언니를 앞섰다. 연년생이어서 같은 경기에 출전한 적이 없던 자매였으나 뉴델리에서 같은 종목에 출전했다. 배영 200m에서 동생 최윤희가 금메달을 목에 걸었고 최윤정은 은메달이었다. 최윤정은 마지막 터치라인 앞에서 자신이 우승했다 여기고 몸을 일으켜 세웠다. 그리고 최윤희는 끝까지 손을 내밀었다.

충격이었다. 아시안게임을 반복해서 보며 나 또한 어느 시기가 되면 나아질 수도 있다고 생각했다. 성장이 끝날 때쯤 선수의 몸으로 다져진다면, 약점을 보완한다면 케이를 앞지를 수 있을지도 모른다는 희망이 싹텄다. 다른 선수들은 어땠을까. 알 수 없다. 우리는 그저 결과가 놀랍다거나 부럽다는 것에서 시작해서 개인 강사가 있으면 좋겠다는 얘기를 나누는 정도였다. 그리고 삼학년 여름방학이 될 때까지 같은 종목에서 나는 케이를 앞지르지 못했다.

바닷가에서 친구들과 머리를 맞대고 부표까지 어떻게 갈 것인지 고민하는 동안 밀물이 발등을 건드렸다. 정민이 앞으로 걸어갔다. 케이와 수정, 그리고 내가 차례로 물속으로 들어 갔다. 몸이 물에 잠기자 천천히 팔을 저었다. 어느 순간부터 누가 먼저랄 것도 없이 힘을 냈다. 선수의 본능이었을까. 얼마쯤 왔을까. 숨이 찼다. 인공 풀과 달라서 거리를 가늠하기 어려웠다. 그러다 호흡을 놓쳐 물을 먹었다. 나아가야 할지 멈춰야 할지 망설이는 동안 돌아갈 수 없을지도 모른다는 불안감이 생겨났다. 나는 몸을 띄우고 숨을 가다듬었다. 주위를 살폈다. 부표가 멀지 않았다. 수정이 오른편에 있는 김 양식장의 지지대를 잡고 있었다. 잠시 후 수정 맞은편에서 케이가 멈췄다. 몇 미터 앞서가던 정민도 주위를 둘러보다 우리를 발견하고 팔을 들어올렸다. 우린 물 위에 뜬 채 숨을 고르며 쉬었다. 케이가 먼저 몸을 돌렸다.

해변으로 돌아오자마자 모래밭에 털썩 주저앉았다. 해는 졌고 수온도 내려갔다. 몹시 지쳤으나 부표를 눈앞에 두고 되돌아온 것이 마음에 남았다. 나는 완영을 염두에 두고 말했다.

"무작정 가는 건 안 되겠어."

"직진만 잘해도 될 거 같은데."

"오리발을 쓰자. 그러면 부표까지 갈 수 있을 거야. 그러다 감이 생기면 오리발 없이 가봐도 되고."

그날 밤 일찍 잠자리에 들었다. 나는 잠이 오지 않았다. 눈을 감아도 정신은 더 맑아졌다. 규격의 풀에서는 느낄 수 없던 물살의 흐름을 다시 느껴보았다. 물살을 타고 케이를 앞지르는 상상을 했다.

친구들이 내는 고른 숨소리를 들으며 벽을 보고 돌아누웠다. 팀은 케이를 중심으로 단단히 뭉쳐 있다. 각자의 역할이 있고 경기를 위한 팀으로 완벽했다. 도 대회나 전국대회에서 우승을 놓치지 않는 이유이기도 했다. 하지만 곧 흩어져야 한다. 졸업하기 전에 자기 포지션을 찾을 것이다. 우리는 새로운 스타트대에 서는 것이다. 자칫 실수로 출발 전에 실격을 당할 수도 있다. 제대로 출발해도 영점 영영 몇 초 차이로 승부가 갈라진다. 하지만 선수 선발은 대회와 다르게 기록 외의 변수라는 게 있다. 선발팀의 기존 선수들 종목과 관련된 선택과 배제가 개입될 수도 있다.

다음날 친구들은 전날 무리한 거 같다며 스트레칭을 하거나 다리 마사지를 하며 낮 시간을 보냈다. 평소라면 케이가 앞장섰겠지만 휴가라는 것을 의식하는 듯했다. 그럼에도 밀물 때가 되자 약속이라도 한 듯 각자 오리발을 챙겼다.

케이가 부표까지 1킬로미터 정도 될 거 같다고 하자 수정이 25미터로 40번이라며 죽는 소리를 했다. 전날 계획했던 대로 우리는 끝까지 갔다. 마지막으로 수정까지 부표에 닿자 모두 환성을 질렀다. 대회에 참가해 계영에서 메달을 딴 기쁨 못지않았다. 플라스틱 부표를 붙잡은 채 완영의 기쁨을 나눴다. 그것은 삼각뿔 모양으로 네 명이 올라앉을 만큼 크지도 넓적하지도 않았다. 누군가 힘을 주어 매달릴 때마다 뒤뚱거렸다. 그런 상태로 계속 있을 수는 없었다. 몇 미터 옆에 있는 널빤지로 이동했다. 뗏목은 굵은 밧줄에 묶인 채 흔들리고 있었다. 우리는 사방으로 걸터앉았다.

"저기 봐. 도시가 너무 멋지다."

수정의 말에 친구들이 몸을 틀자 뗏목이 흔들렸다. 갑자기 놀이기구라도 탄 듯 다들 비명을 질러댔다. 다시 균형을 잡은 후 조심스레 몸을 틀어 수정이 가리킨 곳을 보았다. 우리는 서해안의 작은 섬과 도시 사이에 있었다. 섬처럼 떠 있는 도시의 빌딩들은 지는 햇살을 반사하고 있었다. 그 빛이 물결 위로 번졌다.

수정이 뗏목에서 미끄러지듯 내려와 물속으로 들어갔다. 나머지 세 명은 본능적으로 자리를 옮겨 중심을 잡았다. 잠시 후 얼굴을 내민 수정은 싱크로나이즈드 포즈를 흉내내며 다리를 들어올렸다가 물속에서 한 바퀴 돌고 올라왔다. 젖은 머리카락이 목선을 타고 달라붙어 있었다.

"인어잖아."

케이 말에 친구들이 깔깔댔다. 수정이 오리발을 벗어 뗏목 위에 올려놓고 그 위로 올라오자 뗏목이 흔들렸다. 친구들은 놀이기구를 타듯 깔깔대며 균형을 잡았다.

다시 조용해지자 케이가 말했다.

"난 쥐가 났었어."

그러자 기다렸다는 듯이 힘들었던 얘기를 늘어놓기 시작했다. 누군가 풀장의 푸른 바닥이 안정감을 준다는 것을 처음 알았다는 말도 했다.

다음 날에도 부표에 가려 했다. 그런데 사정이 좋지 않았다. 남해에서 시작된 태풍이 서해를 지나 중국 쪽으로 빠져나갈 거라고 했다. 태풍이 다른 쪽으로 비켜가길 바랐다. 혹은 일기예보가 틀리기를. 그러나 이미 파도가 높고 바람이 거세지고 있었다. 이틀 동안 마을 스피커에서 출항금지 안내방송이 나왔다. 에이, 또 저 소리네. 방송을 들을 때마다 애꿎은 날씨를 탓했다. 바닷가 근처에서 요동치는 파도를 바라보다 집으로 돌아오곤 했다.

나는 폭풍이 몰아치는 바다 위에 떠 있는 붉은 고깔을 보았다. 맑은 날에도 알아채기 힘들 만큼 작은 부표다. 멀리 있는 그것이 흐린 날 바다에서 보였을 리 없다. 그런데도 출렁이는 파도 위에서 쓰러졌다 다시 서기를 반복하는 부표를 나는 보았다고 생각했다. 아니 기억했다.

이틀 후 태풍이 빠져나갔으나 여전히 비가 내렸다. 정민은 비가 내려도 수영을 할 수 있다고 우겼지만 수정이 이모가 꿈도 꾸지 말라며 엄포를 놓았다. 저렇게 겁 없는 애는 처음 본다고 했다.

섬을 떠나기 하루 전날에야 날이 갰다. 섬은 다시 뜨겁게 달아올랐다. 태풍이 몰아쳤다는 게 믿어지지 않을 만큼 화창하고 조용했다. 잘려 나와 뒹구는 나뭇가지나 해변으로 밀려온 부유물만이 흔적으로 남았다.

마루에 앉아 케이가 정민의 등에 오일을 발라주며, 정민 때문에 바다 수영을 하게 된 거라며 추켜세웠다. 나는 그 모습을 보며 케이도 경쟁심이 있을지 생각해보았다. 연습량으로 치면 정민을 따라갈 수 없다. 정민과 종목이 겹치는 것은 아니지만 정민처럼 연습할 수 있다면 장거리든 단거리든 지금보다 나았을 거라고 생각한 적이 있다. 정민의 연습량은 과부하가 걸리지 않는 게 신기할 정도였다. 보통 생리 둘째 날은 물에 들어가지 않아도 된다는 걸 코치도 암묵적으로 허용해주고 있었으나 정민은 쉬지 않았다. 어쨌든 정민은 선수들에게 영향을 주었고 후배들에게도 자극이 되었다. 그럼에도 정민은 케이를 꺾지 못했다. 케이는 그런 정민이나 기록이 조금 처지는 수정의 장점을 잘 알았다. 팀의 성적을 높이는 데 각자의 기량을 최대한 끌어내려했다. 거기에 경쟁심 같은 것은 보이지 않았다.

다만 케이가 내게도 거리낌이 없다고는 생각하지 않았다. 다른 선수들은 감지하지 못했다. 나만 느낄 수 있는 묘한 소외 같은 거였다. 드러나지 않아 실체가 없고 확인할 수 없어서 모호한 감정이었다. 그 조용한 견제는 케이가 나를 라이벌로 여기기 때문이라고 생각한 적도 있다. 이유가 무엇이든 온전히 케이를 중심으로 돌아가는 이 팀이 내겐 불편하기도 했다.

친구들은 모래밭에서 수경을 끼고 오리발을 신었다. 날씨 때문에 며칠 쉬어서 기대감은 더 컸다. 내일이면 섬을 떠날 것이고 방학도 끝날 것이다.

두 번째라 해도 부표까지 가는 것이 쉬운 것은 아니어서 가는 내내 긴장을 풀지 못했다. 나는 긴장감을 놓지 않은 채 힘을 최고로 끌어올렸다. 그래서인지 평소보다 컨디션이 좋았다. 며칠 사이 수온이 내려간 것 같았다. 그것 역시 나쁘지 않았다. 호흡조절이 어려운 구간이 없었던 것은 아니다. 하지만 의도대로 몸이 따라주었다. 마침내 손끝이 부표에 닿는 순간 나는 마음 깊은 곳에서부터 차오르는 승리감을 맛보았다. 나는 이제야 케이를 앞질렀고, 그 사실을 케이도 알고 있었다. 먼저 출발해서 부표에 도착해 있던 수정과 정민이 환호하며 나를 맞아주었다. 이대로 간다면 체전에서 정체되었던 기록을 단축시킬 수 있을 것 같았다.

우린 한동안 기쁨을 나눈 후, 흔들리는 부표에 매달린 채 케이를 기다렸다. 케이가 생각보자 늦자 먼저 와 있던 정민이 뗏목으로 이동하는 게 좋겠다고 했다. 처음엔 케이가 장난을 친다고 여겼다.

"왜 안 오지?"

"올 시간이 지났잖아."

"무슨 일이 생긴 건 아니겠지?"

그러다 정민이 나를 보며 물었다.

"케이를 마지막으로 본 게 누구야?"

나는 갑자기 머릿속이 복잡해졌다. 수정이 머뭇거리며 입을 열었다.

"중간 지점까지 뒤에서 오는 걸 봤는데……."

"여기 말고는 아무 데도 쉴 곳이 없는 거잖아?"

긴장한 탓에 정민이 따지듯 물었다.

"혹시라도, 중간에 쉬어야 한다면 양식장 지지대가 있긴 한데……."

나는 지지대라고 말하다 말끝을 흐렸다. 케이가 중간에 쉴 리가 없다. 그럼에도 나는 케이가 무사하기를 빌었다. 지금이라도 케이가 팔을 저으며 와야만 했다. 우리의 승부를 확인시켜주어야 했다. 하지만 주변은 무섭도록 고요했고, 시간은 너무나 많이 흘러가버린 것만 같았다.

누구도 먼저 입을 열지 않았다. 얼마간 침묵이 이어졌을까. 떨리는 목소리로 정민이 물었다.

"시간이 얼마나 지났을까?"

도시의 불빛이 눈에 들어왔다. 먼 곳의 불빛을 보는 순간 내가 바다 한가운데 떠 있고 다시 헤엄쳐 돌아가야 한다는 걸 깨달았다. 두려움이 찬물을 끼얹듯 온몸을 덮쳤다. 소름이 돋았다.

"어떡하지?"

아무도 대답하지 못했다. 지금 케이를 찾는 건 소용이 없는 일이고 각자 흩어지는 것도 위험하다는 생각이 들었다. 하지만 그걸 말로 할 수는 없다. 입술이 덜덜 떨려 이를 꽉 물었다.

수정이 큰소리로 케이를 부르기 시작했다. 케이를 부르는 동안 케이는 그 목소리를 들을 것이다. 계속 해서 팔을 젓고 있을 것이다. 하지만 '케이'라는 이름은 허공에 스며들고, 물결에 흩어졌다. 수정이 울먹였다. 정민이 수정의 어깨를 꽉 껴안았다.

"우리 떨어지지 말고 돌아가자."

누군가 말했다. 누구도 꺼내기 어려웠던 '돌아가자'는 말을 누가 꺼낸 것일까. 알 수 없다. 우린 서로 의지하며 해변까지 돌아왔다. 물은 깊고 차가웠다. 돌아오는 내내, 발도 닿지 않고 깊이를 가늠할 수도 없는 깊고 깊은 바다에서 무언가가 나를 잡아 끌어내릴 것만 같은 거대한 공포감을 떨치려 애써야 했다. 믿기지 않을 만큼 시간이 느리게 흘렀다. 팔다리를 수천 수만 번을 젓는다 해도 바다 끝, 모래가 밟히는 그곳에 닿지 못할 것 같았다.

해변에 닿자마자 모래밭에 털썩 주저앉았다. 눈앞에서 출렁이는 물을 보는 순간 견딜 수 없이 메스꺼웠다. 양식장에 솟은 나무 막대기들과 그 뒤로 해안선을 따라 보이는 바위들의 형체가 등대 불빛에 아득했다. 흔들리는 부표에 케이의 그림자가 일렁이는 것 같았다.

다음 날 구조대가 케이를 찾아냈다. 수영선수였다는 말에 구조대원 중 한 사람이 원래 수영 잘하는 사람이 물에서 죽는다고 아무렇지도 않게 말했다. 수정의 이모부가 어디쯤에서 찾았냐고 물었다. 구조대원이 지점을 설명하려하자 나와 친구들은 동시에 구조대원의 얼굴을 쳐다봤다. 구조대원은 처음과 달리 잠깐 생각하더니 '떠내려갔을 테니 정확히 어디쯤에서 죽었는지 아는 건 좀'이라고 말했다. 양식장 설치물 때문에 더 휩쓸려 나가지 않은 것 같다고도 했다. 동네 사람들이 수근대고 혀를 찼다. '불쌍해서 어쩌냐'는 말을 하는가 하면 '가시나들이 겁도 없다'는 말도 들렸다.

경찰과 코치, 부모들이 섬에 도착하자 우리는 좀 더 분명하게 상황을 기억하고 설명해야 했다. 케이가 평소와 다르지 않았는지, 이상한 점은 없었는지 물었다. 나와 정민의 눈이 마주쳤다. 누가 먼저랄 것도 없이 시선을 발아래로 떨어뜨렸다.

나와 케이가 나중에 출발했다는 것이 내가 대답한 전부다. 질문이 좁혀지거나 반복될수록 나는 되돌릴 수 없는 잘못을 했고, 그것을 확인하는 기분이 되었다. 입술이 딱 붙어서 움직이지 않았다. 그날 밤 똇목에서 해변으로 돌아올 때처럼 긴장감이 몸을 옥죄었다.

수정이 잔기침을 몇 번하더니 기어들어가는 목소리로 말했다. '케이가 잠시 떠 있는 걸 봤어요. 하지만 별 거 아니라고 여겼어요. 조금 문제가 있나 보다 했어요. 아니, 그런 생각조차 케이가 돌아오지 않을 때 하게 된 거예요. 쥐가 난 건지도 모르는데 말이에요.' 수정이 울먹이다 소리 내서 엉엉 울기 시작했다. 그러자 다들 눈물을 훔쳐냈다.

코치가 경찰에게 말했다.

"수영선수는 말이죠. 물에 대해서 잘 압니다. 자기 컨디션도 조절할 줄 알고요. 물에 들어가기 전에 몸을 푸는 건 기본입니다. 그러니 이 애들이 다 같이 수영을 해도 서로에게 책임감을 갖고 수영을 하는 건 아니라는 거죠. 앞서거나 뒤처지는 건 승부를 가르는 것이지 문제가 있다고는 생각하지 못하거든요. 이 애들은 계속 수영을 할 선수인데, 이쯤에서 돌려보내는 게 좋겠어요. 새파랗게 질려 있잖아요."

이모집으로 돌아왔을 때, 수정이 말했다.

"케이에게 뭔가 해줄 수 있다는 걸 한번도 생각하지 못했어. 물속에서 말이야. 얼굴을 봤어야 해."

수정은 빨개진 눈으로 나를 보았다.

"넌 어땠어? 뒤에서 같이 출발하면서 이상한 거 없었어?"

그렇게 방학이 끝났다. 학교로 돌아왔을 때는 모든 것이 달라졌다. 2학년 선수 중에서 주장을 다시 뽑았다. 케이가 갈 거라고 믿었던 대학에는 내가 갔다. 실업팀에는 정민과 수정이 갔다. 선수 선발에서 아무도 누락되지 않았다. 남은 한 명이 내가 될 수도 있다는 염려는 케이의 공백으로 자연스레 메워졌다. 하지만 그 점에 대해 누구도 얘기하지 않았다.

몇 년쯤 지난 후, 수영부 모임에서 수정이 말했다. 술을 마셨는지 얼굴이 발갛게 달아올라 있었다.

'케이가 그렇게 되었는데 우린 아무렇지도 않게 대학에 가고 실업팀에 갔잖아.'

나는 그날 이후로 모임에 나가지 않았다.

새우깡을 던져주던 사람들은 이제 보이지 않았다. 여전히 갈매기 몇 마리가 뱃전을 따라왔다. 맥주 캔이 비워지고 수정이 다시 매점에 다녀오는 동안 정민과 나는 남은 맥주를 마셨다. 얼굴이 달아오른 수정이 맥주 캔을 쥔 채 말했다.

"눈이 그쳤어."

"여전히 흐리네. 바닷물도 잿빛이고."

정민이 밖을 내다봤다.

케이가 죽던 날도 바닷물이 검게 출렁였다. 여름이었고 어두워질 시간도 아니었다. 날이 흐렸기 때문일까. 내 기억 속에서만 바다가 점점 더 짙은 어둠으로 물든 것일까. 처음 바다 수영을 하던 날, 케이는 쥐가 났다고 말했다. 하지만 모두 대수롭지 않게 여겼다. 각자 크롤이나 방향 혹은 물살 때문에 어려웠던 얘기들을 했을 뿐이다. 누군가는 수영장의 푸른 바닥이 안정감을 준다고도 했었는데, 그 말도 케이가 했던 것일까.

나는 마음속으로 종종 중얼거렸다. '물속에서 25미터를 가서 턴을 하고 다시 25미터를 끊임없이 반복하는 것이 선수생활이다. 그러다 쥐가 나면 어떻게 해야 한다는 것도 알고 있다. 전조 증상도 예측할 수 있다. 그런 것도 일상의 한 부분일 뿐이다'라고 코치가 경찰에게 하던 말을.

하지만 그날 나는 다른 감정 하나를 무시했다. 어느 지점, 어느 순간부터 바닷물의 감촉이 서늘했다. 그 물이 나를 죄어오기 전에 빠져나가야 할 것 같았다. 패배에서 죽음에서 벗어나기 위해 크롤을 반복했다. 어째서 패배뿐 아니라 죽음까지 떠올렸을까. 깊은 바다 위에 떠 있으니까. 죽을 만큼 힘을 내야 하니까, 힘을 낭비하면 안 되니까, 나는 뒤돌아보지 않았다. 하지만 오랫동안 나는 그 감촉을 기억했고 떨쳐내지 못했다.

수정의 눈이 충혈되어 있다. 정민이 그만 마시는 게 좋겠다며, 수정의 어깨를 토닥이려 했다. 수정이 몸을 비트는 바람에 정민의 손이 어깨를 스쳐 빗나갔다. 두 사람의 그런 모습은 아주 익숙한 장면인 것 같았고, 나는 이상하게도 소외감 같은 것을 맛보았다.

"에이, 이 정도 가지고 뭘 그래. 오늘 너희들 만나서 얼마나 좋은데."

정민의 눈빛이 순간 흔들리고 수정의 목소리가 커졌다. 탁자에 새로 사온 맥주 캔을 올려놓았다. 빈 맥주 캔이 바닥으로 떨어졌다. 옆 테이블 사람들이 힐끗거렸다. 나는 발밑에서 맥주 캔을 집어 검은 봉지에 담았다. 수정을 데리고 밖으로 나오자 찬바람이 목 뒤를 파고들었다. 배가 선착장을 향해 방향을 틀었다. 몇몇 사람들이 배 앞으로 걸어나왔다. 수정이 잔기침을 했다. 그 여름, 십대의 얼굴이 겹쳤다. 충혈된 눈으로 아무런 의심 없이, 너는 어땠는대?라고 물어올 것만 같다. 나는 처음 바다 수영을 했던 날 밤, 잠 못 이루던 밤을 또다시 떠올렸다. 이후로도 오랫동안 그것이 어떤 감정이었는지 생각하게 될 줄은 알지 못했던 여름밤이었다.

사고가 있던 날, 수정과 정민이 먼저 물속에 뛰어들었다. 나는 일부러 꾸물댔다. 오리발을 괜히 들어올려 보기도 하고 수경을 몇 번이고 닦았다. 그런 나를 케이도 의식했을까? 케이는 준비를 다한 수정을 보더니 정민이랑 먼저 가라고 했다. 케이도 나를 의식하는 거라고 여겼다. 그렇게 나중에 출발한 케이와 나는 서로 앞서기를 반복했다. 먼저 출발한 두 사람이 보이지 않을 때쯤, 나는 팔을 빨리 젓기 시작했다. 어느 지점부터 속도를 내야 할지 막연했지만 부표까지 거리가 얼마 남지 않은 것 같았다. 타이밍을 놓치면 안 된다.

어느 순간 나는 케이를 앞질렀다. 이후로 나는 뒤돌아보지 않았다. 뒤에 오는 선수는 눈으로 보는 것이 아니다. 물의 흐름으로 느껴야 한다. 나는 줄곧 혼자 팔을 저었다. 바다는 잔잔하고 물은 차가웠다. 물안경 밑으로 보이는 바다와 가까워지는 붉은 부표만이 전부였다. 나는 죽을힘을 다해 앞으로 나갔다.

오랫동안 나는 혼잣말을 했다. '그때는 앞으로 나가야만 했어. 무엇도 생각할 수 없었어. 어떤 마음도 끼어들 틈이 없었던 거야. 데드포인트를 지나 속도가 붙기 시작한 지점에서 크롤을 멈추는 것은 바보 같은 짓이야. 케이를 앞선 거야. 그게 다야.'

그런데 나는 어째서 케이의 얼굴을 기억할까. 고통으로 일그러진 케이의 얼굴이 뇌리에 각인되어 있다. 그것은 강도 높은 훈련으로 인한 표정과는 분명히 달랐다. 어깨 사이로, 퍼지는 물살 너머로 보이는 고통스런 케이의 얼굴.

그날 내가 케이를 앞질렀다는 말을 누구에게도 하지 못했다. 그리고 얼마 지나지 않아 내가 정말로 케이를 앞질렀던 것인지 의심하기 시작했다.

남은 맥주 캔을 손에 쥔 채 수정이 앞서 걸었다. 수정이 발을 잘못 딛자 정민이 다가가 수정의 팔짱을 꼈다. 배에서 먼저 내리려는 사람들이 내 앞을 지나쳤다. 저만치 걷는 수정이 무슨 말인가 했다. 정민이 귀를 가까이 대고 들었다. 둘이 웃는다. 배에서 땅으로 내려서는 수정의 다리가 흔들렸다. 발밑이 흔들리는 것도 같다. 정민이 뒤돌아본다. 나와 눈이 마주치자 살짝 웃는다. 나는 굳은 표정을 바꾸지 못했다. 그냥 멀미 때문이라고 변명하고 싶지만 입이 떨어지지 않는다. 배에서 나온 사람들이 그들 뒷모습을 가렸다.

극지연구소

극지연구소

그가 돌아왔다. 남극기지에서 월동대원이 돌아왔다는 기사를 읽었다거나, 그를 보았다는 말이 돌았다. 수염이 덥수룩한 게 예전과 딴판이라고도 했다. 회사에서 독립한 박 팀장에게 갔을 거라는 말이 있는가 하면, 98퍼센트가 얼음으로 덮인 남극이라는 것을 강조하기도 했다. 몇몇 사람들이 남극을 언급할 때마다 나는 긴장했다. 그에 대한 소문만 무성했고 사실을 아는 직원은 없었다. 그에게 전화를 하려고 몇 번이나 휴대폰을 들여다보았다. 그러다 전화하는 것을 포기했다. 그가 어디까지 말할지 알 수 없고, 나 또한 무엇을 알고 싶은지 막연했다. 내가 한 것은 인터넷에서 기사를 검색하는 것이 전부였다. 세종기지 기사 중 특정인에 대한 것은 없었다.

11개월 전, 그와 나는 남극월동대원에 지원했었다. 그도 나만큼 가고 싶었을까. 그런 생각을 하다보면 책상 위에 있는 세 대의 모니터와 포스트잇, 입사했을 때 선배가 건네준 손때 묻은 기술서 같은 것들이 비현실적으로 느껴졌다.

지원 준비를 하면서 그와 지원 동기에 대해 이야기를 나눈 적은 없었다. 급작스럽게 결정된 일이기도 했다. 보통은 연구과제 성과에 대한 남다른 열정이나, 단기간 모을 수 있는 약간의 돈이라든가 색다른 경험 같은 현실적인 동기가 대부분이다.

나는 한 가지 이유로 남극에 가고 싶었다. 남극은 덥지 않다. 아니 몹시, 대단히 춥다. 그러니 더위로 인내심을 시험당할 일이 없을 것이다. 덥다는 단어마저 잊을 것이다. 너무 추워 눈마저 오기 힘든 흰 사막, 밤낮으로 불어대는 강풍, 해변을 둘러싼 유빙, 숨이 멈출 것같이 차가운 바닷물, 블라자드가 몰아쳐 고립된 숙소, 극한 추위를 상상하면 갑갑하고 숨막히는 현실이 별 거 아닌 듯 여겨졌다. 오랜 시간 그 환경에 적응해온 생물들이 주인임을 인정해야 하는 혹독한 세계는 나를 강렬하게 자극했다.

그가 떠나기 전 직원들과 송별회를 했다. 식사 후 몇몇이 2차를 갔고, 그는 다음날 일정을 이유로 무리에서 빠졌다. 버스 정류장에 서서 그를 배웅하며 나는 무슨 말이라도 해야 할 것 같았다. 버스가 속도를 늦추며 다가올 때, 그가 입을 열었다. '한번 나갔다 오는 것도 괜찮겠죠.' 나는 괜찮겠죠라는 말에, 좀 멍해졌다. 어느새 그는 저만치 버스 앞에 줄지어선 사람들 속에 섞여 있었다. 그가 뒤를 돌아보며 팔을 한번 들어보이더니 다시 버스 곁으로 다가섰다. 털모자가 달린 두툼한 파카로 몸집이 더 커진 그가 버스 안으로 들어갔다. 흰곰 같았다. 흰곰은 남극이 아닌 북극에 산다는 것이 떠올라

나도 모르게 피식 웃었다. 그러는 새 그가 탄 버스가 사라졌다.

그가 보내온 메일의 내용은 평이했다. 남극에서 겪는 남다른 기분 같은 것은 별로 언급하지 않았다. 새로운 업무로 인한 스트레스라든가, 염려했던 것보다 순조롭다는 정도의 얘기도 없었다. 보고서처럼 건조한 내용의 편지는 함께 지원했던 동료에 대한 예의였을까.

나는 그가 버스에 올라타기 전에 '괜찮겠죠'라고 했던 말이 염려인지 확신이나 기대였는지 가늠해보곤 했다. 내게는 '더 나은 장소'임에 틀림없을 남극이 그에게는 어떤 곳일까. 훨씬, 대단히, 좋은, 나쁜, 그런 말로 표현할 수 있을까. 하지만 그는 어느 쪽이든 자신의 느낌을 전하지 않았다.

출근해서 메일을 열 때마다 그의 아이디가 있는지 확인했다. 이따금 도착한 메일을 클릭할 때면 묘한 감정에 사로잡혔다. 나도 모르게 평소와 같은 표정과 몸짓을 유지하려고 애썼다. 누군가 보고 있을 것 같다고 생각해본 적은 없다. 직원들끼리 사적인 관심을 주고받는 분위기도 아니다. 그럼에도 매번 주변과 내 기분을 의식했다. 결국 그는 남극에 갔고 나는 남았다는 사실에 마음이 복잡해졌다.

날씨가 더워지기 시작했다. 오월이 되기도 전에 공기 중에서 여름 냄새를 맡았다. 출퇴근길 화단의 풀 냄새, 아스팔트 냄새, 사람들이 풍기는 체취나 음식 냄새 같은 것이 공기 중에서 뭉글뭉글 떠다녔다. 서향인 사무실은 점심시간이 지나면 오후 내내 달아올랐다. 목덜미의 땀을 닦느라 번번이 물티슈를 꺼냈다. 견딜 수 없어지면 나는 장비실로 향했다.

장비실은 대용량의 데이터가 교환되는 곳으로 사방의 벽은 페라이트와 세라믹 신소재로 만든 전자파 흡수 패널이 덧대어 있다. 적정온도는 21도, 상대습도는 50% 정도지만 조금 더 낮게 유지된다. 장비가 내뿜는 열을 다스리고 정전기를 방지해 고가의 IT 장비를 보호해야 하기 때문이다. 냉방기가 오작동 되어 온도가 35도 정도 되면 컴퓨터들의 CPU는 80도가 넘어 작동이 중지된다. 라우터, 스위치, 서버 등과 같은 분산 IT 장비가 과열되거나 빨리 고장날 수도 있다. 적정온도가 유지되어야 하는 장비실은 에너지 절약의 권고를 받지 않아도 되는 유일한 장소인 것이다.

장비실 안쪽에는 등받이가 있는 의자가 있다. 협소한 공간에 놓인 의자치고는 쓸 만했다. 장비실에 들어가면 거기 앉자마자 바짓단을 걷고 와이셔츠 소매를 말아올리며 땀부터 식혔다. 더위가 조금 가시면 이어폰을 귀에 꽂고 음악을 들었다. 하지만 장비실에 오래 있을 수는 없다. 몇 달 전, 장비실 관리자가 퇴사한 후로 내가 서버 관리까지 맡고 있긴 해도 장비에 문제가 생기기 전에는 오래 머물 만한 명분이 없었다. 또 다른 이유는 바깥과 온도 차이 때문이다. 장비실에 오래 있다 밖으로 나오면 냉기에 수축됐던 혈관이 급속히 확장되어 두통이 유발되곤 했다. 장비실과 외부 사이에 중간지대가 없기에 적당한 시간에 나오는 것이 두통을 피하는 방법이다.

지난 여름 장비실에서 처음으로 그와 마주쳤다. 양쪽 서버 사이를 걸어가고 있을 때 문 열리는 소리가 들렸다. 직원은 보안키가 있어 누구라도 드나들 수 있다. 서버에 문제가 있는지 묻자 문 앞에서

서 있던 그가 아무것도 아니라고 했다. 장치들이 내는 소음 때문인지 그의 제스처가 과했다. 내가 의자로 걸어가 앉았을 때에도 그는 계속 문 앞에 서 있었다.

그는 나와 눈이 마주치자 어색하게 웃었다. 나는 그의 목에 걸려 있는 이름표를 보았다. 유진석, 그는 세라팀(그가 속한 팀이 개발 중인 프로젝트 명이 세라였다)의 팀원이었다. 헐렁한 셔츠만으로 더 이상 감춰지지 않는 옆구리 살을 보며 세라팀의 잦은 야근과 밤샘을 짐작했다. 그렇다 해도 장비실에서 낮잠을 자거나 쉬기에 적당하지 않다는 것 정도는 그도 알고 있을 것이다. 지나치게 낮은 온도, 서버 불빛, 각종 기기에서 나오는 소음까지, 편한 장소는 아니다.

"뭐가 안 되나요?" 내가 묻자 그가 아무 일도 아니라며 주위를 두리번거렸다. 그러다 출구 가까이에 있는 등받이 없는 의자로 걸음을 옮기더니 거기에 엉덩이를 걸쳤다. 커다란 체구에 비해 의자가 턱없이 작아 보였다. 나도 모르게 빙긋 웃었다. 그는 팔뚝으로 이마의 땀을 쓱 문지른 후 어색한 표정을 지었다.

개발실 직원들에게 좋은 대우를 해준다 해도 몇 년 전부터 시행된 에너지 절약 시책에는 별다른 방법이 없었다. 그도 더위를 못 견디는 거라고 생각하자 기분이 썩 좋지는 않았다. 내 문제를 보는 것 같아서다. 나는 평소처럼 바지를 걷어올리려다 슬그머니 바지에서 손을 떼고 이어폰을 귀에 꽂고 눈을 감았다.

이후, 문 앞에 있는 간이의자는 여름 내내 그의 차지가 되었다. 가끔 마주치면 가벼운 눈인사를 나누고 별 의미 없는 말을 나누기도 했으나, 각자 자기 자리에 앉아 있다 나가는 날이 많았다.

어느 날 그가 입구에서 내 쪽을 향해 무어라고 말했다. 그는 다소 상기돼 보였다. 나는 소음 때문에 단번에 알아듣지 못했다. 오전 내내 세라팀이 회의실에서 대표와 긴 회의를 했다. 시연에 문제가 생긴 것 같다고 짐작했다. 제품 출시가 늦어질수록 회사는 어려워진다. 안 그래도 옆 건물의 소프트웨어 회사가 부도났다는 소문이 돌았다. 나는 그가 있는 쪽으로 다가가 무슨 일이냐고 물었다.

"극지연구소요. 팥빙수 집 쪽으로 걸어가면……."

그가 입을 열었을 때 오른편에 있는 서버에서 소리가 났다. 끼리릭 소리에 팥빙수라는 말이 섞였다. 그가 내게 한 발자국 더 다가섰다.

"…… 공고를 봤어요."

그가 무슨 말을 하려는 것인지 짐작할 수 없었다. 경미한 두통을 참느라 나도 모르게 미간을 찡그리며 다음 말을 기다렸다.

"회사에서 왼쪽으로 가다보면 극지연구소 있잖아요."

요점이 분명히 전달되지 못하는 이유가 장비실의 소음 때문인지 두통 때문인지 그가 요령이 없는 것인지 분간이 되지 않았다. 극지연구소에 팥빙수라니 도통 알 수 없었다. 나는 굳은 표정을 펴려고 애쓰며 그의 입을 보았다. 냉방기 소음과 서버의 소리가 요란했다. 그때 휴대폰이 울렸고 그는 하려던 말을 그만두었다.

다음날은 기온이 더 올라갔다. 지하철 냉방기에서 후끈한 바람이 나왔다. 화장품 냄새와 사람들 체취가 섞인 불쾌한 냄새로 머리가 아팠다. 후각이 좀 무디면 여름을 그런 대로 참을 수 있을까. 그런 생각은 아주 잠깐이었다. 옆 사람이 문 쪽으로 다가서기 위해 몸을 스치며 지나가자 다시 불쾌해졌다. 살이 겹치는 부분에 땀띠가 나는가 하면, 피부가 짓무르고 손바닥과 발바닥이 불에 덴 것처럼 뜨거운 것만으로도 고통스러운 여름이다. 후덥지근한 공기가 살갗에 달라붙었다. 절로 한숨이 나왔다. 앞에 앉은 중년 여자가 고개를 들어 힐끗 나를 올려다보았다. 한숨소리를 들킨 것만 같았다. 화장이 번져 번들거리는 얼굴의 무표정한 여자를 보니 섬뜩한 기분마저 들었다. 나는 시선을 바닥으로 떨어트렸다.

점심을 먹고 사무실로 돌아오니 정수기 앞에 직원들이 모여 있었다. 커피를 만들기 위해 그 앞으로 다가섰다. 그들은 내게서 비켜선 채 말을 계속 이어갔다. 극지연구소에서 전산 쪽 지원자를 받는다는 얘기였다. 오 년 이상의 경력과 적당한 신체조건, 기본적인 영어 실력이 필요하다고 했다. 경력이 모자라, 영어가 부족해 안 되겠다는 말들을 주고받더니, 조건이 된다 해도 그렇게 추운 곳에는 갈 수 없다고도 했다. 그러자 누가 먼저랄 것도 없이 말꼬리를 흐렸다. 회사 재정이 안 좋다는 말이 돌면서부터 직원들은 조바심을 냈다. 회사에 계속 남아 있는 게 무능력해 보이기까지 했다. 우리 팀원들도 하나둘 이직을 했고 어쩌다보니 나 혼자 남았다. 거래처의 서버 관리 때문에 끝까지 남을 수밖에 없다고 변명해보지만 중간에 프로젝트팀에 들어가기에도 어정쩡한 상황이 되어버렸다.

나는 자리로 돌아오자마자 얼음을 입에 문 채, 남극기지를 검색했다.

'세종기지는 서남극 남극반도에 평행하게 발달한 남쉐틀랜드 군도South Shetland Islands의 킹조지섬과 넬슨섬으로 둘러싸인 맥스웰만 Maxwell Bay 연안에 있다.'

군도, 섬, 만 이런 단어들이 눈에 들어왔다. 서울에서 17,240킬로미터 떨어진 곳에 있다는 그곳은 온통 하얬다. 하늘과 땅, 바다와 얼음의 구분되지 않았다. 몹시 춥고 조용할 것이다. 상상할 수 없는 온도와 고요, 태초부터 존재했을 것만 같은 아주 작은 생물들을 상상했다.

극지연구소 홈페이지 게시판에 들어가 남극월동대원이라는 글자를 발견했을 때, 마우스를 쥔 손 밑으로 찬바람이 쓱 지나갔다. 마우스를 놓고 손을 젖혀 손바닥을 내려다보았다. 오른쪽에 있는 창문은 꽉 닫혀 있다. 천장에서는 시스템 에어컨이 작동되고 있다. 일 미터 전방의 천장에서 나오는 바람이 손바닥 아래로 지나가지는 않는다. 옆에서 돌아가는 키 작은 선풍기 바람도 마찬가지다.

바지에 손바닥을 문지르며 모니터에 펼쳐진 남극 풍경과 연구소 건물을 보았다. 내가 왜 여기서 이 고생을 하고 있는 건가 싶었다. 남극은 극한 환경이지만 생물이 살고 있다. 어떤 종에게는 생존 가능한 장소다. 심지어 귀여운 펭귄도 살고 있지 않은가. 나는 물티슈를 꺼내 목과 손을 닦은 후 장비실로 내려갔다.

그가 먼저 와 있었다.

"참, 어제 하려던 말이 뭐였죠?"

내가 묻자 그는 의자에서 일어나 내 자리까지 뒤따라왔다.

"회사가 얼마나 버틸 거 같아요?"

그는 의외의 질문을 했다.

"경영관리부 직원이 워낙 보수적으로 평가하는 측면도 있으니 두고 봐야 하지 않을까요."

나는 누구라도 짐작할 만한 대답을 했다.

"그렇겠죠. 그래서 말인데 이번 주 주간보고 때 대표님이 세라를 언제까지 기다려야 하냐고 묻는데 분위기 장난 아니었어요. 박 팀장은 에러 잡는다고 매일 밤을 새우는데 말이에요."

"네……. 이건 좀 다른 얘긴데, 어제 극지연구소에 대해 말하지 않았나요?"

소음 때문에 내 목소리가 커졌다.

"극지연구소요?"

그가 되묻자 내 얼굴이 달아올랐다.

"아, 그게요. 옆 건물에 있던 인테크 아시죠."

"거기가 정리해고에 들어갔다는 소문을 듣긴 했죠. IT 거품이 빠진 지 오래라 웬만한 덴 그렇게 정리가 되나 보네요."

"그렇죠. 실은 거기 안면이 있는 직원이 있거든요. 그 친구가 여기저기 지원서 내는 중이라면서 극지연구소라도 넣어봐야겠다는 거예요. 월동대원에 지원하면 그 경력도 무시하지는 못하겠죠? 우리 회사도 이미 그만둔 직원들도 꽤 있고, 계속 인원을 감축할 거라는 말도 돌고 해서요. 그런데 거긴 춥겠죠."

나는 머릿속이 복잡해졌다. 추위를 상상해보려 했지만 잘 되지 않았다. 내가 멍하니 있자 그가 다시 말을 이었다.

"굉장하겠죠. 거긴. 블라자드 같은 것도 있다던데."

그가 블라자드라고 말할 때는 어깨까지 들썩였다. 곧 남극으로 갈 사람 같았다.

사무실로 돌아와 정수기 앞으로 갔으나 얼음이 나오지 않아 그냥 맹물을 들이켰다. 이상하게 조바심이 나서 시간을 자주 확인하다 여섯 시가 되자마자 자리에서 벌떡 일어났다. 그러다 멋쩍어서 엉거주춤 주변을 살폈다. 직원들은 모니터에 눈길을 주고 있었다. 사무실에서 나와 지하철역을 향해 걸었다. 몸에 익은 습관이었다. 나는 걸음을 멈추고 방향을 바꾸어 회사 정문 쪽으로 돌아와 반대편으로 걸었다. 걷다보니 겨드랑이와 등판은 물론 바지까지 축축해졌다.

버스로 한 정거장쯤 걷자 건물 벽에 쓰인 '극지연구소'라는 커다란 글씨가 보였다. 정문으로 몇 사람이 걸어나왔다. 문 앞에 서서 연구소 건물을 바라봤다. 차량 두 대가 연달아 밖으로 나왔다. 얼떨결에 문 옆으로 비켜섰다. 정문을 빠져나간 자동차가 17,240킬로미터를 달려 극지까지 갈 것만 같았다. 나는 멍하니 자동차가 사라지는 모습을 지켜보았다.

발길을 돌려 근처 팥빙수 집 유리문을 밀고 안으로 들어갔다. 카운터에서 남자가 얼음을 갈고 있었다. 창가 테이블에는 남녀 한 쌍이 앉아 있었다. 나는 에어컨 아래 앉았다 다시 일어났다. 주문을 하려면 카운터로 가야 했기 때문이다.

"팥빙수요. 얼음 많이 넣어주세요."

얼음 위에 팥을 올리던 남자는 우유를 부으면서 나를 힐끗 쳐다보더니 잠깐만 기다려달라고 했다. 나는 고개를 수그려 내 배를 보았다. 봄보다 더 나온 것 같았다. 봄까지는 자전거로 출퇴근을 하면서 몸무게가 고정된 듯했는데, 오월이 되면서 더위를 핑계로 자전거를 포기했다. 언제부터인지 샤워 후에도 거울에 몸을 비추어 보지 않았다. 남자는 잘 만들어진 팥빙수를 카운터에 올려놓고 벨을 누른 후, 내게 어떤 팥빙수냐고 물었다.

옛날 팥빙수라는 것을 받아들고 자리로 돌아와, 유리그릇 안에 담긴 하얀 얼음가루를 보니 움츠러들었던 기분이 좀 풀렸다. 그릇 안 깊숙이 숟가락을 푹 집어넣었다. 팥을 헤치고 하얀 얼음가루를 한 숟가락 떠서 입안에 넣었다.

다음날 출근하자마자 극지연구소 홈페이지에 들어갔다. 며칠 그러다 극지연구소 전화번호를 휴대폰에 저장해 옥상으로 올라갔다. 직원들의 발길이 끊긴 정원에는 풀만 무성했다.

"극지연구소죠? 쇄빙선 체험이랑 직업 체험이 있던데요."

쇄빙선 체험은 단체만 가능하고, 직업 체험은 학생만 3명부터 예약이 가능하다고 했다. 전화를 끊고 계단을 걸어 내려오며 그런 건 중요하지 않다고 생각했다. 전화를 왜 했나 싶었다.

사무실로 돌아온 나는 다시 극지연구소 홈페이지에 들어가 이곳저곳 살펴보았다. 마우스에 손가락을 올려놓은 채 눈으로 홈페이지를 살폈다. 그동안 직장 생활에 회의를 느껴본 적은 별로 없었나. 맡겨진 일에 회의감이 든 적은 있어도 슬럼프는 아니다. 장소가 바뀌면 일을 하는 양상도 달라지겠지만 그림에도 남극에 간다면 좋을 것 같았다.

지원서를 다운받아 자기소개서의 요건을 빠르게 훑었다. 지원 동기라든가 포부 같은 항목은 어디서나 요구하는 기본적인 것이었으나, 첨부에 특별한 것이 있었다. 심혈관, 호흡기, 위장관 질환부터 정신과 질환까지 신체의 질병을 부위별로 세분화해서 해당되는 것에 체크를 하는 것이었다. 낯선 질환부터 흔한 질병까지 상당히 많은 항목이 나열되어 있었다. 대사성 질환의 비만에 눈길이 갔다. BMI>35. 건강검진 때 비만이라고는 나왔었는데 숫자는 기억나지 않았다. 처음으로 그 숫자에 신경이 쓰였다. 지원서 접수 마감 날짜를 보았다. 열흘 남았다. 열흘 동안 몸무게를 많이 줄일 수는 없을 것이다. 그래도 차분하게 준비하기로 마음먹었다. BMI지수가 35 미만이었을 수도 있을 것이고, 35가 넘는다고 해도 준비기간 동안 열심히 몸무게를 줄이면 된다.

짐작했던 것처럼 그도 월동대원에 지원할 거라고 했다.

"세라는 어쩌고?"

"좀 애매하긴 하죠. 하지만 이제 테스트 단계라 이미 영업부에서는 행동을 시작했거든요."

"그러니까 그게 괜찮은 제품이라면 커리어가 생기는 건데……."

"아시잖아요. 세라는 박 팀장이 철저히 자기 소스코드로 만들어 간 거. 우리 팀이나 이 회사만의 문제는 아니죠. 박 팀장이 누구보다 고생한 것도 인정합니다. 야근도 혼자 밥 먹듯이 했고, 비용이나 시간 때문에 윗선에서 압박도 많이 받았죠. 근데, 회사에서 어떻게 해결할지는 모르겠어요."

"해결이요?"

"아는 사람은 다 알잖아요. 박 팀장은 패키지만 만들어주고 소스 코드는 절대 주지 않는다고요. 이후로 업그레이드나 수정작업 하려면 회사에서 일일이 옵션을 제시해야 할 거예요."

"그런 문제가 늘 있긴 한데, 그래도 처음 개발 들어갈 때 그런 얘긴 다 되었어야 하지 않나요."

"그때, 회사 사정이 어려웠다죠. 잘은 모르지만 박 팀장에게 맡기느냐 마느냐 하는 걸로 시간을 끌 여건이 아니었나 봐요. 어차피 박 팀장 말고 다른 직원이 할 수 있는 일도 아니었고요. 그래서 일단 결과물이 나오면 성과를 보고 다시 협상하는 쪽으로 얘기가 되었을 거예요."

"그렇군요. 그러면 팀원들은요, IoT 쪽으로 합류하나요……."

"모르겠습니다. 박 팀장이야 다르겠지만, 이런 시스템에서는 영원히 숙련공으로 남을 것 같은 기분도 들어요. 일 년 나갔다 오면 회의감이 줄어들 것도 같고……. 남극이라면 간섭 없이 스마트센서를 연구하기도 좋을 거 같고."

나는 그의 말이 귀에 들어오지 않았다. 그도 슬그머니 자기 의자로 걸어갔다. 지금까지 그에 대해 오해하고 있었을지도 모른다. 그는 나처럼 더위 때문에 장비실에 들락거린 것이 아니었을 수도 있다. 개발자로서의 회의감이 같은 것에 내 생각이 못 미쳤는데, 나와 하는 일이 다르기 때문이기도 했다. 개발자의 경우 개인이 원하는 개발은 미뤄두고 회사에서 진행하는 일을 추진하느라 몇 년이라는 시간을 보내기도 한다. 목표 아이템이 분명한 사람이라면 답답한 심정이 된다. 그래서 독립의 의지가 생기고 회사를 차리고, 망하고, 다시 합류하고 하는 것이 벤처 IT의 속사정이다. 그런 게 아니라면 회사 재정이 안 좋다는 소문에 먼저 대처하려는 것일 수도 있다. 이유가 무엇이든 그는 답답할 때마다 팀에서 떨어져 나와 혼자 있을 장소가 필요했는지 모른다. 옥상은 너무 더웠고 휴게실은 근무 시간에 있기에 적당하지 않았다. 장비실은 별관에 있어 사무실에서 1층으로 내려와 밖으로 나가서 조금 걸어가야 한다. 때론 그런 것이 필요하다. 문을 열고 밖으로 나오는 것. 다만, 관리를 핑계 삼아 매일 드나드는 나와 마주치게 될 거라고는 예측하지 못했을 것이다.

그와 나는 월동대원에 지원하기 위한 정보를 주고받았다. 장비실에서 남극에 대한 이야기를 나누었다. 기초체력 검사에 대비해 퇴근 후 헬스장에서 마주쳤고 주말엔 산행도 같이 했다. 더위는 여전했지만 몸무게를 줄이는 데는 그만한 게 없다는 그의 말에 주저 없이 산행을 계획했다. 근교 산이라지만 종주 코스를 거쳐 산에서 내려올 때는 이미 밤중이었고 비가 한 차례 내렸다. 흙과 풀에서 뜨거운 수증기가 솟았다. 젖은 옷이 몸에 척척 감겼다. 고단한 훈련을 같이하며 서로 격려하는 마음도 생겨났다.

면접과 기초체력 검사까지 마치고 건강검진만 남겨 두었는데도 마음이 불안했다. 극지 적응훈련까지 무사히 마칠 수 있을지, 나는 남고 그만 가게 된다면, 가더라도 극지에 잘 적응할 수 있을지, 하는 염려가 꼬리를 물었다.

정밀 신체검사 전날 퇴근길에 그와 마주쳤다. 그의 얼굴색을 살피며 입을 열었다.

"별일 없겠죠?"

"별일이라면……."

"아, 그냥 좀 긴장이 돼서."

"중요한 건 다 끝났잖아요. 내일은 병원만 가면 되니 오늘은 푹 쉬세요."

그는 정말로 결정이 된 거라고 믿었던 걸까. 그와 헤어져 지하철역 쪽으로 걸으면서 극지연구소까지 걸어갔던 날을 떠올렸다. 정문으로 자동차 두 대가 빠르게 빠져나갔을 때 느꼈던 허전한 기분이 되살아났다. 남극까지 달려가는 자동차의 뒷모습을 보고 있는 것 같은 기분이었다.

검진 결과는 좋지 않았다. 통풍이라고 했다. 별 증상도 없었고 의사 말로도 심각한 것은 아니라고 했다. 하지만 나는 남극에 갈 수 없게 되었다. 의사는 음식을 어떻게 먹어야 하는지, 병원엔 언제 오는지에 대해 이야기했다. 나는 진땀을 흘리며 그 얘기를 들었다. 제대로 귀에 들어오지도 않았고, 다 쓸데없는 소리로 들렸다.

송별회 날, 직원 회식을 마치고 버스 정류장에서 그는 '괜찮겠죠'라고 말한 후 버스를 탔다.

‘아침 8시에 울려 퍼지는 기상 방송으로 하루가 시작됩니다. 출근 준비가 필요 없어 아침 시간이 여유롭습니다. 8시에 맞춰 식당에 아침식사가 준비되어 있습니다. 고기가 주로 나오다보니 야채가 먹고 싶어지기도 했습니다. **간밤의 추위**가 뱃속을 허기지게 만듭니다. 식당에는 대형 TV가 있습니다. 한국 채널은 두 개 정도 나옵니다.’

내용이 평이해서 일상의 메모 같은 기분마저 들었다. 그럼에도 나는 코를 킁킁대며 얼음 냄새를 맡고자 했다. ‘간밤의 추위’ 같은 단어를 천천히 읽었다. 남극 다큐멘터리 같은 걸 보는 것이 더 나았을 것이다. 하지만 나는 이따금 오는 그의 메일에서 전달되는 남극의 느낌을 듣고 남극의 체취를 느끼고 싶었다. 직원들은 히터를 켜고서도 겨울이 춥다고들 했다. 개인 난로를 가져다놓기도 했다. 나는 속이 답답할 때마다 진한 믹스커피에 정수기 얼음을 쏟아부었다.

‘이곳에서는 자기 일만 할 수 없습니다. 필요하면 연구원들도 야외작업을 도와야 합니다. 공구나 도구를 이용해 연구장비를 포장하고 운반하는 일도 합니다. 오늘은 굴삭기와 지게차를 운전하는 유지반 대원들의 작업을 도왔습니다. 대원들은 필수적인 기술 위주로 선발되어서 각자 역할이 있습니다. 만일 한 대원에게 사고라도 나면 그 영향이 전 기지에 미칩니다. 문제가 생기면 힘을 합쳐 전력투구해야만 살아남을 수 있습니다. 아, 정말이지 **너무 춥습니다**.’

'**심하게 눈이 와서** 공동 제설작업을 했습니다. 치워도 치워도 끝이 나지 않습니다.'

메일을 보내오는 간격이 길어지고 내용은 짧아지더니 다시 여름이 되었을 즈음에는 소식이 끊겼다. 그가 남극 생활에 적응한 것이라고 생각했다. 나는 체중이 더 늘었다. 고기를 덜 먹긴 했지만 통풍을 치료하기 위한 특별한 식이요법을 적극적으로 실천하지 못했다. 물러가지 않을 것만 같던 더위가 조금씩 수그러들기 시작했다. 그럼에도 나는 여전히 장비실에 들락거렸다. 입구에 있는 의자를 지나갈 때마다 그와 남극을 떠올렸다.

최근에 세종기지에서 사고가 있었다는 짧은 기사를 읽었다. 강풍과 폭설 때문이라고 했지만 인명피해는 없었다는 간략한 기사였다. 오래 전 남극 특유의 악천후로 연구원들이 실종되었다 구조된 사건이 있었다. 그땐 사회적으로 이슈가 되었던 것 같다. 당시엔 내가 관심을 두지 않았던 때라 무심히 지나쳤었다. 하지만 이번 사고에는 신경이 곤두섰다. 나는 인터넷으로 기사를 검색했다. 어느 신문의 기사든 별 차이가 없었다. 모든 기사가 내용을 물론 단어까지 다 똑같았다. 사망자나 조난자가 없었다는 점 때문에 이슈화되지 않았고 관심을 끌 필요도 없었던 것 같다. 사고 당시 최대 풍속이 초당 18~20m에 달할 정도로 강풍이 몰아친데다 눈이 세차게 내려 앞을 보기 어려울 정도였다는 설명이 전부였다.

이 간단한 기사가 내게는 자극적이었다. 이상하게 마음이 놓이지 않았다. 그래서 이리저리 기사를 검색하다보면 십 년도 더 지난 사고 얘기에 가서 닿았다. 정부의 무관심과 미미한 자원, 열악한 장비가 빚어낸 예고된 참사였다는 의견과 그동안 남극에서 발생했던 주요 안전사고들을 정리한 것들이었다. 악천후로 인해 좁은 공간에서 5,6개월을 수인처럼 보내야 하는 정신적 스트레스에 관한 이야기 같은 것도 있었다. 기사를 수집해 가면서 나는 남극에서 있었던 모든 사고를 머릿속에서 재현했다. 그러면서 그가 무사하기를 빌었다. 한편으로는 정말로 무사한 걸까? 생각했다.

그리고 한 달 후 그러니까 며칠 전부터 그가 돌아왔다는 소문이 돌기 시작했다. 그는 십일월에 오기로 되어 있었다. 형편상 한 달 정도 일찍 돌아오게 되었거니 했다. 장비실에서 우연히 그와 마주칠지 모른다는 생각을 했으나 그는 회사로 돌아오지 않았다. 그가 떠나기 전 회사 분위기가 어수선하긴 했다. 하지만 세라를 출시한 이후로 박 팀장이 팀원들과 독립하면서 오히려 회사는 다시 자리를 잡아가고 있었다. 조만간 장비실 관리 직원도 다시 뽑을 거라며 팀장은 내게 조금만 기다리라고 했다.

소문은 묘했다. 월동대원팀이 전부 돌아온 것이 아니라 아르헨티나팀과 합류한 몇 명 중에 그가 있다는 것이었다. 그는 왜 먼저 돌아온 것일까? 어쨌든 돌아왔으니 내가 했던 염려나 상상 혹은 기우는 터무니없는 것이었다. 그는 세라의 개발 실적과 남극 근무 경력을 살려 더 나은 회사에 들어갈지도 모른다. 독자적으로 회사를 차린 박 팀장 쪽과 이야기가 되었는지도 모른다.

이제는 장비실에 오래 앉아 있을 수 있다. 바깥과 온도 차이가 적어졌기 때문이다. 에어컨 소리가 작아지면서 서버 특유의 소리가 더욱 정교하게 공기를 진동시켰다. 출구 근처, 그가 자주 서 있던 자리에서 가끔 돌발적인 소리가 나더니 며칠 전에는 비행기가 이륙하는 듯 큰소리가 났다. 소리가 난 서버의 뚜껑을 열고 살펴보니 문제가 될 만큼 먼지가 많지도 않았고, 팬의 베어링이 심하게 마모되지도 않았다. 온도에 따라 팬 회전 속도가 달라질 수도 있지만 나는 정확한 원인을 찾지 못했다.

오늘도 장비실에 들어가서 입구에 있는 서버 소리를 들어보고 뚜껑을 열고 먼지를 털어주었다. 현재로서는 두고 보면서 다시 소리가 나는지 살펴보는 것밖에는 특별한 조치를 취할 만한 것이 없었다.

장비실에서 나와 현관을 지나 엘리베이터 앞에 섰다. 다시 그와 장비실에서 마주치게 될지 모른다는 생각을 하자 마음이 복잡해졌다. 그에게 남극 생활에 대해 듣고 싶기도 했고 아니기도 했다.

엘리베이터를 기다리는 동안 사무실로 돌아가 관리부 직원에게 그의 거취에 대해 물어볼지 고민했다. 소문처럼 그에게 정말로 무슨 일이 있었던 것일까? 엘리베이터에 올라선 다음에도 계속 그런 생각을 했다. 문이 열리고 누군가 안으로 들어왔다.

퇴근 후 극지연구소 쪽을 향해 걸었다. 팥빙수 집 앞에서 선 채 연구소에서 퇴근하는 사람들을 쳐다보고 있었다. 누군가 내 어깨를 스치고 지나갔다. 사람이 거의 다니지 않는 길에서 타인과 부딪치다니 어이가 없었다. 남자는 아랑곳하지 않았다. 턱수염이 덥수

룩하고 머리가 긴 남자는 때 이른 파카를 입고 있었다. 나보다 어깨가 조금 높았다. 나는 아직 얇은 셔츠를 입고 있었다. 눈으로 그를 좇았다. 모자가 달린 파카를 입고 배낭을 멘 남자가 어깨를 늘어뜨린 채 걸어갔다. 골격은 컸지만 야윈 듯한 체격으로 보아 곰처럼 보이지 않았다. 그는 아닐 것이다. 나는 잠시 멈춰 서서 남자의 뒷모습을 바라보며 그인지 아닌지 가늠해보았다. 남자가 멀어지자 나는 일정한 거리를 둔 채 남자의 뒤를 따라 걸었다. 지구에서 가장 춥다는, 98퍼센트가 얼음으로 덮인 남극에서 그가 돌아왔다고들 했다. 누군가는 알래스카나 시베리아가 아니라는 것을 강조하기도 했다. 소문은 무성했고 사실을 아는 직원도 없었다. 귓전에 맴도는 사람들의 이야기에 휩싸인 채 걸음을 멈추었다. 남자가 길 위에서 점점 작아졌다. 괜찮겠죠. 나는 그 말에 대해 계속 생각했다.

정전

정 전

발밑에 먼지뭉치가 채였다. 새삼스러운 건 아니지만 익숙해지지도 않았다. 그저 견딜 뿐이다. 나는 정수기 앞에서 곧 식어버릴 커피잔을 손에 쥔 채 밖을 보았다. 목에 머플러를 휘감은 여자가 상체를 앞으로 숙이고 횡단보도를 건넜다. 여자가 사라진 거리, 몇 개의 높은 건물과 그보다 더 많은 빈터와 공원에 바람만 들락거렸다. 나는 굳은 어깨를 풀기 위해 팔을 움직였다. 양복 위에 껴입은 파카 때문에 비둔했다.

청년이 사무실에 들어온 것은 점심시간이 다가올 때쯤이었다. 사무실 인터폰이 울렸고, 가끔 들르는 수출업체 사장이겠거니 했다. 전화도 없이 누군가가 불쑥 사무실로 찾아오는 경우는 흔치 않았다. 자리에서 인터폰 버튼을 눌러 문을 열어주었다. 앳된 얼굴에 체격이 다부져 보이는 청년이 열어준 문으로 성큼성큼 걸어 들어왔다. 유행인지 몰라도 짙은 청색 재킷이 지나치게 죄어 보였다. 곧 삼월이라지만 외투 없이 다니다니, 젊어서 그런가보다 했다.

청년은 내 책상 앞까지 다가와 꾸벅 인사를 했다. 양손에 쇼핑백을 들고 있었다.

"안녕하세요. 관리부장님이시죠?"

"그런데, 무슨 일입니까?"

오늘 따라 오전 내 쓸데없는 전화가 많았다. 그런 날이 있다. 사장은 결산을 할 필요도 없다고 말했지만 나는 모니터에 회계 프로그램을 띄워놓은 채 청년을 올려다보았다. 초면은 아닌 것 같은데, 누구인지 금방 떠오르지 않았다.

"직원들 단체 건강검진 때문에 왔습니다."

"아. 네. 지난 번에 사장님이 소개했던……."

청년은 명함을 꺼내 공손히 내밀었다.

"네. 그때 부장님이 외근 나가시면서 제게 명함을 주셨잖아요. 제가 좀 더 일찍 왔어야 하는데, 죄송합니다."

그러면서 또 고개를 숙였다.

문득 무슨 말을 할지 난감했다. 차라리 단번에 거절할 말을 찾는 것이 나을 것 같았다.

"그럴 만한 직원이 없어서 안 되겠는데요."

"벌써 다른 데서 하셨나요? 인원이 많지 않아도 괜찮습니다. 부장님."

여러 개의 룸으로 나뉘어 있긴 해도 전 층을 사용하는 사무실 규모가 크다는 건 한눈에도 알 수 있을 것이다. 넓은 공간과 고급스러운 가구는 여전하다. 하지만 청소가 안 된 어두운 지하 주차장과 전등 하나로 버티는 엘리베이터와 난방기가 가동되지 않는 사무실 냉기만으로도 전달되는 것들이 있다. 이쯤에서 그런 판단을 못한다면 아직도 업무 파악이 안된 애송이이거나 지나친 열의로 무작정 접근하는 타입 중 하나일 것이다. 어느 쪽이든 무슨 상관이란 말인가. 나는 어서 이 친구를 보내고 점심이나 먹으러 가야겠다고 생각했다.

그때 모니터가 어두워지고 천장의 등이 꺼졌다. 낮게 깔리던 서버의 소리도 끊겼다.

"또 정전이군."

나는 기계실 열쇠와 손전등을 꺼내고 자리에서 일어났다. 청년이 엉거주춤 비켜섰다.

"여긴 검진 받을 직원도 없고 하니 그만 가주게. 나도 나가봐야 해서."

"전기가 나갔나봐요."

"대책 없다니까……."

나도 모르게 청년에게 말을 놓으며, 자동문을 완력으로 밀어서 열었다.

"계단으로 내려가게. 일층에 식당이 있으니 그리로 해서 나가는 게 좋겠군."

나는 복도 끝에 있는 계단으로 앞장 서 걸었다. 한 층을 내려가서 돌아보니 청년이 보이지 않았다. 저런 일을 해서 월급을 얼마나 받는지, 적당한 때가 되었을 때 제대로 된 직업을 구할 수 있을지 염려되었다. 그러다 병원에서 건강검진이나 권유하는 일에 청년들을 값

싸게 쓴다 생각하니 씁쓸했다.

지하 주차장은 컴컴했다. 매캐한 냄새는 덤이다. 손전등을 켜고 주차된 차들 사이를 지나 기계실로 갔다. 차단기를 올린 다음, 밖으로 나와 엘리베이터를 지나쳐 계단으로 갔다. 급작스런 정전으로 생긴 습관이다. 엘리베이터에 갇히게 되면 아무것도 할 수 있는 게 없다. 기계실 열쇠를 나눠 가지고 있는 1층 식당 사장이 차단기를 올릴 때까지 좁고 캄캄한 데서 점점 기분이 언짢아질 뿐이다.

하지만 비난할 대상이 없었다. 정전이 됐을 때, 지하실에 내려가 보라고 누군가에게 지시를 하거나 이참에 전력을 높이겠다고 사장에게 제안할 수도 없는 형편이다. 게다가 사옥을 지을 때 기본 전압을 낮게 설정하도록 건의를 한 것도 나였다. 비용 절감 때문이다. 입주사가 적었을 때 얘기다.

벤처의 열기가 사그라질 때도 버텼는데 사옥을 짓기 시작하면서 사정이 악화됐다. 그래도 사장은 낙관적이었다. 나는 재정 상황을 설명했지만 사장은 투자로 인한 일시적인 현상으로 믿고 싶어했다. 하지만 버티는 데는 한계가 있었다. 늘어난 부채를 감당 못하다, 이년 전에 법원에서 회생 인가를 받았다. 돈이 마르자 궁여지책으로 사무실을 쪼개 임대를 늘리기 시작했다. 법정관리를 받는 회사라는 약점 때문에 주변보다 임대료를 싸게 받았다. 보증금은 형식적인 수준이었다. 당연히 영세한 회사들이 입주를 했고 임대료가 제 날짜에 들어오는 곳이 별로 없었다.

그렇게 입주사가 늘어나고 겨울이 되자 전기로 말썽이 생기기 시작했다. 늘어난 전력을 감당할 수 없었고 공사를 할 돈도 없었다. 난방기만 틀면 정전이 됐다. 입주사들은 가스나 석유난로를 들여놓았다. 다른 곳으로 갈 처지가 못 되고, 관리비나 임대료를 밀리는 입주사들이다 보니 이런 형편에 대놓고 불만을 표시하지는 않았다.

내 옆에도 가스난로를 가져다놓았다. 밤새 얼어붙은 백오십 평의 공기는 난로 하나로 데워지지 않았다. 그래도 온풍기를 켜지 못했다. 잦은 정전은 컴퓨터를 비롯한 전자기기에 무리를 주기 때문이다. 게다가 오버 정전횟수에 따라 전기요금에 가산세가 붙는다고 했다. 그나마 다행인 건 사장이 내게 책임을 묻지 않았다는 것이다. 국제도시를 표방하는 신도시에 걸맞는 건물의 멋진 외형과 무용지물이 된 시스템 냉온방기는 좋은 시절의 흔적일 뿐이다.

4층까지 계단으로 올라온 나는 숨을 몰아쉬었다. 회사 문 앞에 청년이 서 있었다.

"왜 여기 있나?"

"기다렸습니다."

그의 귀가 빨갰다. 이 거리는 바람이 세찼다. 코끝까지 발개진 청년이 해맑게 웃자 노파심이 발동했다.

"별 도움이 안 될 걸세."

"괜찮습니다. 선생님 얼굴 뵈었을 때 설명을 마저 드리려고요."

"추우니 일단 들어오게나."

나는 지문인식기에 손가락을 댔다.

"난로 옆으로 오게."

청년과 나는 난로 옆에 섰다.

"조심해, 옷을 태워먹을 수도 있어."

청년이 한 발짝 물러났다. 고개를 돌려 바지 뒤를 이리저리 살폈다. 바지가 멀쩡한 걸 확인한 그는 내 뒤로 휑하게 비어 있는 곳에 눈길을 주었다. 내가 봐도 거긴 무척 이상해보였다. 무언가가 빠져나간 곳이라는 게 알맞은 표현이다. 사실이 그렇기도 했다. 청년도 그걸 보았으니 이제 회사가 정상적이지 않다는 걸 알 것이다.

그곳에는 어제까지 소파와 테이블이 있었다. 사옥을 짓고 가구를 들여놓을 때 나는 클래식한 가죽 소파를 들여놓으려고 했다. 하지만 사장은 그보다는 좀 더 모던하고 단순한 모양을 원했다. 사장이 고른 소파를 들여놓고 보니 회사의 이미지와 더 어울렸다. 사장이 브랜드 이름을 말했으나 나는 그런 쪽으로 무지했다. 하지만 부드러운 가죽의 촉감은 누구라도 느낄 수 있는 것이다. 그런 호사스러운 소파에 앉아 있으면 회사가 계속 잘 나갈 것 같은 기분이 들곤 했다.

"소파가 있던 자린데, 이상해 보이지?"

뒤돌아보던 청년이 몸을 돌렸다. 청년은 이제 파티션 쪽을 향해 섰다.

"그쪽은 개발실이 있던 자리네."

"회사가 어려워진 건가요."

청년이 조심스럽게 물었다.

"보기에도 그렇지 않나? 툭하면 정전이 되어서 난로로 버티는 걸

보게나."

"직원이 많지 않아도 돼요. 열 분만 되어도 저희가 서비스로 추가 항목도 넣어드리고요, 선생님께는 약소하지만 상품권을 드리거든요."

나는 허허 웃었다. 그리고 자리에 앉았다.

"말귀를 못 알아듣는군."

회사가 잘 나갈 때는 영업사원을 직접 상대하지 않았다. 그땐 별 문제가 없었고 있다 해도 해결하는 데 어려움이 없었다. 사옥이 완공되어 가구와 집기를 들여놓을 때, 세상은 훨씬 호의적이었다. 회사의 성공담이 지역신문에 실리는가 하면, 사장이 상공회 모임에서 역할을 맡기도 했다. 나와 비슷한 연배의 사장은 벤처 1세대로서 성공한 사람 중 하나였다. 다시 한번 그런 시절이 올 수 있을까. 이 눈치 없는 청년의 부탁을 못이기는 척 들어줄 수 있는 그런 시절은 다시 오지 않을 것이다.

내가 아무 말이 없자, 청년도 어색하게 책상 위에 놓인 쇼핑백의 끈을 만지작거렸다. 이쯤에서 물러나야 할지 무언가 더 할 게 있는지 망설이는 듯했다. 아직 경험이 없어서 그럴 것이다. 시간이 지나면 필요한 눈치가 생기고 생존의 기술을 익힐 것이다. 살고자 하는 본능이 그렇게 만들어줄 것이다. 남보다 조금 느리고 어렵게 배우겠지만, 가끔 누군가는 저런 어수룩한 태도도 좋게 봐줄 수도 있을 것이다. 사장이 내게 그랬던 것처럼.

갑자기 사이렌이 요란하게 울렸다.

"불이 난 걸까요?"

청년이 물었다.

"오작동이겠지. 점검을 하는 거든가. 요란하기도 하네. 저 시끄러운 소리만 참으면 돼. 종종 있는 일이거든."

나는 모니터에서 눈을 떼지 않은 채 대꾸했다.

"냄새가 나는데요."

청년의 말투가 다급했다.

"어서 가보게. 또 정전이라도 되면 걸어서 내려가야 해."

"불이 난 거 같아요."

매캐한 냄새가 콧속으로 들어왔다. 그제야 나는 소방점검을 한 지 한 달도 안 되었다는 걸 떠올렸다. 창문으로 다가가 밖을 내다보았다. 3층에서 연기가 올라오고 있었다. 진짜 불이었다. 옥상으로 대피를 해야 할지 아래층으로 내려가야 할지 판단이 되지 않았다. 청년이 문 앞에 있던 소화기를 집어들고 나를 잡아끌었다. 재빨리 밖으로 나와 아래층으로 내려갔다. 3층 복도에 연기가 꽉 차 있었다. 신고를 하려고 보니 휴대폰을 사무실에 놓고 나왔다는 것을 알았다.

"자네 휴대폰 있나?"

연기 속을 기웃거리던 청년이 휴대폰을 꺼내 내게 줬다. 누군가 연기 속에서 나왔다. 나는 휴대폰 버튼을 누르다 사장이 했던 말이 떠올랐다. '차라리 불이라도 나버리면 좋겠어. 그럼 보험금이라도 나오잖아.' 사장은 평소 3층의 빈 사무실에서 시간을 보내곤 했다.

왜 그러는지는 알 수 없었다. 그저 담배를 피우러 내려가나 보다 했다. 그런데 불이 나자 사장이 했던 말이 먼저 떠올랐다. 정말로 고의로 불을 냈으면 어쩌나 하는 우려가 판단을 흐리게 했다. 사장이 어디에 있는지 알아야 할 것 같았다. 나는 119에 걸던 전화를 끊었다. 그리고 사장의 단축키를 누르려다 휴대폰이 청년 것이라는 걸 깨달았다. 그러다 사장이 오늘 오전에 법원에 간다고 했던 게 기억났다. 사장은 법원에 있을 것이다. 침몰 직전의 회사지만 사장이 그렇게 앞뒤 없는 사람은 아니다.

그때 연기 속에서 남자가 튀어나왔다.

"불은 꺼졌어요."

얼굴에 그을음이 묻은 남자는 3층에 입주해 있는 수출업체 직원이었다.

"확실해요? 신고 안 해도 되겠습니까?"

내가 4층 직원인 것을 알아본 남자가 한마디 더 했다.

"네. 다 꺼진 불인데 119에서 출동이라도 하면 뭐 벌금 같은 걸 내야 하는 거 아닌가요?"

"어디서 난 겁니까?"

"빈 사무실이요."

그는 복도 끝에 있는 계단 쪽으로 빠르게 걸어갔다. 빈 사무실은 3층 복도 가장 안쪽에 있다. 열 평 정도의 작은 사무실로 비어 있는 상태였다. 수출업체 옆이라 거기 직원들이 담배를 피우는 장소로 사용하고 있었다. 아직도 연기가 다 빠지지 않았고, 사무실 안에 있던 사람들이 계속 복도로 나왔다. 입을 막은 채 복도 끝으로 우르르 몰려갔다.

내가 안으로 들어가려 하자 청년이 말렸다.

"연기가 심한데 좀 빠진 다음에 들어가세요."

"현장 사진이 있어야 일처리가 쉽거든. 책임이 어디에 있는지도 분명히 해야 하고."

"물을 끼얹었나 봐요. 저렇게 연기가 심한 걸 보면 유독가스가 장난이 아닐 거예요."

그가 또 내 팔을 잡아끌었다. 불을 낸 직원이 딴소리라도 한다면 귀찮은 일이라고 생각했다. 그러다 문득, 회사가 오늘 낼 하는데 그런 게 다 무슨 소용인가 싶어 청년이 팔을 끄는 대로 밖으로 나왔다.

사람들이 웅성거리며 회사 건물을 올려다보고 있었다. 열려 있는 3층 창문으로 연기가 나왔다. 식당 사장이 밖으로 나와 식당은 괜찮으니 영업을 한다고 말했다.

청년은 그제야 붙잡고 있던 내 팔을 놓았다.

"자네 쇼핑백이 사무실에 있지."

"이따 가져갈게요. 어차피 점심시간이라 다른 데 갈 수도 없어요."

"점심은 어디서 먹나?"

청년이 대답하기 전에 내가 다시 말했다.

"같이 가세. 여긴 괜찮다니."

식당 문 앞에서 청년이 말했다.

"전 편의점에서 먹어도 돼요."

"왜, 연기 때문에?"

"그런 건 아니지만."

"그럼 들어와. 이 근처에서 밥값이 제일 싼 곳이야."

카운터에서 식권 두 장을 달라고 한 후 지갑을 안 가지고 온 걸 알았다.

"이름 적을게요."

수첩을 내미는 사장의 표정이 심드렁했다. 거기에 직원들 이름을 줄줄이 써내려가던 때의 상냥함 같은 건 찾아볼 수 없다.

"이젠 불까지 나고, 죽어라 죽어라 하네요."

식당 사장이 하는 말을 못 들은 척하며 수첩에 내 이름을 썼다. 그리고 옆에 2명이라고 적었다. 사장은 의심스러운 눈초리로 나를 쳐다봤다.

"전기가 허구헌 날 과부하에 시달리더니 그래서 불이 난 게죠?"

"담배꽁초 때문인 것 같습니다."

나는 간단히 대답했다. 무언가 더 말을 하려는 식당 사장을 뒤로 하고 배식대 앞으로 걸어갔다.

밥을 담으며 청년에게 말했다.

"밥은 먹고 다녀야지. 자네도 담배 피우나?"

곧, 쓸데없는 말을 했다고 생각했다. 그런데 그가 웃는 얼굴로 담배는 안 한다고 했다.

반찬이 허술했다. 처음에는 생선도 한 마리씩 튀겨서 올려놓고 했지만 옆 건물에 구내식당이 생기면서 손님이 절반으로 줄자 반찬의 질도 절반 수준으로 떨어졌다. 지겹게 올라오는 빨간 돼지고기를 담으려다 그만두었다. 값싼 수입산이겠지만 청년은 그것을 듬뿍 퍼서 식판에 담았다. 직원이 많을 때, 각자 식판에 밥이며 반찬을 수북이 담아서 가져와 먹었던 것이 떠올랐다. 여럿이 밥을 먹는 것만으로도 생기가 있었다.

난로 옆에 자리를 잡은 나는 콩나물과 작은 두부 몇 개가 떠 있는 국을 내려다보았다.

"형편없군."

"아닙니다. 잘 먹겠습니다."

"그럼 다행인데, 곧 문 닫을 집이라……."

그저 밥만 먹기가 어색했는지 청년이 물었다.

"식당도 문을 닫아요?"

그가 관심을 둘 만한 얘기가 아니라는 것을 알면서도 나는 설명했다. 예의상 물어보는 질문이 오히려 편할 때가 있다. 거기에는 호기심이나 염려나 기대 같은 것이 없기 때문이다.

"정전 때문에 제때 밥을 못해 놓으니 그나마 오던 사람도 금방 줄더라고. 식당 사장이 지난 달부터 보증금을 빼달라고 하는데 못 주고 있는 형편이지. 그래봤자 두 달치 임대료니 그 정도만 버틸 걸세. 결과적으로는 적당한 때 정리를 하게 되는 거지. 관재인이 곧 올 테니."

"관재인이요?"

"자네, 파산관재인이라고 들어봤나?"

청년이 돼지불고기를 한가득 입에 넣고 씹었다. 붉은 고추장이 입술 옆으로 묻어났다.

"그가 오면 모든 게 끝장나는 거야."

"형님들이에요? 뭐하는 사람인데 식당도 접수해요?"

"허허, 그렇게 들리나. 차라리 그런 거라면 손 쓸 방법이 있지 않았을까."

"그렇게 안 좋은 거예요?"

"사실 식당이나 세든 사람들은 다른 곳으로 옮기면 되니까 문제될 건 없어. 문제는 우리 회사지. 회생절차를 밟고 있는 중이거든. 그런데 어제 사장이 그러더군. 차라리 기업회생 인가를 받지 말걸 그랬나 하는 거야. 그때 망해버렸으면 두 번 망하는 기분은 안 들 것 같다고."

"무슨 말인지 하나도 못 알아듣겠어요."

"모르는 게 다행인 거지. 평생 안 가봐도 좋은 곳이 법원 아닌가. 회사가 빚을 많이 지면 망하는 건데, 그래도 빚을 탕감해줄 테니 다시 살려봐라, 하는 게 기업회생이야. 나는 착각을 종종 하는데 회사가 내 거라고 생각했단 말이지. 어쨌든 회사가 망하는 걸 그냥 두고 볼 수 없었거든. 그렇다고 내가 뭔가 특별한 걸 했다는 건 아니야. 회생인가를 받기 위해 열심히 뛰어다녔지. 결국 회생인가를 받았지만 다시 살리지는 못했어. 판사가 보기에도 가망이 없어 보이니 이제 청산을 해라, 회사를 끝내라는 거지. 그 절차를 실행하는 사람이 파산관재인이야. 아무튼 그가 오면 건물도 경매에 넣을 테고, 회사에서 팔 수 있는 것들은 다 팔아서 빚을 갚겠지."

"그럼 직원들은요?"

"갈 곳이 있는 사람들은 먼저 떠났고, 지난 달부터 나 혼자 남았어."

청년은 아무 대꾸를 하지 못했다. 우린 서로 멀뚱히 쳐다보았다. 그냥 밥이라도 맛있게 먹게 둘 것을, 괜한 말을 했다고 후회하면서도 나는 계속 말을 했다.

"처음엔 영업부가 다음엔 개발실이 그만두었는데, 나는 마지막까지 정리를 해야 하는 처지거든."

나도 모르게 한숨이 나왔다.

"의리 때문에요?"

"의리는 무슨. 내가 맡은 일의 성격도 그렇지만……. 자네도 알지. 취직 어려운거."

청년의 표정이 잠깐 어두워졌다.

"내 나이가 되면 선택할 게 별로 없다네."

"근데 그 사람, 관재인이 오면 부장님도 끝이에요?"

"그런 거지."

"……."

"그동안 여러 가지를 겪긴 했지. 25년이더군. 이 회사에 다닌게. 내가 법원을 밥 먹듯이 드나들게 될 줄 누가 알았겠나. 뉴스 시간에 잘 나오는 그 법원 말일세."

청년이 관심이 있을 리 없는데도 나는 이런저런 이야기를 하고 있었다. 한때 잘 나가던 회사의 경영관리부장, 여전히 직함은 남아 있다. 서랍에는 빳빳한 명함이 플라스틱 케이스에 가득 담겨 있고 남들도 나를 여전히 박 부장이라고 부른다. 하지만 나의 처지는 분명히 달라졌다.

일층 식당 사장뿐 아니라 밥을 먹으러 오는 사람 중 관찰력이 있는 사람이라면 이미 눈치챘을 것이다. 점심시간에 내 주변에 앉아 있던 직원들이 하나둘 사라지고 어느 날부터 나 혼자 밥을 먹고 있다는 사실을. 남은 한 사람도 곧 보이지 않을 거라고 짐작할 것이다.

하지만 나는 그런 처지를 누구에게도 말하지 않았다. 동창 모임의 친구들이나 아내에게도. 회사에 혼자 남게 되었다는 걸 한마디로 설명하긴 어렵다. 회사가 망하지만 않는다면 어떤 일을 감당하더라도 계속 다니고 싶었다. 합리적인 희망 같은 걸 가져볼 수 있다면 현재의 구차함 같은 것은 괜찮다. 그런 게 부끄러운 것은 아니다.

작년부터 채용 사이트에 내 정보를 올려놓고 여기저기 이력서를 냈다. 회계 관리 쪽으로 수없이 지원했지만 면접을 보러 오라고 하는 곳은 한 군데도 없었다. 55세는 잘 나가는 회사에서도 명퇴를 종용하는 나이다. 경력과 무관한 단순한 일을 찾아야 할 때라는 걸 실감할 뿐이다. 직장을 그만둔 친구들이 하는 일이란 주로 주차관리라든가 경비원 정도다.

나는 입맛이 없었다. 청년은 묵묵히 수저를 움직였고 식판에 밥이 거의 남지 않았다. 나는 자판기에서 커피 두 잔을 가져와 청년

앞에도 놓았다. 그는 고개를 꾸벅 숙이고 인사를 했다. 나는 커피를 단숨에 마시며 진한 향을 콧속으로 집어넣으려고 애썼다. 하지만 콧속에 각인된 매캐한 냄새는 사라지지 않았다.

식당에서 나오면서 나도 모르게 식당 사장의 표정을 살폈다. 보증금을 달라고 할 때부터였는지 직원들이 하나둘 사라지고 나만 남게 되었을 때부터인지 서로 눈을 맞추지 않았다. 그게 다 비슷한 시기이기도 했다. 김이 서린 유리문을 통해 안을 보았다. 카운터에 멍하니 서 있는 식당 사장을 뒤로 하고 청년이 따라나왔다. 초면은 아니라지만 밥 한 끼 사주면서 지루한 얘기를 늘어놓은 게 미안했다.

"쇼핑백이 사무실에 있으니 올라갔다 가야겠군."

"사실 별 건 아니에요. 볼펜, 포스트잇, 물티슈 그런 거죠. 그래도 빈손으로 다닐 수는 없으니까……. 뭐라도 줘야 하잖아요. 누군가에게 뭔가를 권하려면."

나는 앞서 걸었다. 엘리베이터 앞을 지나 계단으로 향했다.

"계단이 편해서. 자넨 젊으니 이 정도는 괜찮지?"

"그럼요. 그런데, 저도 25년 동안 맘 놓고 다닐 회사가 있었으면 좋겠어요."

그 세월이 참 금방 갔다는 것을 청년이 알까 싶었다. 게다가 나이를 먹은 사람도 돈을 벌어야 하고 살아야 한다는 말을 하고 싶었다. 하지만 외투도 없이 고층 건물 사이로 부는 바람을 고스란히 맞으며 남의 사무실을 찾아다니는 청년에게 그런 말을 할 수는 없다.

나는 삼층에서 걸음을 멈추었다. 복도의 연기는 빠졌으나 냄새는 여전했다. 불이 난 사무실 문이 활짝 열려 있었다. 안으로 들어가니 깨진 창문 유리가 보였다. 열리는 창문인데 유리를 깬 것이 의아했다. 급한 마음에 그랬을 수도 있다. 창문 아래에 있는 파란 플라스틱 쓰레기통은 시커멓게 쪼그라들어 있었다. 그 옆의 벽이 검게 그을렸고 바닥엔 물이 흥건했다. 나는 청년의 휴대폰을 또 빌렸다. 쓰레받기로 물을 퍼담는 직원에게 잠깐 그대로 두라고 말하고 불이 난 흔적을 휴대폰으로 찍었다. 그때 수출업체의 관리부장이 들어왔다. 수출업체는 임대료와 관리비를 종종 밀렸고 나는 매번 독촉을 했다. 그래야 밀린 월급의 일부라도 가져갈 수 있기 때문이다.

남자가 내게 물었다.

"박 부장님, 사장님이랑 통화하셨어요?"

"아니요. 아직."

"저희 사장님이 통화하셨다는데요."

"그럼 우리 사장님도 불이 난 걸 아시겠군요."

"그럴 겁니다."

"불이 난 상황도 아시겠군요."

"그런 얘기도 하신 걸로 알고 있습니다."

그들은 내가 화재 원인에 대해 문제 삼는 걸 우려하는 눈치였다. 원래 싫은 소리는 실무자 몫이다. 수출업체 직원들이 서둘러 청소를 마치고 사무실에서 나갔다.

남자가 어제 가져다놓은 사장 책상에 눈길을 주며 내게 물었다.

"이 사무실도 임대가 나갔어요?"

"아니요. 왜요?"

나는 말이 곱게 나가지 않았다. 그에게 사장 책상에 대해 설명할 의무는 없다.

"다행이네요. 저걸 다 복구하려면 비용이 만만찮을 텐데 시간이라도 벌어야지 어쩌겠습니까."

나는 마음이 조금 누그러졌다.

"급한 대로 유리창은 먼저 끼워주셔야겠습니다. 안 그래도 너무 춥잖아요."

"아, 그래야죠."

그는 조금 안심한 듯 돌아갔다. 괜한 오해를 했다는 생각이 들었다. 입주사들도 형편이 어려운 것은 마찬가지다. 돈 없는 회사 다니는 직원 심정이라는 게 서로 입장만 다르지 같은 고민을 하는 것이다. 나 또한 어쩔 수 없이 입주사들에 임대료를 독촉하고, 회사의 전구 하나 복사지 한 장에도 조바심을 냈다.

나는 사장의 책상으로 다가갔다. 책상으로 불이 옮겨 붙진 않아 다행이다. 손바닥으로 책상을 훑어내자 검은 먼지가 묻어났다. 테이블에 뽀얗게 쌓인 먼지 위에 찍힌 손자국이 보였다. 깨진 창으로 들어온 햇살 때문인가 생각했다. 그런데 책상 옆면에 갈색 자국이 보였다. 다가가 보니 그슬린 자국은 아니었다. 생각해보니 책상을 옮기려고 조립된 책상을 분리하기 위해 나사를 풀 때 사장이 손을 다쳤던 게 떠올랐다. 핏자국이었다.

어제 오후 늦게 출근한 사장은 책상을 3층 빈 사무실로 옮겨야겠다고 말했다. 파산관재인이 온 다음에는 사무실에 있는 어떤 것에도 손댈 수 없으니 미리 빼놓으려는 거라고 생각했다. 책상을 지키려는 심정은 알 것 같다. 그렇더라도 건물이 경매에 낙찰되면 빈 사무실마저 남의 것이 되므로 책상을 빼는 것은 임시방편일 뿐이다.

어쩌면 사장은 다시 일을 시작하려는 걸지도 모른다. 사장과 일한 지 25년이나 되었다. 그 긴 시간 동안 열심히 일했다. 궂은일을 마다한 적도 없다. 잘 나가던 때에는 휴일에 출근하는 것도 다반사였다. 그러니 사장이 무언가 다른 일을 시작한다면 나를 다시 써줄 것이다.

하지만 책상을 옮기는 내내 사장의 의중을 읽어낼 수 없었고, 사장은 몹시 서둘렀다. 정전이 되어 엘리베이터를 사용할 수 없게 되자 계단으로라도 옮기자며 고집을 피웠다. 어쨌든 사장과 나는 책상과 책꽂이, 가죽 소파와 테이블을 오늘 불이 난 빈 사무실로 옮겨 놓았다.

수출업체 직원들은 평소에도 그 빈 사무실에서 담배를 피웠다. 쓰레기통엔 쓰레기가 항상 넘쳤다. 담배를 피우는 내가 그런 사정을 모르는 건 아니다. 하지만 건물 관리는 다른 문제다. 빈 사무실은 언제든 임대 가능성이 있어 관리가 필요했다. 며칠 전에도 수출업체 직원들이 거기서 담배를 피우는 걸 보면서 잠금장치를 해야겠다고 생각했다. 다만 사장들끼리 차를 마시는 관계이니 적당한 구실을 만들어야 했다. 어제 책상을 옮기고 나서 사장에게 그 얘길 했는데 오늘 일이 터졌다.

사진을 찍고 나서 청년에게 양해를 구한 후 사장의 번호를 눌렀다.
사장이 내 목소리를 확인하자마자 대뜸 물었다.
"자네, 전화번호 바뀌었나?"
"잠깐 빌린 거예요."
"급한 일인가?"
사무실에 불이 난 사실을 모르는 것만 같았다.
"3층에 불난 거 아시죠?"
"얘기 들었네."
"복구를 해놓지 않으면 사무실로 쓰기도 민망한데요."
"할 수 없지."
사장은 별일 아니라는 듯 말했다.
"수출업체 직원들 말이에요."
사장이 내 말을 끊었다.
"안 그래도 전화하려고 했는데, 여기 법원이야. 좀 전에 파산 결정이 났어."
"아, 네……."
잠깐 침묵이 흘렀다. 마음의 준비는 오래 전부터 해왔다. 그런데도 파산이라는 말을 들으니 멍해졌다.
"혹시 모르니 퇴근 전에 짐을 꾸려놓게. 그리고 이따 저녁이라도 같이 먹지."
사장이 말했다.
짐을 싸라는 게 무슨 뜻인지 파악할 수 없었다. 파산관재인이 내

일이라도 온다는 말인가? 아니면 내 책상이나 중요 서류도 3층으로 옮기자는 뜻인가. 저녁을 먹으며 사장이 무언가 확실한 얘기를 해줄 것이다. 그만두든지 무언가를 같이 하든지 혹은 관재인이 오더라도 실무자가 필요할 거라든지. 당사자인 사장이야 더 하겠지만 나 역시 상실감이 밀려왔다. 내가 언제부터 사장에게 이렇게 의지했었나 하는 생각도 들었다. 사장과 저녁을 먹는 동안 현실적인 대책이 생길지도 모른다는 희망을 놓고 싶지 않았다.

옆에 있던 청년이 무슨 일이 생긴 거냐고 물었다. 나는 얼른 휴대폰을 돌려주었다. 표정을 관리하려고 애쓰며 말했다.

"올라가지. 오늘 자네 일진이 안 좋군. 영업하려다 불난 거나 보고 괜한 시간만 낭비했으니."

"아닙니다. 괜찮습니다."

청년은 무언가 더 묻고 싶어하는 눈치였으나 아무 말도 하지 않았다. 나는 어떤 짐을 선별해서 꾸려야 할지 머릿속에 그리며 사무실로 올라갔다.

"전화번호 알려주세요. 사진 전송해 드릴게요."

청년의 말에 나는 전화번호를 불러주었다. 사진이 전송되는 소리가 들렸다. 청년에게 어떤 말이라도 해줘야 할 것 같았다. 하지만 아무 생각도 할 수 없었다. 고작 스마트 벨리에 가면 여기서 독립한 회사가 몇 개 있는데 거기 한번 가보라고 했다. 청년이 회사 이름을 물었으나 갑자기 머릿속이 하얘지면서 이름이 떠오르지 않았다.

"나중에 알려주지, 오늘은 내가 할 일이 많아서 말이야."

나는 멍하니 있었고 청년이 인제 사무실에서 나가는 줄도 몰랐다.

한때 사장과 나는 저녁뿐 아니라 술을 마시고 대리를 불러 집으로 가는 일이 허다했다. 세상의 성공이 손아귀에서 빠져나가지 않을 줄 알았다. 그러는 동안 아이들이 자랐고 아내는 점점 몸이 불어났다. 둘째는 개나 고양이가 필요하다면서 틈만 나면 아내와 다투었다. 그런 게 좋았던 시절이었는지 아니었는지도 판단이 되지 않았다.

이제 퇴근을 해도 아이들은 집에 없다. 있다 해도 방에서 나오지 않았다. 아내는 밥만 차려주면 걷는다고 밖으로 나가거나 텔레비전 앞에 앉았다. 월급을 제때 가져다주지 못해서 아내와 올바른 관계가 유지되지 않는 것 같았다. 걷는다며 밖으로 나가는 아내에게 낮엔 뭐하고 꼭 밤에 운동을 하냐고 물어본 적이 있다. 아내는 한심한 듯이 나를 쳐다보았다. 그뿐이었다. 그뿐인 관계. 누구도 반기지 않는 집과 빈 사무실을 오가면서 파산관재인이 오는 시간이 유예되길 바라던 나는 어쩌다보니 오랜 시간 사장에게 가장 성실했던 게 아닌가 싶었다. 이유가 어디에 있든 결과적으로 그런 것이다.

청년이 쇼핑백 하나를 놓고 갔다. 들여다보니 그의 말대로 사소한 것들이 있었다. 그걸 어디에 둘지 두리번거렸다. 고무판 아래 삐죽 나와 있는 명세서가 눈에 들어왔다. 어제 주머니에서 꺼내 잊지 않으려고 반쯤 보이게 놓아둔 등록금 고지서다. 달력을 보았다. 아직 월급날이 남아 있고, 오늘 파산 선고가 내려졌다. 월급날까지 며칠을 버텨서 월급을 고스란히, 아니 거기에 얼마를 더 보태서 등록금을 낼 수 있을까. 그러지 못할 것이다. 카드 할부로 낸다면 제대로 갚아나갈 수 있을까.

내일이라도 파산관재인이 온다면 내 책상도, 출근할 곳도 없어진다. 청년이 놓고 간 쇼핑백을 바라보며 내 책상도 옮겨놓을지 고민했다. 엘리베이터를 이용하면 혼자서도 얼마든지 옮길 수 있다. 하지만 그런 건 아직, 파산관재인이 오기 전까지는 사장의 권한이다.

나는 망설였다. 일단 옮겨놓고 사장과 저녁을 먹으면서 사정 얘기를 하는 게 좋을 것도 같았다. 최근까지 사장은 여기저기 분주히 다녔다. 새로운 일을 하기 위한 거라고 믿고 싶었다. 정말로 그런 거라면 이러고 있을 때가 아니다.

나는 무엇부터 챙겨야 할지 몰라 고심했다. 회사 인감이며 통장, 중요 서류 같은 걸 손댈 수는 없다. 그런 건 다 넘겨주어야 한다. 챙길 수 있는 건 중소기업청이나 상공회의소 같은 곳에서 받은 상패라든가, 사장 개인 다이어리나 선물 받은 술 정도다. 나는 상자에 그런 것들을 담았다. 사장실에서 나오려다 문 옆에 있는 냉장고 문을 열었다. 양파즙이며 홍삼 같은 것들, 선물로 받은 건강식품들로 채워져 있었다. 청소한 지 오래된 냉장고에서 나오는 한기와 그 안에 있는 비닐팩들이 현실감 있게 다가왔다. 별 소용없어진 물건, 주인이 사라져버린 물건 같았다. 그것들을 꺼내어 비닐봉지에라도 담을지 망설였다. 이사를 한다면 고민할 필요가 없는 것, 하지만 나는 그런 것이야말로 그냥 내버려두어야 할 것처럼 생각되었다.

박스를 찾아 사장실에서 챙긴 것들을 담았다. 사장이 원할 때 언제든 가져다줄 수 있도록. 그것을 들고 밖으로 나와 내 책상 옆에 두었다. 그리고 내 컴퓨터에 있는 불필요한 자료와 프로그램을 지웠다. 내 컴퓨터도 옮기면 좋겠다고 생각했다. 그동안 쓴 컴퓨터 중에 사양이 가장 좋은 거였는데, 가져갈 수 없다는 게 아쉬웠다.

내 것은 짐이랄 것도 없었다. 아주 오래된 필통을 상자에 넣을 때는 울컥한 기분마저 들었다. 그러는 내내 나도 모르게 전화기에 신경썼다. 사장이 저녁을 먹자고는 했지만 시간도 장소도 알려주지 않았다. 어쩌면 형식적인 인사였는지도 모른다. 파산 선고를 받은 처지에 그럴 정신이 있을까 싶기도 했다. 하지만 사장은 누구보다 패기가 있고 능력이 있고 나를 믿어주었던 사람이다. 그가 이렇게 무너질 리가 없다. 시간은 느리게 흘렀지만 퇴근 시간이 다가오고 있었다. 사방이 고요해서 시간이 멈춘 게 아닐까 의심스러울 정도였다. 세상이 이대로 멈춘 것만 같다. 나는 계속 고민하다가 사장에게 전화를 했다.

벨이 한참 울린 후에야 전화를 받은 사장은 저녁은 미뤄야겠다고 말했다. 사장이 전화를 끊으려하자 마음이 급해졌다.

"잠깐, 잠깐만요!"

"……."

"그럼, 책상, 그러니까 책상은 어떻게 할까요?"

"책상? 무슨 책상?"

"제 말은……."

"어제 옮긴 거 말인가? 거기까지 신경쓰지 말게."

나는 귀에 댄 휴대폰에서 다른 이야기가 들리지 않나 신경을 곤두세웠으나 아무 소리도 나지 않았다. 휴대폰을 들여다보았다. 전화는 이미 끊긴 상태였다. 나는 다시 전화를 해서 사장실에서 짐을 꾸려놓았다고 말해볼까 고민했다. 하지만 그럴 수 없었다.

개발실 한가운데 있는 우주선과 같은 회의실이며, 언제든 무어라도 만들어 먹을 수 있게 설치된 싱크대, 고개를 들어 천정을 보면 어디로든 날아갈 듯 달려 있는 비행기 모형의 전등, 그것들은 이제, 오늘 파산 선고를 받는 순간 사장의 손에서 떠났다. 회사 건물을 설계하고 내부 인테리어를 할 때 사장과 함께 바라보던 미래가 벼랑으로 떨어져버렸다.

전화기를 한참 동안 노려보면서 모든 것이 끝났다고 생각했다.

거센 바람이 회사 담벼락을 치고 지나가는 소리가 들렸다. 가스가 다 되었는지 난로의 열판이 가물거렸다. 의자에서 일어나 창문 앞으로 다가갔다. 듬성듬성 서 있는 건물에서 새어나오던 불빛 하나가 사라졌다. 거리는 더욱 어두워졌다.

소풍

소 풍

거실을 둘러보았다. 아버지가 앉아 있는 푹 꺼진 소파부터 주방의 식탁까지 모두 익숙한 것들이다. 벽에 걸린 액자들이 더욱 낡아 보였고, 소파의 가죽은 어느새 얇아졌다. 윤기가 사라지고 균열이 시작된 가죽의 틈 사이로 스펀지가 곧 삐져나올 것만 같다. 이상하게 이 모든 정경이 낯설다. 닳아버린 소파 탓일까. 아니면 유리창으로 쏟아져 들어온 한낮의 햇살 탓일까. 아버지 집에 세 자매가 모인 것이 낯선지도 모른다.

이젠 정말 시간이 없다며 소풍을 가자고 했던 것이 오 개월 전이다. 아버지는 그때도 거동이 힘들었고, 막내 해영은 운영하던 편의점을 접고 가족들과 캐나다로 이주할 준비를 하고 있었다.

접시에 연시를 담아 아버지 앞에 놓고 주방으로 돌아오니 언니는 자유공원이 좋겠다고 했다. 전쟁이 끝나고 고향인 개성으로 돌아갈 수 없게 된 아버지가 이 도시에 자리잡았던 그때도 있었다는 오래된 공원이다. 그런데 내 기억 속의 자유공원은 어느 쪽에서든 언덕으로 올라가야 했다. 휠체어를 밀기에 어렵지 않겠냐고 묻는데, 텔레비전에 눈길을 주던 아버지가 우리 쪽으로 얼굴을 돌렸다. 감을 손에 든 채 어눌하게 물었다.

"자유공원?"

자매들은 흠칫하고 서로 바라봤다. 딸들이 하는 말을 처음부터 듣고 있었나. 하지만 아버지는 어느새 텔레비전에 눈길을 주며 감을 입으로 가져가고 있었다. 언니는 더 이상 장소에 대해 고민하지 않는 게 좋겠다고 했다. 아버지를 병원에 모시고 가려 할 때마다 순순히 나선 적이 없지만 그래도 자유공원이라면 따라나서지 않겠냐는 것이다. 오 개월 전에 나왔던 말인데 이제 와서 그런 아버지와 소풍을 가는 게 적절한가 싶었다. 어쩌면 아버지를 모시고 소풍을 갔었다는 하루가 필요한 것인지도 모른다. 언니뿐만 아니라 나와 동생, 심지어 아버지에게도.

내비게이션에 목적지가 얼마 남지 않은 지점부터 조수석에 앉은 언니가 길을 안내하기 시작했다. 동생은 언니의 말에 따라 오른쪽으로 왼쪽으로 핸들을 움직였다. 작은 밥집과 상점들이 있는 골목길을 지나 공원으로 통하는 오르막길로 접어들었다. 수령이 만만찮을 울창한 가로수 그늘이 도로를 덮고 있었다. 옆에 앉은 아버지 얼굴 옆으로 가지를 넓게 뻗은 나무들과 몇몇의 사람들이 지나가고 곧이어 광장이 보였다. 광장 초입에서 차가 멈췄다.

언니가 동생에게 말했다.

"여기에 우릴 내려주고 주차하고 오는 게 좋겠다."

"그럴 바엔 주차장 근처부터 구경하면 안 돼?"

동생이 묻자 언니가 망설임 없이 대답했다.

"여기부터 시작하는 게 좋아."

동생은 할 수 없다는 표정을 지었다. 언니는 재빨리 차에서 내려 승용차 뒷문을 열었다. 그리고는 지팡이를 받아들고 아버지의 팔을 잡았다.

"괜찮다."

아버지는 열린 문과 차체를 양손으로 짚고 의자에서 엉덩이를 떼기 위해 뜻대로 움직이지 않는 두 다리를 하나씩 차 밖으로 내놓았다. 다리를 땅에 붙인 후 차 문을 짚고 가까스로 균형을 잡으며 일어났다. 모든 동작은 느리고 위태로웠다. 누군가 도와주지 않는다면 차에서 혼자 내리는 것은 불가능했다. 나는 트렁크에서 휠체어를 꺼냈다. 휠체어 손잡이와 발판을 조립하는 동안 뜨거운 햇볕이 내리꽂혔다. 등에 불덩어리가 얹힌 것처럼 화끈 달아올랐다. 요즘엔 아무 때나 열이 올랐다. 조금만 신경을 써도 등이 뜨거워지고 얼굴이 화끈거렸다. 아버지는 반쯤 무릎이 꺾인 채로 서서 지팡이를 꽉 쥐고 주변을 살피고 나서 휠체어에 앉았다.

매점 쪽에서 걸어온 동생이 우리 앞에 멈추더니 숨을 몰아쉬었다.

"차이나타운에 공영주차장이 있더라고. 생각보다 머네."

언니가 광장 맞은편을 손가락으로 가리켰다.

"저기로 가면 바다가 보일 거야. 날씨가 맑아 멀리 섬까지 보이겠다."

언니가 앞서 걸었다. 휠체어는 동생이 밀었고 나는 아버지 소지품이 든 가방을 어깨에 멨다. 광장을 가로질러 가장자리에 서니 왼편 끝으로 위령탑이, 멀리 아래쪽으로는 항구에 정박한 배들이 보였다. 언니는 허리를 구부려 아버지의 눈높이에서 바다가 보일 수 있는 위치를 가늠해보았다. 언니가 허리를 펴더니 말했다.

"예전엔 여기 비둘기집이 있었어. 기둥 위로 높이 솟은 곳에 수십 개의 비둘기집이 쭉 붙어 있었거든. 빨강, 초록, 노랑 같은 원색으로 칠한 작은 집 가운데는 동그란 구멍이 뚫려 있었어. 새들이 들락거리는 그 검은 구멍 안에 뭐가 있을지 상상하면서 하늘 위로 날아다니는 새들을 올려다보았거든. 덤불로 만든 새의 자리라든가 그 속에 낳아놓았을 알 같은 것 말이야."

나는 누각 같았던 비둘기집을 떠올렸다. 말린 옥수수 알맹이 한 주먹을 땅바닥에 뿌리면 허공에서 수많은 비둘기들이 내려앉았다. 땅바닥에 눌러붙어 있는 새똥 위에 흩뿌려진 알맹이를 정신없이 쪼아대던 비둘기 떼가 생생했다. 단단한 옥수수의 감촉이 아직 손바닥에 남아 있는 기분이다. 나는 손바닥을 펴서 내려다보았다. 그게 언제였지? 교복을 입었을 때였나? 결혼 후에 아이들을 데리고 왔었나? 까마득했다.

언니가 물었다.

"아버지 어때요?"

"좋구나."

동생은 실망한 듯했다. 최초 서양공원이라 해도, 굳이 이런 곳으로 왔어야 하는지 묻고 싶어하는 눈치다.

"여기를 아버지가 오고 싶어하시긴 했어?"

언니는 대꾸하지 않았다. 아버지가 병원에서 퇴원한 후로 언니는 계속 신경이 곤두서 있었다. 동생이 다시 말을 이었다.

"나무가 울창한 걸 보니 무척 오래된 공원이라는 것은 알겠어. 멀리 바다도 보이고……. 그래도 휠체어로 다니기엔 좀 그렇잖아. 주차장도 너무 멀고."

"해영아, 우리 가족이 소풍을 왔던 곳이야. 그땐, 특별히 갈 만한 곳이 없기도 했고, 아버지 가게에서 가깝기도 했고. 그 사진, 아직도 친정 거실 벽에 걸려 있잖아."

"아버지가 날 안고 있는 거 말이지. 난 아기 때였다고."

사진 속, 젊은 엄마 옆에 있는 아버지의 표정에는 자신감이 있었다. 엄마가 죽기 전까지 원래 아버지의 표정이 그랬었는지도 모른다. 나는 언니의 손을 잡고 엄마와 아버지 앞에 서 있었는데 그때도 언니는 통통했고 나는 마르고 볼품없었다. 나는 햇볕 때문인지 고개를 약간 숙인 채 인상을 찌푸리고 있었다. 나도 그 사진을 찍던 날은 기억나지 않았다. 사진이 있어서 그런 날이 있었다는 것을 아는 것뿐이다. 언니와 동생은 사진에 대해 이런저런 말을 주고받았다. 언제부터인지 자매들끼리도 이미 들었던 얘기와 했던 얘기를 주고받는 일이 반복되었다. 그러다 에휴, 또 그 얘기네 하며 서로 핀잔을 주었다.

언덕 아래 나뭇가지 사이로 멀리 바다가 하얗게 반짝였다. 그 위에 화물선들이 정박해 있었다. 화물선으로 인해 바다가 활기 있어 보였다. 뱃고동이나 엔진 소리가 물의 표면을 진동하며 곧 목적지로 움직일 것만 같았다.

나는 아버지의 안색을 살피기 위해 허리를 굽혔다. 흐린 눈동자와 무표정한 얼굴, 굳게 다문 입이 오른쪽으로 처져 있다. 아버지에게 젊은 엄마와 어린 아이들을 거느렸던 가장의 기억이 남아 있을까. 아니면 긴 하루를 홀로 보내는 고독과 불편한 몸으로 일상을 지탱해야하는 노고만이 전부일까. 자유공원?이라며 우리 쪽으로 고개를 돌렸던 것은 기억의 파편 한 조각이 그 순간 되살아났던 것일까.

"언니, 아버지가 지루하신가봐. 휠체어에 앉아 계셔서 답답하신가?"

내 말에 언니가 허리를 굽히더니 아버지의 얼굴을 들여다보았다.

"아버지 오는 동안 힘드셨어요?"

"괜찮다."

언제부터 이렇게 짧고 단순하게 말했을까. 언제부터 발음이 엉성해졌을까. 아버지는 덩치 큰 어린아이처럼 보인다. 이제 아버지가 할 수 있는 일은 별로 없다. 괜찮다,라는 말로 남은 자존심을 붙들고 있다. 나는 아버지를 자주 찾아뵙지 못했고, 어쩌다 만나면 아픈 데는 없는지 식사는 잘하시는지를 묻는 게 고작이었다. 그러니 아버지가 어떤 마음인지 무슨 생각을 하시는지 알 수 없다. 오 개월 전에 응급실에 실려간 아버지를 검사한 의사는 뇌경색이 약하게 수 없이 반복된 거라고 했다. 그 '수없이'라는 단어에 자매들은 적잖이 놀랐다. 아버지의 걸음걸이가, 인지능력이, 말이 서서히 허술해지는 것을 누구도 알아차리지 못했었다. 혈관성 치매라는 병명을 듣고 난 후로 우리는 아버지 행동의 대부분을 병의 결과나 증상으로 해석하기 시작했다.

언니는 몸을 반쯤 돌리며 대각선 쪽에 있는 시계탑을 가리켰다.

"저기 가서 사진 찍자. 바로 저 자리야."

"저 자리라니?"

동생이 물었다.

"저기서 가족사진을 찍었잖아. 거실에 걸려 있는 사진 말이야. 엄마가 흰 블라우스를 입고 있는."

"언니도 참, 흑백사진인데 블라우스가 흰색이었는지 노란색이었는지 어떻게 알아. 사진도 손바닥만 하던데."

동생이 따지듯 말했고, 언니가 정색을 했다.

"흑백이라도 느낌이라는 게 있잖아. 더구나 노랑이라니. 엄마는 노란 옷은 입지 않았어."

"해영이가 농담한 거야. 언니."

"난 솔직히 엄마 얼굴도 떠오르지 않아. 이상하잖아. 아무리 기억을 하려고 해도 그냥 사진들 속의 얼굴들만 떠오르는 거야. 엄마 얼굴을 기억하려고 하면 할수록, 꿈속의 일들을 떠올리려고 애쓰는 것처럼 힘만 들거든. 가슴만 답답해진다고."

둘 다 그냥 넘어가지 않을 기세다. 이쯤에서 화제도 장소도 바꾸는 게 좋을 것 같았다.

"아버지, 이제 다른 데도 가봐야지."

내가 말을 꺼내자마자 기다렸다는 듯이 동생이 휠체어 손잡이를 잡았다. 커다란 바퀴는 경사에 민감했고, 아버지의 체구는 여전히 컸다.

"장난 아니네. 면허증 있어야겠어. 언니들, 저기도 휠체어 하나 지나간다. 그래도 저긴 아저씨가 밀잖아. 저 아저씬 힘도 세보이네."

동생은 휠체어가 무겁다거나 밀기 어렵다는 말을 아버지가 듣든 말든 아무렇지도 않게 했다. 우리는 시계탑 앞까지 갔다. 해영의 콧잔등에 땀이 맺혔다. 넓어진 땀구멍이 그대로 드러났다. 동생도 이제 젊지 않았다.

시계탑 앞에 휠체어 바퀴를 고정시키고 주변을 둘러보았다. 카메라를 목에 건 노인이 화단 쪽으로 걸어오는 것이 보였다. 노인의 지시대로 우리는 몸을 조금씩 움직였다. 햇살 때문에 저절로 눈이 찌푸려졌다. 노인이 신중하게 셔터를 누르고 한번 더 눌렀다. 스마트폰을 들여다보며 동생이 말했다.

"잘 나왔네. 저런 분이 사진 좀 찍을 줄 안다니까."

돌아서서 걸어가는 노인에게 아버지가 손을 흔들었다.

"주소는 잘 알려줬냐?"

"주소라뇨?"

막내가 물었고 언니가 대답했다.

“예전엔 사진사가 사진을 찍어서 집으로 보내줬거든. 직업 사진사라고 해야겠지.”

“가자.”

언니의 말을 끊고 아버지가 가자고 했다.

“벌써요? 겨우 사진 한 장 찍었는데.”

언니의 표정이 심란해졌다.

“가자.”

아버지의 목소리가 좀 전보다 커졌다.

“아버지 혹시 배고프세요? 아니면 화장실 가고 싶으세요?”

“사진을 찍었으니 가야지.”

언니가 말했다.

“위령탑 쪽도 가봐야죠. 항상 가던 곳인데…….”

“그래요 아버지 참전용사인데, 거기도 둘러보고.”

“됐다.”

“정말요?”

“저리로 가라니까.”

아버지는 휠체어에서도 지팡이를 꽉 쥐고 있었는데, 그 지팡이로 바퀴를 두드렸다. 동생이 허리를 구부려 아버지 얼굴을 살폈다. 동생이 허리를 펴자마자 언니와 나는 동생의 눈을 보았다. 동생은 고개를 저었다. 아버지가 가자고 하는 곳이 집인지, 또 다른 곳인지 분간이 되지 않았다. 어느 시기부터 아버지는 참전용사 배지를 옷에 달고 다녔고 나와 자매들은 그 모습이 낯설었다. 세상과 통하는 유일한 연결고리였든, 경력으로 내세우고 싶은 가장 큰 의미였든, 아버지가 참전에 자부심을 가진 것은 분명했다.

아버지가 지팡이로 가리킨 곳은 나선형 계단을 있는 팔각정이다. 석정루라는 현판이 보였다. 가는 길에 낮은 턱이 나왔다. 나와 동생이 휠체어 손잡이를 하나씩 잡고 언니는 아버지가 손으로 잡고 있는 팔걸이 끝을 잡았다. 휠체어를 뒤로 살짝 젖히고 바퀴를 턱 위로 올려놓았다. 팔걸이에 올려놓은 아버지의 한쪽 손에 힘줄이 불거졌다. 정자까지는 비탈을 내려가야 했다. 휠체어를 뒤에서 당기며 비탈을 내려간다고 해도 계단으로 된 정자 위까지 올라갈 수는 없을 것이다. 겨우 턱을 하나 넘었을 뿐인데 몹시 피곤했다. 땀이 가슴골을 타고 흘렀다.

집에서 나올 때 오늘 하루를 어떻게 보낼지 생각했다. 자유공원은 가 본 지 오래 되었다는 것 말고는 그리 나쁜 기억이나 감정이 없다는데 나는 적잖이 놀랐다. 그러니 오늘도 괜찮을 거라고 마음을 다잡았다. 버스를 타고 아버지 집까지 가는 동안 더위 때문에 불쾌해졌고, 버스에서 내려 걷는 동안 등과 겨드랑이에 땀이 차기 시작했다. 꽉 조이는 옷 때문에 점점 숨이 막혀오는 기분은 쉽게 사라지지 않았다.

아무 감흥이 없어 보이는 아버지를 모시고 여기까지 오자고 한 언니에게 은근히 짜증이 났다. 수십 년 전에 소풍 왔던 날을 떠올리며 하루를 보내는 것 자체가 불가능하다는 것을 언니도 모르지 않을 것이다. 심지어 이런 절차가 필요한 것인지도 의심스러웠다.

언니는 상고를 졸업하고 은행에 들어갔다. 1980년대 중반이었다. 가족과 주변사람들은 모두 잘되었다고 좋아했다. 주변사람이래야 유일한 친척인 고모네 식구들 정도였으나, 고모의 견해야말로 우리 자매들에게 태풍의 발원지처럼 영향력을 미쳤다.

아버지는 전쟁 후 고향 개성으로 돌아가지 못했다. 경기도에 살고 있던 고모만 유일한 혈육으로 남았다. 고모가 우리 가족에게 했던 말들은 몇 가지로 정리된다. 그것은 염려이면서 비난이었다. 아버지에게 아들이 없는 점, 자매들이 성장하는 동안에는 세 딸들 시집보낼 때 들어갈 비용이 엄청날 거라는 점, 엄마가 죽은 이후로는 아들도 없이 나이든 홀아비가 된 아버지를 어쩌면 좋으냐는 것 등이었다. 그 중 듣기 좋은 말은 하나도 없었다. '딸년들 시집보내려면 기둥뿌리가 흔들릴 거야'라는 말을 수없이 들어야 했다. 그렇다고 바뀔 수 있는 것은 아무것도 없었다.

고모에게 보란 듯이 경제적으로 독립한 언니가 부러웠다. 나도 언니처럼 은행원이 되겠다고 했더니, 썩 재밌는 일은 아니라고 말했다. 나는 언니의 간단한 조언을 받아들여서가 아니라 은행원이 되는 게 생각보다 어려웠고 썩 재미있지 않다는 언니의 말이 쉽게 포기하는데 도움이 되기도 했다. 언니가 은행에 십 년쯤 다닌 후 퇴직을 하고 대학 공부를 시작했을 때에야 내게 왜 그렇게 말했는지 알 것도 같았다. 언니는 자기 직업에 대해 긍정적으로 얘기한 적이 없있음에도 직장생활을 잘 하는 것 같았고 생각보다 빨리 결혼을 했다. 언니가 가족에게서 천천히 분리되고 있는 것 같았고 나는 상실감을 느꼈다. 그것은 초등학교 때 엄마가 죽은 후 느꼈던 기분과도 비슷했다.

동생은 아버지가 가자고 하는 곳으로 휠체어를 밀었다. 나는 어디든 서둘러 돌아보고 하루를 끝내고 싶었다. 아버지가 가리키는 곳은 비탈길이어서 휠체어로 내려가기에 어려움이 있었다. 동생과 나는 휠체어 손잡이를 하나씩 잡고 허리를 뒤로 제치며 천천히 아래로 향했다.

"아버지, 길이 이렇게 안 좋은데 거길 꼭 가야겠어요?"

내리막길 초입에서 언니가 아버지에게 물었다.

"저리로 가자."

"아버지, 저기 정자 위까지 올라가시려고요? 아니면 거길 지나 다른 곳으로 가고 싶은 거예요?"

아버지는 지팡이를 무릎에 올려놓더니 두 손으로 휠체어 바퀴를 밀었다. 휠체어가 비탈길로 내려가는 바람에 동생과 나는 손잡이에 힘을 주었다.

"아버지, 잠깐만요!"

나도 모르게 소리를 질렀다.

"아버지 길이 안 좋아서 그러면 위험해요."

"그럼 걸어서 갈까?"

아버지가 그 말을 하면서 살짝 미소를 지었다.

"아버지 지팡이로 몇 걸음이나 걸으시려고."

우린 돌아가며 한마디씩 했다.

"저기로 가서 버스를 타야지."

아버지 목소리에 힘이 실렸다.

"해영이 차가 있잖아요."

"버스 타고 갈 테다."

가슴이 덜컥 내려앉았다. 아버지는 이제 혼자서는 걷는 것은 물론 용변처리도 제대로 할 수 없을 만큼 몸을 제대로 움직일 수 없다. 평생 자식들을 위해 살아왔다고 해도 틀린 말이 아닌 아버지가 점점 아무것도 할 수 없어졌다는 것, 그래서 스스로 자존심을 지키기도 힘들어졌다는 것을 받아들이는 일은 정말 슬픈 일이다. 자매들은 격렬하다 싶을 정도로 아버지의 거취에 대해 논의했지만 남들과 다른 결론을 내리지 못했다.

동생이 휠체어를 고정시키고 나서 말했다.

"그럼 저기 정자가 아니고 집으로 가자고요?"

"집에 가야 해."

"아버지, 집에는 제가 잘 모셔다 드릴게요."

"우리 점심도 못 먹었는데."

내가 점심 이야기를 꺼내자 언니가 맞장구를 쳤다.

"짜장면 먹고 가요. 여기까지 왔는데 짜장면은 먹어야죠. 아버지 집에 가긴 가야죠. 하지만 지금은 다들 배가 고프잖아요."

"짜장면?"

아버지 기분이 좀 나아진 것 같았다.

"여기서 가까워요."

"그렇지. 짜장면을 먹어야지."

아버지는 고개를 끄덕였다. 해영이 재빨리 휠체어를 돌려 차이나타운으로 향했다.

"잠깐 기다려봐라."

나와 자매들은 동시에 아버지의 얼굴을 내려다보았다. 여전히 입은 꾹 다물고 있었지만 아버지의 눈동자가 흔들리고 있었다. 아버지는 얇은 점퍼의 윗주머니와 옆 주머니에 손을 넣었다 뺐다.

"뭘 찾으세요?"

"지갑."

"지갑이요?"

"돈이 없어."

"돈은 왜요?"

"짜장면을 사줘야 하는데 지갑을 놓고 왔구나."

그 말에 해영의 눈가가 급작스레 붉어졌다.

"괜찮아요. 저희가 살게요."

"아니다."

"아버지 왜 그러세요."

"집에 가자. 지갑을 어디에 두었더라."

아버지는 다시 지팡이로 휠체어 바퀴를 몇 번이고 두드렸다. 언니가 달래는 목소리로 말했다.

"지갑은 아버지 항상 두는 곳 있잖아요. 화장대 서랍, 맞죠?"

"그렇지."

"제가 집에서 나올 때도 거기 있는 거 확인했어요. 그러니 염려하지 마세요. 집에 가면 지갑부터 찾아서 보여드릴게요. 됐죠?"

언니 말이 끝나기도 전에 동생이 말했다.

"아버지, 너무 배가 고파요. 그러니까 일단 짜장면을 먹고, 그리고 집에 가요."

아버지는 다시 휠체어 손잡이를 꽉 잡았다. 갑자기 이런 게 다 무슨 소용인가 싶었다. 이렇게까지 소풍을 강행해야 하는지, 중국집엘 가야 하는 건지, 의구심이 생겼다. 정말로 아버지가 원하는 것은 그냥 집에 있는 것, 지갑도 옷도 제자리에 있는 것, 그뿐인 것 같았다. 하지만 이제 누구도 시간을 되돌려 처음으로 돌아가자고 말할 사람은 없다. 누구도 아버지가 푹 꺼진 소파에 앉아 텔레비전을 보는 풍경을 지속하도록 도울 자식이 없다. 화창한 날의 가족 소풍만이 나와 자매들이 할 수 있는 일이 되어버렸다.

언니는 되도록 편한 길을 찾느라 몇 걸음 앞장서 걸었다. 돌아서 가더라도 덜 비탈진 길을 택했다. 서양식 고택들이 즐비한 동네를 지나 차이나타운에 들어서자 붉은 색과 금색의 화려한 간판들이 눈에 들어왔다.

주인인 듯한 여자는 우리를 빠른 시선으로 훑고는 자리를 안내했다. 아버지는 젓가락으로 면을 집어 입으로 가져갔다. 입 언저리에 춘장이 묻었다. 눈치 빠른 종업원이 포크를 가져다주었다. 언니가 냅킨을 아버지 손에 쥐어주었다. 아버지는 입가를 연신 닦았지만 입가에 묻은 얼룩을 깔끔하게 닦아내지 못했다. 동생이 군만두 하나를 젓가락으로 집어 아버지 앞에 있는 접시에 놓았다.

"괜찮다."

짜장면을 입으로 밀어넣던 언니가 면을 목구멍으로 넘기지도 않은 채 발끈했다. 언니의 눈가가 붉었다.

"그 말 좀 그만하세요."

아버지는 여러 모로 괜찮지 않다. 앞으로는 더욱 그럴 것이다. 괜찮다는 말로 상황이 나아질 수 있다면 그 말을 백 번이라도 하겠지만 그럴 것 같지 않았다. 동생이 군만두를 집어 들며 말했다.

"명절 때 만두 안 한 지도 오래됐다."

"이젠 만두를 만들기엔 다들 너무 바쁘잖아."

언니는 맥이 빠진 듯 대꾸했고, 해영은 씹던 만두를 꿀꺽 삼키고 말했다.

"의사가 뭘 알겠어. 아버지는 우리가 제일 잘 아는 거 아니야?"

"갑자기 그게 무슨 말이야?"

"아버지가 치매라는 거 말이야. 아버지는 집으로 가고 싶어하시잖아. 정신이 말짱하신 거야."

"아버지 앞에서 무슨 말을 하는 거야."

내가 작은 소리로 핀잔을 주자 동생이 다시 말했다.

"아버지가 왜 그쪽으로 가자고 했는지 궁금해서."

"얘, 조용히 해."

언니가 아버지 얼굴을 살피며 동생에게 말했다. 무슨 말인가를 더 하려다 짜장면만 꾸역꾸역 입에 넣었다. 춘장을 입 언저리에 묻히며 면을 우물우물 씹는 아버지 모습이 좋아보이지는 않아도 정신을 놓고 있는 것처럼 보이지는 않았다.

아버지는 포크로 짜장면을 입에 넣고 냅킨으로 입 언저리를 닦아냈다. 우리 얘기를 듣고 계신 것도 같고 아닌 것도 같았다. 하지만 동생이 이제 와서 왜 그런 말을 하는지 이해할 수 없었다. 동생의 말대로 치매 진단 같은 건 중요하지 않았다. 아버지가 때로 멍한 눈빛으로 누군가를 못 알아보거나 기억이 단절되는 지점을 목격하긴 했지만 그런 것이 아래윗집에 사는 언니에게 불편을 줄 만큼은 아니었다. 아버지가 혼자 무언가를 할 수 없어졌다는 것, 소파에서 일어나거나 화장실까지 걸어가는 그런 사소한 움직임에도 도움이 필요하다는 게 문제였다. 사람을 쓰는 데도 한계가 있었다. 몇 시간 도와주다 돌아가고 나면 혼자 남겨진 아버지를 염려해야 했다. 동생이 이제 와서 왜 그렇게 말하는지 알 것도 같지만 상황을 바꿀 수는 없는 것이다. 이 소풍이 아버지에게는 불필요한 행사였다 하더라도 말이다.

십 년 전에 이혼한 언니는 아버지 집의 이층에 살았다. 어차피 전세를 주던 독립세대였고, 아버지가 언니의 일에 지나치게 간섭을 하는 타입도 아니었다. 문제는 아버지가 여든이 넘으면서 옆에서 도와주어야 할 일들이 점점 늘어났다는 점이다.

어느 날 언니가 출근을 할 때 아버지가 평소처럼 나와 있지 않았다. 언니는 일층 현관문을 열었다. 그날 앰뷸런스를 불렀고 언니는 학원에 결강을 했다. 나는 마트에서 퇴근하자마자 병원으로 갔다.

뇌혈관치료실에서 젊은 인턴이 아버지에게 질문을 했다.

"할아버지 지금이 몇 년도에요?"

"1985년."

아버지의 시간은 1985년에 멈춘 것일까? 그해에 아버지에게 무슨 일이 있었던 걸까. 아무리 생각해보아도 우린 그 즈음에 평범한 일상을 보냈고 별다른 일이 일어나지 않은 것 같았다. 내가 그런 생각을 하는 동안 질문은 계속 이어졌고 아버지는 심각한 표정으로 대답하고 있었다.

"거울은 자기를 보는 거지. 신체 말이야."

"거울이 아니라 저울이요 할아버지."

"그건 속이면 안 되는 거야."

"할아버지. 다시 물어볼게요. 저울하고 시계하고 공통점이 뭐가 있죠?"

노인들이 풀기에 어려운 문제 같았다. 바늘이 있는 시계와 디지털 저울을 떠올린다거나 그 반대여도 유사성이 헷갈리지 않을까. 바늘, 초침, 숫자 등을 떠올리는데 갑자기 아버지의 목소리가 커졌다.

"속이면 안 돼. 저울은 중량을 다니까 중량에 따라 돈을 더 내기도 하고 덜 내기도 하고 그러는 거지."

아버지가 저울을 사용하던 모습을 떠올렸다. 가게에서 밤, 대추, 호두 같은 것을 팔았는데 주로 나무상자처럼 생긴 됫박을 사용하는 일이 흔했다. 하지만 가게에는 눈금이 있는 둥근 저울이 있었고, 아버지는 그것에 대해 말하고 있었다. 아버지는 전쟁이 끝나고 동향 사람이 하는 생선가게 일을 도왔다고 했다.

'말도 마라, 비린내 때문에 생선이 싫어졌지 뭐냐. 아버지 옷은 아무리 빨아도 생선 비린내가 없어지지 않았지. 가끔 팔다 남은 생선을 가져오곤 했는데, 맛있게 먹은 적이 없었어. 늘 냄새를 맡아서 그런 건지 팔다 남은 거라 그런 건지……. 그런데 게찜은 정말 맛있게 먹었어. 큰애를 낳았을 때 이모가 왔는데, 그때 아버지가 크고 싱싱한 게를 가져왔어. 살아서 펄펄 움직이는 게를 찜통에 푹 쪄서 이모를 대접했어. 이모가 그렇게 맛있는 게는 처음 먹어봤다면서 두고두고 얘기했단다.'

다음 날, 언니가 나와 교대를 하면서 말했다.

"아침에 의사가 다녀갔는데 아버지한테 치매 약이 들어갈 거래."

"치매 약?"

"의사 말이 팔십이면 거의 치매가 조금씩 있는 거래. 의학적으로는 그렇대. 그리고 어제 검사를 했는데 점수가 좀 낮게 나왔다고."

"언니, 내가 그때 있어서 아는데, 의사가 묻는 말을 아버지가 제대로 이해 못했던 것도 있고……."

"나도 기분이 안 좋았어. 하지만 그 약을 드신다고 해서 나쁠 것도 없잖아."

"의사들이 환자의 상태나 환경을 고려해서 검사하는 게 아니라 이미 정해진 질문지로 하니까 점수가 안 나왔을 수도 있을 거 같아. 평생 건강에 대해 자부심을 가지고 있던 분이었잖아. 갑자기 몸이 말을 듣지 않아서 병원에 실려오면 그 충격으로 무슨 대답을 제대로 했겠어."

언니와 나는 아버지가 치매라는 것을 믿을 수 없었다. 한편으로는 아버지의 상황을 받아들일 준비가 안 되어 있었던 것도 같다. 의사는 MRI 사진을 보여주며 설명했다.

"그동안 뇌경색이 약하게 수없이 왔다갔어요. 이 부분이 하얗게 보이잖아요. 이게 그 흔적이에요. 평소에 걸음걸이가 어떠셨어요?"

"종종걸음을 걷긴 하셨는데, 예전에 고관절 수술을 했기 때문인 줄 알았어요."

"이런 경우 혈관성 치매가 동반되고요, 지금은 별다른 이상을 못 느낄 수도 있지만 인지능력이 갑자기 떨어질 수도 있습니다. 전두엽 쪽이라 성격도 변할 수 있고요."

아버지는 뇌혈관 치료실에서 48시간을 보내고 퇴원했다. 그리고 그때쯤 언니가 소풍을 가자는 이야기를 꺼냈다. 생각해보니 엄마가 죽은 이후로 가족끼리 여행이나 소풍을 간 적이 없었다. 남편이 휴가 때 아버지를 모시고 다녀오자고 한 적이 있었는데 아버지는 그럴 때마다 집이 편하다며 거절했었다. 언니는 딸만 있는 가장의 자존심 같은 거라 했고, 나는 원래 혼자 있는 것을 좋아하시니 그런가보다 했다. 아버지가 더 거동이 불편해지기 전에 가까운 곳이라도 모시고 가서 바람을 쐬고 오자는 게 언니의 의견이었다. 그런데 자매들끼리 좀처럼 서로 시간을 맞추지 못했다.

언니는 봄방학 특강반이 개설되었다며 더욱 바빠진 듯했다. 건강 때문에 휴직에 이어 퇴직까지 하게 된 나는 재취업에 어려움을 겪다 동네 마트에 출근하기 시작한 지 한 달이 채 되지 않았다. 계산대 앞에 사람들 줄이 늘어나거나, 카트에 넘치도록 쌓여 있는 식료품이나 휴지 같은 것들을 보면 마음이 조급해졌고 가슴이 답답해졌다. 내 안에 그런 성향이 있었다는 것도 그 일을 하면서 알게 되었다. 그래서 하루라도 빨리 날을 잡아서 바람을 쐬고 싶었다. 동생은 캐나다 이민 준비로 바쁘다며 언니와 나에게 날을 잡으라고 했다. 우리는 주중이든 주말이든 하루 시간을 내보자며 전화 통화를 하곤 했지만 그 하루를 정하는 일이 쉽지 않았다. 그러다 누군가에 의해 그럼, 다른 날 가자. 더 좋은 날을 잡아보자 하고 소풍은 연기되었다.

한 달 후 언니가 다시 전화를 했는데, 소풍 때문은 아니었다.

"아버지가 119로 병원에 가셨데. 나 수업 중이라. 빨리 가봐."

"그럼 병원에 누가 모시고 간 건데?"

"집 앞에서 넘어진 걸 지나가던 학생이 119에 신고했나봐."

퉁퉁 부어서 감겨버린 눈과 주변에 말라붙은 피딱지로 아버지의 얼굴은 우스꽝스럽고 슬펐다. 눈 주위가 부풀어올라 오른쪽 눈이 감겨 있었다. 이마를 감고 있는 붕대에 검은 피딱지가 말라붙어 있었다. 바지의 무릎이 찢겨 나갔고 먼지가 묻어 더러웠다. 한 손에는 붕대가 감겨 있었고 다른 손으로 알이 깨진 안경을 쥐고 있었다.

응급실 의사는 손가락뼈가 골절되어 수술을 해야 한다며 입원 절차를 밟으라고 했다. 넘어질 때 손으로 충격을 받아낸 듯했다. 언니는 밤 열한 시쯤 병원에 왔다.

언니가 오자, 응급실 침대에 누워 있던 아버지가 상체를 일으키려고 했다. 붕대를 감지 않은 한쪽 손으로 침대 난간을 잡고 일어나려고 애쓰다가 다시 누워버렸다. 그동안 아버지가 자리에서 일어나거나 걸을 때, 손의 힘과 지팡이에 의지했었다는 걸 깨달았다. 아버지가 이런 상황이 되기까지 나는 별로 염려하지 않았다. 언니가 위층에 살고 있기 때문이라고 해도 80이 훌쩍 넘은 노인의 건강과 형편을 염려하지 않았다는 것이 이상할 정도였다. 그럼에도 나는 다음날 출근 전 해야 할 집안 일이 떠올라 마음이 급해졌다.

"언니, 난 아침에 애들 학교도 보내야 하고, 이제 가봐야 할 거 같아."

"그래. 오늘밤은 내가 있을게."

아버지의 병원생활은 순조롭지 못했다. 언니와 내가 근무시간을 피해 교대를 했고, 주말에는 동생이 다녀갔다. 피로가 쌓였다. 나는 조용히 한숨을 쉬거나 애써 웃었다. 동생과 언니도 마찬가지였으나 다들 어쩔 수 없는 일이라고 생각했다. 그러다 퇴원하기 전날, 언니에게서 전화가 왔다. 언니는 화가 나 있었다. 아버지가 엄지손가락의 부러진 뼈를 고정하기 위해 꽂아놓은 핀을 빼버렸다는 것이다. 퇴원이 연기되었고 재수술을 할 수도 있다고 했다.

병원에 가보니 언니는 아버지에게 의사 말 좀 들으라며 정색을 하고 얘기하고 있었다. 그리고 내게 노인도 애들이랑 똑같아. 안 되는 건 분명히 말해주고, 혼도 내고 해야 해,라며 속상해 했다. 이렇게 병원생활이 길어질 줄 몰랐다며 이제부터는 간병인도 쓰고 퇴원 후에는 요양보호사도 부르겠다고 했다. 침대에서 이야기를 듣던 아버지가 일어나 앉으려고 애썼다. 내가 등을 받쳐주자 어렵게 일어나 앉았다. 침대에서 두 발을 아래로 내려놓더니 신발을 찾았다. 손은 괜찮다고 다 나았으니 당장 병원에서 나가겠다고, 집으로 가겠다고 했다. 하지만 그뿐이었다. 아버지는 혼자 신발을 신을 수도 집으로 돌아갈 수도 없었다. 집에 가겠다며 고집을 피우는 아버지와 지금 퇴원할 수 없다며 아버지와 실랑이를 벌이는 언니를 진정시키느라 애를 먹었다. 이런 상황이 아버지의 원래 성격에서 비롯된 것인지 의사의 진단처럼 치매로 인한 성격 변화인지 헛갈렸다. 어쨌든 손가락을 고정시킨 나사를 돌려서 빼는 행동까지 이해하긴 힘들었다.

퇴원을 해도 전처럼 아버지를 집에 혼자 계시게 할 수 없을 것이다. 언니는 피로감을 감추지 못했고, 나와 동생은 아버지를 모셔가겠다고 선뜻 나서지 못했다. 나는 아버지가 기거할 방이 없다는 게 첫 번째 이유였지만 그 외에도 너무나 많은 이유들이 있었다. 심장수술을 하고 집에 와 계시는 시어머니 수발을 드는 것만으로도 힘에 부쳤다. 시어머니가 어느 정도 안정이 되었을 때 내가 출근 얘기를 꺼내자, 시어머니는 '내가 혼자 있어도 될까?'라며 불안감을 감추지 못했다. 동생 해영은 '아버지가 거동이 좀 나아지실 때까지 병원에 계속 계시면 어떨까?'라고 조심스레 말을 꺼냈다. 하지만 손가락 문제가 해결되자 병원에서는 퇴원을 종용했다. 갑자기 아버지는 돌봄이 필요한 사람이 되었다. 지금까지 자매들이 그 점에 대해 생각을 해본 적이 없었다는 게 놀라울 지경이었다. 이후로 나는 언니의 전화를 받게 될 때마다 '아버지가'라는 말을 듣게 되는 걸 염려했다.

아버지가 포크를 내려놓자 동생이 물었다.

"그만 드시려고요? 아직 많이 남았는데요."

"화장실이 어디냐."

언니가 짜장면을 먹다 말고 얼른 일어났다. 우리를 지켜보고 있던 종업원이 다가왔다.

"밖으로 나가 바로 옆 골목에 있거든요. 열쇠를 가지고 가셔야 하는데 그것보다 휠체어가 들어가기엔 좁을 거 같아요."

"그럼 우리가 부축을 해야겠네."

"언니, 밖에서 장애인화장실 본 거 같아. 공용주차장 옆에서 그리로 가는 게 낫지 않겠어."

갑자기 마음이 급해졌다.

우린 서둘러 가방을 챙기고 아버지를 부축했다. 나와 동생은 공용주차장 쪽으로 빠르게 휠체어를 밀었다. 길이 평평하지 않은 탓에 바퀴가 흔들렸다. 너무 서두른 탓인지 휠체어 바퀴가 바닥에서 튀었고, 아버지의 상체가 앞으로 쏠렸다. 나와 동생이 동시에 소리를 질렀다.

"어머, 어쩌면 좋아! 큰일날 뻔했네."

해영의 목소리가 저절로 커졌다.

"괜찮다."

아버지는 휠체어의 양쪽 팔걸이를 두 손으로 꽉 잡고 있었다. 굵은 심줄이 돋아난 커다란 손엔 아직도 수술 자국이 남아 있었다. 아버지 얼굴은 겁에 질린 듯했고, 입 근처에 군데군데 짜장면 소스 자국이 묻어 있었다.

"또 그 소리! 아버지. 맨날 뭐가 괜찮다는 거예요."

언니가 큰소리로 핀잔을 주었다. 동생이 눈을 동그랗게 떴다.

"어서 화장실로 모시고 가자. 이러다 실수라도 하면."

나는 얼른 휠체어 손잡이를 잡고 힘을 다해 밀었다. 화장실이 가까워졌다. 시멘트 바닥에 바퀴 닿는 느낌이 손잡이까지 전달되었다.

"언니, 이리 줘. 내가 낫잖아."

동생이 나를 밀어내고 휠체어 손잡이를 잡았다. 바퀴가 덜컹거렸다. 아버지는 한 손으로는 지팡이를 한 손으로는 휠체어 팔걸이를 꽉 움켜쥐었다. 아버지의 얼굴이 겁에 질린 것처럼 보였다.

장애인화장실로 동생과 아버지가 들어가고 나자 온 세상이 조용해진 것 같았다. 언니가 내게 말했다.

"무슨 한숨을 그렇게 크게 쉬니."

언니가 핀잔조로 말했다.

"내가 한숨을 쉬었어?"

"젊은 애가, 습관돼."

"언니, 나 안 젊어."

"하긴."

그렇게 대답하고 나서 다시 휠체어를 밀고 다른 곳으로 가야 한다고 생각하니 잠깐의 안도감이 사라졌다.

"언니, 아버지가 자꾸 집으로 가자고 하시는데……."

"원래 그러셨어."

"계속 집으로 가겠다고 하시면 어떡하지?"

"그러시겠지."

언니와 나는 동시에 한숨을 쉬었다. 눈이 마주치자 내게 한숨을 쉰다고 무어라 한 게 민망한 듯 언니가 살짝 웃었다. 입꼬리가 살짝 흔들리는 그 미소에서 이혼한 언니, 회사를 그만두었던 언니의 얼굴, 지금보다 젊었던 언니의 얼굴이 보였다. 나는 환하게 웃으면 빛이 나던 언니의 예전 얼굴을 떠올렸다. 어쩌다 우리가 여기까지 오게 되었을까. 그런데 화장실에서 나오는 해영을 보는 순간 그런 감정이 사라졌다.

해영은 혼자 걸어나왔다.

"언니, 아버지 여분 속옷 있어?"

"어머, 어떡하니."

"화장실 들어가는데 못 참으셔서."

나는 가방을 열고 뒤지며 물었다.

"그럼 바지는?"

"바지도 갈아입으면 좋을 것 같은데……."

"바지는 안 챙겼는데. 어쩌지."

언니와 나는 가방을 든 채, 해영을 따라 장애인화장실로 걸어갔다. 걸음을 빨리 옮기면서 언니가 뭐라고 말을 했다. 이제 시작이라는 말로 들리기도 했고, 시장에 들러야겠다는 말로 들리기도 했다. 무슨 말이냐고 묻고 싶었다. 하지만 화장실로 달려가는 언니와 동생의 등에 대고 어떤 말도 할 수 없었다. 묻고 싶은 말도 하고 싶은 말도 다 소용이 없었다. 더 많은 말들이 입 밖으로 나오지 못한 채 내 심장 아래로 깊숙이 가라앉았다.

'사이[間]'에 머물기

— 김태선 소설집 『낯선 24시간』

김나정/ 소설가, 문학평론가

두 세계의 겹침

독서는 종종 여행에 빗대진다. 책을 펼치는 순간, 우리는 다른 시간과 공간으로 빨려 들어간다. 여기 있지만 저기로 간다. 중세로든 미래로든 낯선 시간 속을 노닐고 밀림이나 다른 행성도 거닐 수 있다. 책은, 이상한 나라의 앨리스 속 토끼처럼 우리를 낯선 시공간으로 이끈다. 시간의 틈새로 미끄러져 들어가 다른 공간의 문을 열어주는 것이다.

김태선의 소설은 공간의 '사이'를, 시간의 '틈'을 적극적으로 파고든다. 「랩타임」에서 이런 특성은 뚜렷하게 드러난다. 경주용 자동차를 몰던 남자는 새로운 시간과 공간에 들어선다. 사고를 당하고 눈을 떠보니 낯선 레이싱 트랙이 보이고 사방은 어둡다. "나는 분명 오전 10시에 스타트라인을 출발하여 여덟 번째 랩을 돌고 있었다.

그런데 지금은 새벽을 지나 아침이 되어가고 있다." 그 사이의 스무 시간은 어디로 사라진 걸까. 낯선 공간에서 만난 기묘한 소녀는 여기가 "차원이 다른 곳"이라고 말한다. 남자는 시계라는 장치를 통해 현실과 그 낯선 공간을 오가게 된다.

시공간을 포개는 특성은 다른 작품에서도 나타난다. 「극지연구소」의 남자는 남극에 가고 싶다. 남자는 극지연구소에 지원했다가 탈락하지만, 대신 거기 간 동료에게 메일을 받는다. 한여름 더위에 시달리는 남자의 일상으로 추운 곳의 소식이 미끄러져 들어온다. 「출국장」의 소녀는 알코올중독자 아버지와 치매에 걸린 할머니를 떠나, 어머니가 재혼해서 살고 있는 호주로 가려 한다. 호주와 한국 사이에 낀 소녀는 출국장에서 비행기를 기다린다. 머릿속으로 두 나라가 저울질된다.

여기가 아니면 어디든. 이곳이 싫을 때 다른 곳을 꿈꾸게 된다. 정주는 탈주를 꿈꾼다. 고여 있는 시간의 물꼬를 열고 싶다. 쳇바퀴에서 내려 다른 속도로 살고 싶다. 그곳에 가면 **"정물화 같은 일상과 내가 따라갈 수 없는 곳에 있는 것 같은 아내, 서킷에서 경주하다 보면 그 모든 복잡한 감정은 사라진다."** 누구나가 품을 만한 바람이다. 여기를 떠나면 새로운 삶이 열릴 듯하다. 하지만 녹록치 않다.

「랩타임」의 남자는 두 시간씩 낯선 공간에서 속도에 몸을 싣는다. 속도와 일체가 되고 아무것도 존재하지 않는 순간을 만끽한다. 이곳에서 채우지 못하고 있는 것을 그곳은 채워준다. "그곳의 두 시간에서 얻는 에너지로 이곳에서 24시간을 지탱하는 사람이 되어가"

지만 점점 현실로 돌아오는 게 힘겨워진다. 거기에 가면 '나'는 지워지는 것 같다는 생각에 여기도 버리질 못한다. 여기에도 저기에도 온전히 속하지 못한다. 어느 쪽도 버리질 못하고, 두 세계 사이를 왕복한다.

지금 여기를 벗어난 시공간은 흔히 대안으로 제시되기 일쑤다. 여기의 안주가 답답하다면 저기로 탈주를 도모하며, 현재가 진저리난다면 언젠가의 가능성을 꿈꾸는 것이다. 하지만 넌더리나는 여기가 아닌, 거기도 불완전하기는 매한가지다. 「극지연구소」의 남자는 월동대원이 되어 자신이 꿈꾸던 남극으로 떠난 동료에게 메일을 받는다. 그 내용은 남자의 예상을 빗나간다. '아, 정말이지 **너무 춥습니다.**', '**심하게 눈이 와서** 공동제설 작업을 했습니다. 치워도 치워도 끝이 나지 않습니다.'(강조는 작가) 남자가 있는 이쪽은 너무 덥지만 남자 있는 저쪽은 너무 춥다. 더위를 식혀줄 눈은 거기선 '심하게' 오며 치워도 치워도 끝이 나지 않는 일거리에 불과하다.

「출국장」의 여자 아이는 한국이 싫다. 알코올중독인 아버지와 알츠하이머를 앓는 할머니와 사는 게 진절머리난다. "끈적이는 더위와 우울한 공원과 지루한 K를 나의 세계에서 밀어내기" 위해 어머니가 살고 있는 호주로 가기로 결심한다. 하지만 일전에 방문했던 호주도 낙원은 아니었다. 어머니와 재혼한 마르잔의 이국적인 외모도, 아버지가 다른 자매 조이도 낯설기만 하다. 호주라 할지라도 삶의 옥죄는 조건들은 별반 다르지 않다. 넉넉하지 않은 생활을 꾸리며 "**벌겋게 달아오른 얼굴로 청소기를 끄는 엄마의 굵은 팔과 평퍼**

짐한 엉덩이를 볼 때마다 엄마의 인생은 별로 달라지지도 좋아지지도 않은 것 같다고 생각했다. 마트에서 일하면서 저렇게 눈이 새까만 사람과 살기 위해 집을 떠났다고 생각하면 마음이 답답"하다. 게다가 마르잔은 한국의 아버지처럼 술을 마신다. 재혼한 엄마의 가족 곁에서 '나'는 겉돈다. "세상의 모든 외로움의 이유가 텅 빈 길 때문인 것만 같았다. (……) 까마귀가 사라진 텅 빈 하늘을 보며 이곳도 나를 위한 장소가 아니라는 생각이 들었다."

여기도 아니고 저기도 아니라면 어디로 가야 할까. 탈주의 상쾌함도 안주의 편안함도 주어지지 않은 상태에서 인물들은 엉거주춤 서 있다. 김태선의 소설에 등장하는 '거기'는 도피를 위한 환상의 장소가 아니다. 손쉽게, 직면한 문제들에 대한 대안공간이 되어주지 못한다. 해방감을 주기보다는 되레 혼란스러움만 가중시킨다. 여기에도 저기에도 속하지 못하는 인물들은 엉거주춤하게 서 있다. 유예의 시간과 공간이 펼쳐진다.

유예의 시간

유예의 공간은 여기와 저기 사이에 위치한다. 기차역 대합실, 치과 대기실, 무대 뒤편의 출연자 대기실처럼 다음으로 가기 위해 잠시 머무는 장소다.

> 내가 앉아 있는 이곳이 이상한 장소라는 생각이 들었다. 출국장도 활주로도 한국 땅이지만 그 가운데 끼어 있는 이 공간은 국적이 없다. 어

디든 이곳을 통해서 갈 수 있지만 누구도 머물지 못하는 대기 장소다. 많은 사람들로 북적이고 설렘과 불안과 자유로운 심정이 공존한다.

—「출국장」 중에서

유예 공간은 결정을 유보하는 시간을 준다. 휴게실은 쉬는 공간이면서 쉬는 시간도 아우른다. 일상은 뒤로 물러가고 시간은 잠시 멈춘다. 이 유예의 시간에서 인물들은 지나온 시간을 짚어본다. 앞서의 공간들이 인물의 '욕망'에서 기인한 틈새라면, 「정전」과 「밤의 경기장」은 상황에 떠밀려 유예된 인물들이 등장한다. 몰락 이후, 몰락 직전의 공간이 무대가 된다.

개발실 한가운데에 있는 우주선과 같은 회의실이며, 언제든 무어라도 만들어 먹을 수 있게 설치된 싱크대, 고개를 들어 천정을 보면 어디로든 날아갈 듯 달려 있는 비행기 모형의 전등, 그것들은 이제, 오늘 파산 선고를 받은 순간 사장의 손에서 떠났다. 회사 건물을 설계하고 내부 인테리어를 할 때 사장과 함께 바라보던 미래가 벼랑으로 떨어져버렸다.

—「정전」 중에서

「정전」의 남자는 이십오 년 동안 근속했던 회사의 파산으로 사무실을 떠나기 직전이다. 사장은 파산 관련 재판을 받으러 법원에 가 있고 그는 사무실에 혼자 남았다. 텅 빈 사무실에서는 불이 나고,

화재는 진압되었지만 그는 어디로 가야 할지 모른다. 「밤의 경기장」의 여자는 오랫동안 일하던 저축은행에서 떨려나와 야구경기장 주차장에서 일한다. 이사를 하고 직장을 옮겼지만 잘못된 데 심겨진 것 같다.

> 나는 좀처럼 적응을 하지 못하고 있었다. 여전히 오후 3시 출근도 낯설었다. 그건 업무에 익숙해지는 것과는 다른 의미로 내 처지를 실감나게 했다. 남들과 다른 시간대를 사는 사람이 된 것이고, 인생이 하향곡선을 타고 있는 것을 확인한 기분이다.
>
> —「밤의 경기장」 중에서

여기는 아닌 것 같은데, 먹고 살려면 달리 방법이 없다. 온 길은 끊겼는데 갈 길은 보이지 않는다. 익숙한 장소에서 떠밀려나야 한다. 낯선 장소에서 버텨야 한다. 유예의 시공간에서 그들은 어쩌다 여기까지 오게 되었을까를 되짚어본다. 저축은행이 어떻게 망하고 벤처 회사가 왜 몰락했는지 그 과정을 시간 순으로 정리해볼 수 있다. 몰락의 과정은 그려지지만 대처 방법은 알 수 없다. 일을 하느라 가족과의 관계도 틀어졌다. 그런데 그 일마저 사라지면 어떻게 해야 할까. 나름대로 열심히 살았을 따름이다.

불을 끈 것은 내가 아니다. '정전'이 한 사람을 송두리째 어둠 속에 밀어넣었다. 희망의 빛은 좀처럼 보이지 않는다. 「정전」은 그 막막함과 답답함을 인물의 심리로 드러낸다. 퇴거 직전의 사무실을 정리하며 남자는 이런저런 것들을 발견해 나간다. 냉장고의 건강음료 파우치들, 그리고 버려진 책상.

테이블에 뽀얗게 쌓인 먼지 위에 찍힌 손자국이 보였다. 깨진 창으로 들어온 햇살 때문인가 생각했다. 그런데 책상 옆면에 갈색 자국이 보였다. 다가가 보니 그슬린 자국은 아니었다. 생각해보니 책상을 옮기기 위해 조립된 책상을 분리하기 위해 나사를 풀 때 사장이 손을 다쳤던 게 떠올랐다. 핏자국이었다.

—「정전」 중에서

갈 길은 보이지 않고, 세상은 송두리째 막막하다. 하지만 그 직전의 정리 과정을 통해 남자는 핏자국이 남은 책상으로 상징되는 자신이 거쳐온 과정을 되짚는다.

「밤의 경기장」에서 여자는 불안하다. 주차를 하러 온 손님은 막무가내며, 오토바이를 몰고 다니는 무리들은 공포를 자아내며, 오가던 사무실로 가는 길은 미궁이다. 발치에 따라붙은 오토바이 굉음과 눈길은 여자를 다급하게 만든다. 그러나 여자는 그 낯섦을 자기 식대로 받아들인다. "괜찮아. 저 애들은 연습할 장소가 필요했던 것뿐이야. 경기장 안으로는 들어갈 수가 없었던 거야." 여자의 눈에 '낯선' 것들에게 여자도 '낯선' 존재이기는 매한가지다. 그 낯선 것들은 밀려난 존재라는 공통분모로 묶인다. 낯선 것에서 가까스로 발견해낸 낯익음, 그것에 자신을 걸어보는 수밖에 없다.

되새김질 — 끝에서, 돌아보다

유예의 시간공간은 발견을 촉발시킨다. 시간이 멈추고 공간이 달라지면 그 전에는 보이지 않는 것들이 눈에 들어온다. 표제작 「낯선 24시간」의 남자는 어머니의 죽음 이후 아내가 집을 나갔다. 아내가 떠난 뒤, "거실 크기나 가구 위치까지 묘하게 **낯설었다.**" 돌연, 익숙한 것들이 낯설어진다. 아내는 왜 집을 나간 걸까? 자신이 무엇을 잘못했기에 아내는 집을 떠난 걸까. 그는 무언가를 알아채지 못했다는 불안감에 휩싸여 안절부절못한다. "민 부장은 헷갈렸다. **안절부절못해** 무엇에도 집중할 수가 없었다. 모친상 때문인지 아내의 부재 때문인지 그도 아니면 퇴직 후유증인지 알 수 없었다." 아내가 사라진 뒤, 그는 아내의 행적과 마음을 되짚어보게 된다. 없어져야 비로소 보이는 것들이 있다. 아내의 부재로 인해 아내의 흔적이 보이고, 그 뒤로 아내의 진심이 떠오른다.

"아내가 젓가락을 잡자, 국수그릇 옆에 검게 패인 자국이 보였다. 아내는 그걸 무의식적으로 문지르고 있었다. 그때 처음으로 아내가 생각보다 국수를 좋아했던 게 아닐지도 모른다고 생각했다." 아내의 약병을 들고 찾아간 약국에서 만난 약사 황영철을 통해 그는 아내가 항우울제를 복용했다는 사실을 알게 된다. 아내와의 관계가 어긋날 때 짐짓 모른 척했던 그는 "그렇게 비켜 서 있던 자리에 황영철이 있었다. 인생의 길목마다 아내에게는 또 다른 황영철이 있었을지도 모른다."는 것을 깨닫는다. 그는 되새김질을 통해 자신이 무엇을 놓치고 살아왔는지를 알아가게 된다.

아내의 가출도 생각 못했다. 언제나 옆에 있을 거라고 믿었다. 이제는 무엇을 후회하고 어떻게 대응해야 할지 알 수 없었다. 그렇다고 다시 돌아갈 수도 없다. 돌아간다 해도 뭐가 바뀔 수 있을까. 여전히 앞만 보고 갈 것이고, 코앞에 닥친 일을 할 수밖에 없을 것이다. 옳고 그름의 문제가 아니라 이 모든 게 결국 여력의 문제라며 백 번을 변명해도 이미 아내가 문을 열고 나갔다는 사실로 인해 민 부장은 맥이 빠졌다.

—「낯선 24시간」 중에서

아내의 부재를 통해 생존에 급급하여 놓치고 간 것들이 보이기 시작한다. 사라진 아내를 좇다 보면, 아내를 내몬 자신을 짚어보게 된다. 아내로부터 시작된 이야기는 자신을 되돌아보는 이야기로 바뀐다.

「터치」는 학창시절 수영선수였던 '나'가 죽은 친구를 떠올리는 내용으로 구성된다. 수영부 네 명 중 세 명만 대학에 진학하거나 실업팀에 갈 수 있었다. 진로에 대한 염려나 불안감이 자꾸 등을 떠밀었다. 필요한 건 다만 목표와 속력이었다. 다른 것들은 뒤로 밀어둬야 했다. "돌아오는 내내, 발도 닿지 않고 깊이를 가늠할 수 없는 깊고 깊은 바다에서 무언가가 나를 잡아 끌어내릴 것 같은 거대한 공포감을 떨치려 애써야 했다." 뒤를 돌아보거나 남을 돌볼 여지가 없다. "앞서거니 뒤처지는 건 승부를 가르는 것이지 문제가 있다고는 생각하지 못하거든요."

그날 나는 다른 감정 하나를 무시했다. 어느 지점, 어느 순간부터 바닷물의 감촉이 서늘했다. 그 물이 나를 죄어오기 전에 빠져나가야 할 것 같았다. 패배에서 죽음에서 벗어나기 위해 크롤을 반복했다. 어째서 패배뿐만 아니라 죽음까지 떠올렸을까. 깊은 바다 위에 떠 있으니까. 죽을 만큼 힘을 내야 하니까. 힘을 낭비하면 안 되니까. 나는 뒤돌아보지 않았다. 하지만 오랫동안 나는 그 감촉을 기억했고 떨쳐내지 못했다.

—「터치」 중에서

그때의 '나'는 흔들리는 부표를 향해 헤엄치느라 뒤편에 있던 케이를 돌아볼 여력이 없었다. 나는 케이의 얼굴을 보지 않았다고 생각한다. 그런데 떠오른다. 떨쳐낼 수 없다. 끝에 다다라서야, 보이는 것들이 있다. 속도를 높이는 데만 급급했던 수영선수는 출발점을 터치하고 뒤돌아서게 된다. 헤엄쳐왔던 길이 보인다.

과거를 떠올리면, 덜 쓴 마음과 못쓴 마음을 되새긴다. 소설은 거개가 사후진술이다. 사건이 먼저고 의미가 뒤따른다. 경험한 것들은 시간이 지나야만 가라앉아 진면목을 보이게 된다. 거리가 의미를 발생시키는 것이다.

「올리브 올리바」는 명진이 자기 집에 세 들었던 두 여자를 떠올리는 내용이다. 동성애자인 여자 둘은 명진에게 다정하게 대해줬다. 하지만 아버지 대신해 소녀의 가족을 돌봐주는 큰아버지는 사회의 통념대로 그녀들을 마뜩치 않게 여긴다. 명진은 자신 때문에 그들이 쫓겨났다는 죄책감에 시달린다.

택시 아줌마에게 어른들이 싫어하는 것은 아줌마가 남자처럼 옷을 입고 남자처럼 머리를 잘라서라고 말해주었어야 할지도 모른다고 생각한 적도 있다. 우린 다른 사람과 다르지 않다고 말했으면 좋았을 거라고 생각한 적도 있다. 하지만 아줌마는 소용없었을 거라고, 그런 건 누구보다 택시 아줌마가 그리고 올리브가 잘 알고 있었을 거라는데 생각이 미쳤다. 올리브가 주고 간 파란 리본의 헤어밴드를 한번도 한 적이 없다. 올리브는 잘 어울릴 거라고 말했지만 명진은 어떻게 해도 그것이 자신에게 어울리지 않을 것 같았다. 어쩌면 택시 아줌마도 그런 마음이었는지 모른다고 생각하니 조금 슬퍼졌다.

—「올리브, 올리바」 중에서

하지만 소설 속에 회상된 내용을 살피면, 그녀들을 내몬 것은 명진이 아니라 큰아버지로 대표되는 상식의 세계였다. 자신들이 그어놓은 경계를 고수하고 거기 맞지 않는 사람들은 밖으로 내몬다. 명진은 자리를 잡으면 찾아오겠다는 여자들을 그리워한다. **"자리를 잡는데 그렇게 긴 시간이 걸리는 걸까. 도대체 자리를 잡는다는 건 뭘까. 큰아버지가 와서 꿀차를 마시고 봉투를 주고 무언가 잘못된 것을 고치려고 하는 것, 그런 것들이 자리를 잡아가는 것일까?"**

명진을 사로잡은 것은 '자리를 잡는다는 것'에 대한 의문이다. 뒤따른 질문은 당연시되는 것들에 대한 비판을 드러낸다. 큰아버지가 강요하는 것들을 받아들이는 것이 자리를 잡는 것이라면, 그것은 온당한 것일까. 명진의 질문은 머물지 못하게 만드는 조건들에 대해 비판적인 시선을 보여준다. 답은 제시되지 않는다. 다만 언어로써, 삶을 불안하게 만드는 애매한 상황들을 분명하게 보여주는 것이다.

여러 개의 위를 가진 반추 동물에게 위는 임시저장소 역할을 한다. 처음에 삼킨 먹이는 반추위로 보냈다가 부분적으로 소화되고 반추 동물은 그 덩어리를 역류시켜 되새김질한다. 되새김질한 먹이가 두 번째 위장으로 넘어가야 되새김질은 끝난다. 곱씹고 되새기는 과정은 지난하다. 불안한 마음은 '상식'에 끌어오거나 안정적인 타협책을 찾는다. 그러나 김태선의 소설은 자리 잡기를 거부하고, 그대로 '매달아둔다,' 미결정의 사이에 인물들을 내버려둔다. 매달린 사람은 자기 발치에 고인 흔들리는, 그림자를 내려다본다. 회사가 파산한 남자는 사라진 일자리를, 친구를 등졌던 소녀는 자신의 외면을, 정다운 이웃을 잃은 아이는 사건의 내막을 곱씹게 된다.

매달린 채로, 출구 없음과 방향 없음을 그대로 받아들이는 것이다. 쉽게 어떤 의미로 귀결시키지 않는다. '제3의 길'을 찾지 않는다. 여기와 저기를 정正과 반反으로 충돌시켜 합合을 구하려는 성급함이 없다. 다만 진자의 흔들림을 보여준다.

작가는 팽팽하게 당겨진 천을 앞에 두고 골똘히 생각에 잠긴다. 바늘을 들고, 두 세계를 누빈다. 그 두 세계의 겹침으로 새로운 세계가 보이기 시작한다. '간[間]'의 세계가 열린다. '사이'는 여기와 저기의 연결통로가 된다. 숨구멍이 트인다.

되돌아오기 위해 떠나는 길

「소풍」의 자매는 아버지를 요양원으로 떠나보내야 한다. 그 전에 가족은 함께 옛날에 놀러갔던 자유공원에 소풍을 가기로 한다. 예전에 갔던 장소를 방문하며 과거의 시간을 돌아본다. 비둘기 집이 있던 자리를 떠올리고, 소풍 때 찍었던 사진 얘기를 하면서 자연스럽게 한 가족의 역사가 지나간다. 소풍은 가족이 단란했던 때를 떠올리는 시간여행과 같다.

하지만 이런 소풍은 실제론 부질없어 뵌다. 어쨌든 자매들은 아버지를 돌볼 수 없고, 떠나보내야 하기 때문이다. "평생 자식들을 위해 살아왔다고 해도 틀린 말이 아닌 아버지가 점점 아무것도 할 수 없어졌다는 것, 그래서 스스로 자존심을 지키기도 힘들어졌다는 것을 받아들이는 일은 정말 슬픈 일이다." 하지만 잔혹하고 슬픈 현실을 받아들이기 위해서는 "아버지를 모시고 소풍을 갔었다는 하루가 필요한 것인지도 모른다." 과거의 시간과 장소를 되새기는 과정이 필요했다. 되돌림의 과정을 통해, 되돌릴 수 없다는 것을 받아들인다.

소설집의 첫머리에 놓인 「랩타임」은 정주와 탈주, 여기와 거기, 지루한 일상과 속력이라는 두 갈래에서 갈팡질팡하는 남자의 모습을 그렸다. 남자는 결국 다른 세계로 갈 수 있는 시계를 상자에 넣어 봉인한다. 그가 그런 결정을 내린 것은 거기엔 '나'가 없다고 생각해서였다. 다른 세계에서 일상에서 떠나 무거운 나를 벗어던진다. 그러나 그 무게와 그림자가 나를 이룬다는 것을 자각해서였다. 일과 사람이란 '나'를 이루는 것들이 사라지면 나도 희미해진다. 상자를 봉인한 현판에 쓰인 글은 춘수만사택春水滿四澤, (봄철의 물이 사방의 못에 가득함)이다. 봄여름가을겨울의 변화를 담아낸 도연명의 「사시四時」 중 한 구절이다. 시냇물에 종이배를 띄우듯, 자연스러운 시간의 흐름에 자신을 맡기겠다는 뜻으로 비친다.

원점으로 돌아온다는 것은 포기나 체념을 의미하지 않는다. 「랩타임」에서 현실을 벗어난 시공간은 그에게 숨구멍이며, 아내와의 관계를 되짚어보는 시간이 되어준다. 유예와 방황은 자신이 있어야 할 장소를 찾는 모색의 과정이기도 하다. 랩타임lap time은 코스를 한 바퀴 도는 데 걸린 시간을 의미한다. 한 바퀴 돌면 제자리로 돌아온다. 탄생과 죽음의 앞뒤에는 무無가 자리잡는다. 무에서 무로 가는 사이에 '삶'이 있다. 의미는 무無에서 무無로 원점 회귀하는 그 사이[間]에서 있다.

소설은 이상한 나라로 들어가는 입구다. 쳇바퀴에서 벗어나 다른 시간 다른 세계로 미끄러져 들어가면 익숙한 것들은 낯설어진다. 끌려다니기를 멈추고 이제까지의 삶을 되새김질하고 거리를 두고 '나'를 바라보기 위해서다. 현실은 현실이기에 보이지 않는다. '사이'를 두었을 때 비로소 모습을 드러낸다.

거기의 '나'를 통해 여기의 '나'와 마주친다. 낯익은 나는 낯선 나로, 사뭇 달라진 나로 돌아오는 것이다. 갈 길을 잃은 사람은 온 길을 되돌아본다. 풍향계는 바람을 품고 돌아가다가 방향을 잡는다. 유예의 시간을 거친 사람은 결국 자기 자신으로 되돌아간다. 사이를 거친 '나'는 거울 속에서 사뭇 다른 '나'와 만난다.

김태선 소설집
낯선 24시간

지은이_ 김태선
펴낸이_ 조현석
펴낸곳_ 북인
디자인_ 푸른영토

1판 1쇄_ 2017년 11월 22일
출판등록번호_ 313 - 2004 - 000111
주소_ 121 - 842 서울 마포구 서교동 467 - 4, 301호
전화_ 02 - 323 - 7767
팩스_ 02 - 323 - 7845

ISBN 979-11-87413-21-9 03810

이 책은 인천광역시, (재)인천문화재단, 한국문화예술위원회
지역협력형사업으로 선정되어 발간합니다.